明治時期 日本의 韓語 學習書 研究

–『交隣須知』와의 關係를 中心으로–

사이토 아케미 (齊藤明美)

제이앤씨
Publishing Company

머 리 말

　이 책은 2006년 2월 고려대학교 대학원 국어국문학과 박사논문『明治期 日本의 韓語學習書硏究-『交隣須知』의 影響을 中心으로-』를 한국학술진흥재단의 지원을 받아 출판한 것입니다. 1992년 한림대학교에 일본학과가 설립되어 한림대학교에서 교편생활을 시작한지도 올해로 벌써 17년째가 되었습니다. 그 당시에는 사실 이렇게 오랜 기간 한국에 있게 될 것이라고는 생각하지 못했습니다만, 많은 학생들과 동료 교수님들의 응원 속에 교단에 서서 연구에 몰두하는 사이 어느새 17년이라는 세월이 흐른 것 같습니다.

　한국에 와서 雨森芳洲가 작성한 것으로 알려져 있는 江戶時代에서 明治期에 걸쳐 일본에서 가장 많이 사용된 한국어 학습서『交隣須知』의 연구를 시작해서, 2000년 8월에 한양대학교 대학원 일어일문학과에서 첫 박사 학위를 받았습니다. 박사논문에서는『交隣須知』諸本을 체계적으로 정리하였고, 주로 일본어를 중심으로 연구를 진행하였습니다. 『交隣須知』는 오랜 기간 여러 차례 사본으로 만들어졌고 증보가 반복되어진 회화서로,『交隣須知』에 나타난 일본어와 한국어는 약 200년에 걸친 두 언어의 역사적 변화를 볼 수 있습니다. 따라서 일본어와 한국어의 역사 연구뿐만 아니라, 두 언어의 대조연구에 있어서도 귀중한 언어자료이어서 박사논문 작성 중에 많은 새로운 면모를 발견하는 계기가 되어서 기쁨을 맛 볼 수 있었습니다.

　그러나 일본어학을 전공한 저로서는 한양대학교에서 박사학위를 받은 후『交隣須知』에 나타난 일본어와 한국어를 보다 정확하게 연구하기 위해서는 한국어학을 제대로 배워야 할 필요성을 새삼 느끼게 되었습니다. 이런 연유로 고려대학교 鄭光교수님 지도하에 국어국문학과 박사과정에서 한국어학을 본격적으로 배우게 되었고, 이어 明治期에 나온 수많은 한국어 학습서의 언어연구를 하게 되었습니다. 또한 이 한국어학습서와 『交隣須知』와의 상호관계를 명확하게 규명하고자 하였습니다.

이 책에서는 明治期 일본에서 작성된 한국어 학습서인 『韓語入門』 『日韓善隣通語』『日韓英三國對話』『日韓通話』『日韓會話』『韓語通』에 대하여 작자, 구성, 한국어와 일본어의 특색 및 이들 언어자료와 明治期 『交隣須知』와의 관계에 대하여 논술하고 있습니다. 연구한 결과, 한국어나 일본어 모두 근대어의 혼돈상황과 현대어로의 변화해 나가는 과정을 밝힐 수 있었으며 또한 이들 학습서가 『交隣須知』의 영향을 받고 있었다는 점도 명확히 밝힐 수 있었습니다. 江戶時代에서 明治期에 일본에서 작성된 『交隣須知』를 비롯한 한국어 학습서를 살펴보면, 당시 일본인들이 한국어를 학습함으로써 한국과 우호적인 교류를 하고자 했음을 짐작할 수 있습니다. 또한 현재 한국에서 이와 같은 연구를 통하여 日韓관광교류해인 2008년에 한국학술진흥재단의 지원을 받아 연구 성과를 출판할 수 있게 된 점 매우 기쁘게 생각하고 있습니다.

연구를 시작한 지 벌써 17년이나 되었습니다만 저 자신 淺學한지라 그 간 한국과 일본의 많은 연구자 분들에게 많은 지도와 지원을 받았습니다. 지면으로나마 심심한 감사의 뜻을 전하고 싶습니다. 먼저 한국에 계시는 분들부터 말씀드리면, 박사논문의 지도교수님이신 고려대학교의 鄭光교수님께 연구뿐만 아니라 논문작성까지 질타 격려해 주신 점 마음 깊이 감사드립니다. 또한 국민대학교 명예교수 宋敏교수님은 한양대학교의 박사논문 심사위원장을 맡아주셨고 그 후 고려대학교의 박사논문의 심사도 맡아주시는 등 오랜 기간 아낌없이 지도, 격려해 주셨습니다. 그리고 연세대학교의 洪允杓교수님, 고려대학교 洪宗善교수님, 수원여자대학교에 재직 중인 고려대학교 선배 鄭丞惠교수님께서는 박사논문 심사와 지도, 많은 지원을 해주셨습니다. 모든 분들께 심심한 감사의 말씀을 올립니다. 그리고 한양대학교에서 박사논문을 지도해 주신 李康民교수님께도 감사 말씀드립니다. 이 책에서 언어자료로 사용한 明治期의 한국어 학습서에 관해서는 李康民교수님의 논문 이외에는 선행연구가 거의 없다고 해도 과언이 아닐 정도로 李康民교수님의 논문을 참고로 연구를 진행하였습니다. 서울대학교의 金周源교수님께도 많은 지도를 받았습니다. 교수님께서는 2003년 서울대학교의 객원연구교수로 초청해주셔서, 매주 교수님 연구실에서 진행된 『交隣須知』연구회를 통해 한국어학을 지도해 주신 것에 대해 다시 한번 감사드립니다. 또한 일본에 계시는 분들로는 동경대학의 生越直樹교수님께는 10년 이상 공동연구를 통해 한국어학은 물론이거니와 한국어와 일본어의 대조연구, 그리고 사회언어학에 대해서도 지도해 주신 점에 마음 깊이 감사드립니다. 또한 같은 동경대학의 福井玲교수님께도 감사 말씀 올립니다.

아울러 지면관계상 이름을 올리지 못한 고려대학교 선배 분들과 한림대학교 교수님들께도 깊은 감사의 뜻을 올립니다.

2009년 3월 15일
사이토 아케미(齊藤明美)

目 次

明治時期 日本의 韓語 學習書 研究

－『交隣須知』와의 關係를 中心으로－

제 1 장
서 론

1. 연구목적

『交隣須知』는 에도(江戶)시대[1]부터 명치(明治)시기[2]에 걸쳐 일본인에게 가장 널리 사용된 한어(韓語)[3] 학습서이다.[4] 이 학습서를 연구하는 의의에 대해서 오구라 신페이(小倉進平)(1936:742)는 "『交隣須知』의 용어는 일본어뿐만 아니라, 조선어도 시대에 따라 반드시 차이가 있다. 그들의 변천을 어학적으로 연구하는 것은 매우 흥미 있는 일이다."라고 하였으며, 하마다 아츠시(濱田敦)(1968:505)는 "각각을 비교함으로써 『捷解新語』나 『隣語大方』의 경우와 마찬가지로 양 언어에 대해서 여러 가지 문제를 생각할 수 있는 실마리, 힌트를 얻을 수 있기를 기대한다."라고 하였다. 또한 후쿠시마 쿠니미치(福島邦道)·오카우에 토키오(岡上登喜男)(1990:4)는 "일본어와 한국어의 비교·대응에 있어 유익한 실마리를 줄 수 있는 것으로 명치시기의 다른 자료와는 완전히 구별되는 종류이다."라고 설명하고 있다.

---

1) 1603년부터 1867년까지를 에도시대라고 한다.
2) 1868년 10월 23일부터 1912년 7월 30일까지를 명치시기라고 한다.
3) 근대에는 한국어를 한어라 하였으므로 본서에서도 한어라고 한다. 단, 현대 한국어에 대한 설명에 한해서는 한국어라고 한다.
4) 이하 한자를 생략한다.

생생한 회화체로 쓰인 한국어 학습서『交隣須知』에 대한 연구는 일
본어와 한국어의 역사적 연구뿐만 아니라, 일본어와 한국어의 대조 연
구에도 매우 의미 있는 일이라고 할 수 있다. 따라서 이를 본서의 목적
으로 삼고자 한다.

명치시기에는『交隣須知』를 비롯하여 다수의 한어 학습서가 간행되
었다. 그것들은 회화서, 문법서인 동시에 단어집이기도 하다. 이들 학습
서의 대부분은 언어자료로서뿐만 아니라, 당시 한국어 교육이 어떻게
진행되었는지를 알기 위한 방법으로서도 대단히 귀중한 자료라고 할
수 있다. 그러나 지금까지 이들 자료에 대한 연구가 충분하다고 말하기
는 어렵다. 일본의 오구라 신페이와 사쿠라이 요시유키(櫻井義之) 등
이 간단하게 제본(諸本)의 소개를 하고 있는 정도이다. 또 한국의 경우
도 이강민이 몇 권의 한어 학습서의 개요를 소개하고 몇 가지의 언어
의 문제를 다루고 있을 뿐이다. 따라서 본서에서는 명치시기에 간행된
『交隣須知』4종(明治 14年本, 明治 16年本, 호세코본(寶迫本)5), 明
治 37年本과 明治 13年 刊『韓語入門』, 明治 13年 刊『日韓善隣
通語』, 明治 25年 刊『日韓英三國對話』, 明治 26年 刊『日韓通
話』, 明治 37年 刊『韓語會話』, 明治 42年 刊『韓語通』을 연구대상
으로 거기에 반영된 언어를 조사하고 명치시기 10년대부터 20년대, 그
리고 30년대, 40년대로 시대의 변천에 따라 새로워지는 일본어와 한국
어의 양상을 구체적으로 밝혀보고자 한다. 아울러 당시에 간행된 한어
학습서 제본의 가치 및 위상에 대해서 살펴봄과 동시에『交隣須知』와
의 관계도 살펴보고자 한다.

여러 한어 학습서 중에서 이들 자료를 선택한 것은 여기에『交隣須

---

5) 이하 호세코본(寶迫本), 텐포본(天保本), 시로즈본(白水本), 오다본(小田
本) 등의 서명(書名)은 한자로 표기한다.

知』와 같은 회화체 예문이 많이 보이며 이들을 통해 실생활에서 쓰이는 생생한 언어를 알 수 있기 때문이다.

또한 이들은 한어 학습서의 주류였던『交隣須知』와 어느 정도 관계가 있다. 예를 들면 明治 13年 刊『韓語入門』과 明治 13年 刊『日韓善隣通語』는 寶迫本『交隣須知』의 저자인 호세코 시게카츠(寶迫繁勝)에 의해 작성된 것이고, 明治 25年 刊『日韓英三國對話』는 저자인 아카미네 세이치로(赤峯瀨一郞)가『交隣須知』를 참고했다고 설명하고 있다. 그리고 明治 26年 刊『日韓通話』는 학습서의 형식이나 다루고 있는 어휘가『交隣須知』와 연관되어 있고, 明治 42年 刊『韓語通』도 역시 明治 37年本『交隣須知』의 저자인 마에마 쿄사쿠(前間恭作)에 의해 작성된 것이다. 이와 같은 의미에서 明治 37年 刊『韓語會話』는『交隣須知』제본의 작자와 직접 관계는 없지만, 明治 37年本『交隣須知』이외에도 당시의 생생한 회화체의 언어를 알 수 있는 자료가 필요하다고 생각되어 연구 대상 자료에 포함시키기로 한다.

2. 선행 연구

본서의 연구대상 자료인『交隣須知』,『韓語入門』,『日韓善隣通語』,『日韓英三國對話』,『日韓通話』,『韓語會話』,『韓語通』의 선행 연구를 살펴보고자 한다.

1) 『交隣須知』의 선행연구

『交隣須知』에 관한 연구는 한일 양국에서 행해지고 있다. 일본인에 의한 연구로는 먼저 누사하라 타다시(幣原担)(1904)의 明治 37年本에 대한 비평문을 들 수 있다. 누사하라 타다시(1904)에서는 明治 37年本의 장점과 단점에 대해서 설명하고 있는데, 그 중 明治 37年本이 明治 16年本에 비해 '대역 일본어의 타당성이 높다.'고 보고 있다. 이 것은 明治 37年本의 일본어가 明治 16年本의 일본어보다 새로워 당시의 언어 양상을 반영하고 있음을 뜻한다고 볼 수 있다.

다음으로 오오마가리 요시타로(大曲美太郎)(1935)는 明治 14年本에 대해서 언급하고 있고, 오구라 신페이(小倉進平)(1936)는 서울대학교본, 濟州本, 明治 14年本, 明治 16年本, 寶迫本 등이 사본 및 간행본으로서 세상에 알려지게 된 경위에 대해서 상세히 기술하고 있다. 또 하마다 아츠시(濱田敦)(1966a)는 교토대학 문학부 언어학연구실 소장(所藏)본과 야스다 아키라(安田章)가 발견한 제14대 沈壽官 소장본에 대해서 설명하고 있다. 하마다 아츠시(1966b)는 京都大學本의 일본어에 보이는 한어의 간섭 문제와 한어에 보이는 일본어의 간섭 문제를 다루고 있다. 또한 후쿠시마 쿠니미치(福島邦道)(1968)는 오다본(小田本)의 발견에 따라 "『交隣須知』는 오다 이쿠고로(小田幾五郎)에 의해 증보란(增補欄)이 첨부되었다."라는 누사하라 타다시의 주장을 입증했다. 이어서 후쿠시마 쿠니미치(1968)는 『交隣須知』의 명치 간본에 대해서 설명하고 있으며, 후쿠시마 쿠니미치(1983)는 明治 14年本이 출판되기까지의 과정에 대해 설명하고 있다. 또한 明治 16年本과 寶迫本에서 사용하고 있는 일본어에 대해서도 설명하고 있다. 사코노 후미노리(迫野虔德)(1989)에서는 『交隣須知』의 제본에 관한 설명과 두 계열의 분류법에 대해서 설명하고 있으며『交隣須知』에 보이는 일본어의 지역성에 대해서도 언급하고 있다. 그리고 기시다 후미타카(岸田文隆)(1998)는 러시아 동방학연구소 성페테스부르크(St.Petersbourg) 지부에 소장되어 있던『交隣須知』를 발견하여 해설을 더하였다. 그 후 사이토 아케미(2000년)에서는『交隣須知』의 계보와 언어에 관한 견해를 밝힌 바 있다.[6] 그리고『交隣須知』의 한어에 대해서 논한 오오츠카 타다쿠라(大塚忠藏)(2003)도 있다.

한국인에 의한 주된 연구는 이종철(1982)과 이강민(1990)을 들 수 있다. 이종철(1982)은 텐포본(天保本)과 서울대학교본을 비교하여 天保本의 성격을 명확히 하였다. 이강민(1990)은『漂民對話』의 언어에 대해서 설명하기 위해 京都大學本『交隣須知』와 비교하고 있으며, 이강민(1992)은『交隣須知』,『方言集釋』,『倭語類解』의 관계에 대해서 언급하였다. 그리고 이강민(1993)은『交隣須知』와『物名』의 관계에 대해, 또 이강민(1998)은 시로즈본(白水本)과 아스톤본의 관계에 대해서도 설명하고 있다. 최근의 연구로서는 오만(吳萬)(2002)의 박사학위 논문이 있는데, 이것은 京都大學本『交隣須知』의 어휘에 대해서 연구한 것이다. 또 최창완(2004)은『「交隣須知」와 敬語』를 저술하였다. 편무진(2005)의『交隣須知の基礎的研究』도 있다. 여기에는 자료편과 계통론, 언어편이 있는데, 언어편에서는『交隣須知』의 한국어 표기와 일본어에 대해서 설명하고 있다.

이상과 같이『交隣須知』에 대한 지금까지의 연구는 대부분이 계보와 어휘에 관한 것이고, 언어의 흐름에 대한 체계적 연구는 거의 볼 수

---

6) 그 내용에 대해서는 제3장에서 설명하기로 한다.

없다고 할 수 있다.

2) 明治 13年 刊『韓語入門』의 선행연구

明治 13年 刊『韓語入門』, 明治 14年 刊『日韓善隣通語』에 관해서는 오구라 신페이(1940), 사쿠라이 요시유키(櫻井義之)(1956·1974) 등의 간단한 소개문이 있다. 김민수·하동호·고영근(1977-1985)의 『歷代韓國文法大系』(塔出版社)에는 자료의 영인(影印)과 간단한 해설이 있다. 이 외에 이강민(2004)은『韓語入門』과『日韓善隣通語』의 내용 소개와『韓語入門』이 참고로 한 자료에 대해서 언급하고 있다. 사이토 아케미(齊藤明美)(2004d)는『韓語入門』의「各物之名詞」와 서울대학교本『交隣須知』, 明治 14年本『交隣須知』, 寶迫本『交隣須知』와『韓語入門』의 어휘를 비교하고『韓語入門』이 참고한 자료를 명확히 함과 아울러 각 자료의 상호 관계에 대해서 설명하고 있다.

3) 明治 13年 刊『日韓善隣通語』의 선행연구

이 책에 대해서 이강민(2004)은 내용을 소개하고, 사이토 아케미(2005c)는 내용 소개와 위상에 대해 언급함과 동시에 언어 문제로서 방언, 경어, 문말(文末) 표현, 명령어에 대해서 언급하고 있으며『日韓善隣通語』와『交隣須知』의 관계에 대해서 다루고 있다.

4) 明治 25年 刊『日韓英三國對話』의 선행연구

이 책에 관해서는 사쿠라이 요시유키(1974)의 간단한 소개가 있다.
그리고 이강민(2005a)은 내용 소개와 이 책의 위상을 설명하는 동시에
일본어 문제로서「ユイテ」를 중심으로 하는 ハ행오단동사7)의 연용형
과「オッカサン」,「フトイ」에 대해서 언급하고 한국어 문제로서 2~3
개의 어휘에 대해서 언급하고 있다. 사이토 아케미(2006b)는 내용 소
개와 위상에 대해서 설명한 후, 일본어의 특색으로 인칭대명사, 접속조
사「から」,「ので」, 종조사「よ」, 격조사「を」, 문말표현「です」, 동사
「死ぬ」, カ행변격활용, サ행변격활용의 명령형에 대해서 언급하고 있다.

5) 明治 26年 刊『日韓通話』의 선행연구

여기에 대해서는 오구라 신페이(1940)와 사쿠라이 요시유키(1974)
의 내용 소개가 있다. 이강민(2003)은 내용 소개와 함께『日韓通話』
와『交隣須知』를 비교하고 있다. 여기에서는 일본어의 문제로서 이단
동사의 일단화,「カラ」와「ニヨリ」, ハ행사단동사의 연용형,「行く」의
연용형 등에 대해서 기술하고 있다. 그리고 사이토 아케미(2005a)는
『日韓通話』의 개요에 대해서 설명한 후,『交隣須知』와의 관계에 대
해서 기술하고, 대역 일본어에 대해서 ハ행사단동사의 음편형,8) 형용사

---

7) 일본어 문법의 활용은 보통 문어(文語)에서는 四段・上一段・上二段・
下一段・下二段・カ行変格・サ行変格・ナ行変格・ラ行変格의 9종류,
구어(口語)에서는 五段(역사적 仮名遣い[가나즈카이]에서는 四段) 上一段
・下一段・カ行変格・サ行変格의 5종으로 나뉜다.
8) 일본어의 음편형에는 イ(이)音便、ウ(우)音便、撥音便、促音便이 있다.

의 연용형, 부정(否定)의 조동사, 지정(指定)의 조동사, 力행변격활용
의 명령형, 원인·이유를 나타내는 접속조사, 추량의 조동사「だろう」,
인칭대명사, 수동을 나타내는 동사, 조사「は」와「が」의 용법에 대해서
설명하고 있다.

6) 明治 37年 刊『韓語會話』의 선행연구

이 책에 대해서는 사쿠라이 요시유키(1974)의 내용 소개를 들 수 있
다. 이강민(2005b)은 이 책의 소개와 더불어『交隣須知』와 비교·설
명하고 있다. 또 일본어 문제로서 ハ행오단동사의 연용형, ラ행오단동
사의 연용형,「ユイテ」,「オ…ナサル」등에 대해서 설명하고, 한국어 문
제로는 몇 개의 어휘에 대해서 설명하고 있다. 또 사이토 아케미(2006c)
에서는 일본어 문제로 인칭대명사, 동사, 형용사, 조동사, 조사에 대해
서 설명하고, 한국어의 어휘에 대해서 논한 후,『交隣須知』와의 관계
에 대해서도 다루고 있다.

7) 明治 42年 刊『韓語通』의 선행연구

여기에 대해서는 사쿠라이 요시유키(1974)의 내용 소개가 있다. 사이
토 아케미(2006d)는 이 책의 내용을 소개한 후, 일본어 문제로서 인칭대
명사, 가능을 나타내는 동사, サ행변격활용「する」와 力행변격활용「來
る」의 명령형, 형용사의 연용형의 음편, 지정(指定) 조동사, 부정의 조
동사, 추량의 조동사, 원인·이유를 나타내는 접속조사, 종조사에 대해
서 언급하였다. 또한『交隣須知』와의 관계에 대해서도 설명하고 있다.

3. 연구 자료

1) 明治 13年(1880年) 刊 『韓語入門』(寶迫繁勝)

구성 : 菊判和裝, 상·하권(상권 39丁, 하권 35丁) 2권
저자 : 호세코 시게카츠(寶迫繁勝)
간행 시기 : 1880년 12월
간행지 : 야마구치현(山口縣). 저자 장판(藏版)

본서에서는 「김민수·하동호·고영근 편(1977-1985), 『歷代韓國文法大系』第2部 第10冊(搭出版社)」 영인본을 사용한다.

2) 明治 13年(1880年) 刊 『日韓善隣通語』(寶迫繁勝)

구성 : 菊判和裝, 상·하권(각 권 29丁) 2권
저자 : 호세코 시게카츠
간행 시기 : 1880년 1월
간행지 : 야마구치현. 저자 장판

본서에서는 「김민수·하동호·고영근 편(1977-1985), 『歷代韓國文法大系』第2部 第10冊(搭出版社)」를 사용한다.

3) 『交隣須知』의 異本

『交隣須知』에는 여러 사본과 간본이 있는데 이 책에서는 주로 명치 시기의 간본을 대상으로 한다.

≪사본≫
　(1) 交隣須知(京都大學本)　卷一・二・三・四, 나에시로가와(苗代
　　　　　　　　　　　　　　　川) 전본, 교토대학 소장
　(2) 交隣須知(沈壽官本)　卷一의 一部, 卷三(二種-天保本・文政
　　　　　　　　　　　　　　本), 卷四의 일부, 沈壽官家 소장
　(3) 交隣須知(아스톤本)　卷一의 일부, 러시아 동방학 연구소 소장
　(4) 交隣須知(서울대학교本)　卷二・三・四, 나카무라 쇼지로(中村庄
　　　　　　　　　　　　　　　次郎) 전본, 마에마 쿄사쿠(前間恭作) 모
　　　　　　　　　　　　　　　사(模寫), 서울대학교 중앙도서관 소장
　(5) 交隣須知(濟州本)　卷二・三, 濟州 전본, 동경대학 오구라
　　　　　　　　　　　　　(小倉) 문고 소장
　(6) 交隣須知(中村本)　卷二・三, 나카무라 유키히코(中村幸彦)
　　　　　　　　　　　　　소장
　(7) 交隣須知(小田本)　卷四, 오다 이쿠고로(小田幾五郎) 전본,
　　　　　　　　　　　　　동경대학 舊南葵 문고 소장
　(8) 交隣須知(白水本)　卷一, 시로즈 후쿠지(白水福治) 전본, 츠
　　　　　　　　　　　　　시마(對馬) 역사 민속자료관 소장
　(9) 交隣須知(아스톤本 a)　卷一・四, 러시아 동방학 연구소 소장
　　　　　　(아스톤本 b)　卷一의 일부, 卷二의 일부, 러시아 동방학
　　　　　　　　　　　　　　연구소 소장
　(10) 交隣須知(長崎大學本)　卷一・三・四, 나가사키(長崎)대학 부속
　　　　　　　　　　　　　　　도 서관 경제학부분관 武藤 문고 소장

≪간본≫
　(1) 交隣須知(明治 14年本)　卷一・二・三・四, 우라세 히로시(浦瀬
　　　　　　　　　　　　　　　裕) 교정・증보, 1881년 간
　(2) 交隣須知(明治 16年本)　卷一・二・三・四, 우라세 히로시 교
　　　　　　　　　　　　　　　정・증보, 1883년 간
　(3) 交隣須知(寶迫本)　卷一・二・三・四, 호세코 시게카츠 산
　　　　　　　　　　　　　정(刪正), 1883년 간

(4) 校訂交隣須知(明治 37年本)卷一, 마에마 쿄사쿠・후지나미 기칸(藤波義貫) 공정(共訂), 1904년 간

『交隣須知』 제본(諸本)의 명칭에 관해서는 여러 가지가 있으나[9] 본고에서는 이강민(1998)에 따라 (   )안에 표시하였다.

(1) 明治 14年(1881年)本 『交隣須知』

구성 : 四六倍版, 四卷(각 권 50丁) 四권
저자 : 아메노모리 호슈(雨森芳州) 편집, 우라세 히로시 교정 증보
간행 시기 : 1881년 1월
간행지 : 외무성(外務省) 장판(藏版) 호세코 시게카츠 인쇄

본서에서는 후쿠시마 쿠니미치(福島邦道)・오카우에 토키오(岡上登喜男) 편 『明治 十四年版 交隣須知 본문 및 總索引』(笠間索引叢刊 96)을 사용한다.

(2) 明治 16年(1883年)本 『再刊交隣須知』

구성 : 四六倍版 和裝, 四卷(각 권 50丁내외) 四권
저자 : 아메노모리 호슈 편집, 우라세 히로시 교정・증보
간행 시기 : 1883년 3월
간행지 : 외무성 장판, 스보(周防) 나카야 도쿠베이(中谷德兵衛) 인쇄

---

9)「京都大學本」-苗代川本, 京大本, 京都大學苗代川本 등.
「서울대학교본」-中村庄次郎書 서사본, 前間恭作 모사본, 서울大學校藏本 등.
「濟州本」-濟州島本.
「小田本」-東京大學 舊南葵文庫 藏本, 小田幾五郎 修正本 등.
「白水本」-對馬本.

본서에서는 교토대학 문학부 국어학국문학연구실『異本隣語大方 ·
交隣須知』를 사용한다.

(3) 寶迫本『交隣須知』(1883年)

구성 : 四六倍版 和裝, 四卷(각 권 50丁내외) 四권
저자 : 아메노모리 호슈 원저(原著), 호세코 시게카츠 산정(刪正)
간행 시기 : 1883년 9월
간행지 : 야마구치현, 시라이시 나오미치(白石直道)

본서에서는 교토대학 문학부 국어학국문학연구실『異本隣語大方 ·
交隣須知』를 사용한다.

(4) 明治 37年(1904年) 本『校訂交隣須知』

구성 : 四六倍版, 328쪽
저자 : 마에마 쿄사쿠 · 후지나미 기칸 공정(共訂)
간행 시기 : 1904년 2월
간행지 : 경성(京城) 히라다(平田) 상점

본서에서는 교토대학 문학부 국어학국문학 연구실『異本隣語大方
交隣須知』를 사용한다.

4) 明治 25年(1892年) 刊『日韓英三國對話』(赤峯瀬一郎)

구성 : 菊判, 173쪽

저자 : 아카미네 세이치로

간행 시기 : 1892년 6월

간행지 : 오사카(大阪), 오카지마호분칸(岡島寶文舘)

본서에서는 「국립중앙도서관 소장본(한국), 국립국회도서관 소장본(일본), 도쿄경제대학 소장본(일본)」을 사용한다.

5) 明治 26年(1893年) 刊 『日韓通話』(國分國夫)

구성 : 菊判, 205쪽

저자 : 고쿠분 구니오(國分國夫) 편

간행 시기 : 1893년 10월, 1908년 10월 제6판 간행

간행지 : 츠시마(對馬), 코쿠분 타츠미(國分達見)

본서에서는 「와세다(早稻田)대학 도서관 소장본」을 사용한다.

6) 明治 37年(1904年) 刊 『韓語會話』(村上三男)

구성 : 袖珍判, 274쪽

저자 : 무라카미 미츠오(村上三男) 편

간행 시기 : 1904년 1월, 1904년 4월 재판

간행지 : 동경, 대일본도서주식회사

본서에서는 「동경경제대학 도서관 소장본」을 사용한다.

7) 明治 42年(1909年) 刊 『韓語通』(前間恭作)

구성 : 菊判, 364쪽
저자 : 마에마 쿄사쿠
간행 시기 : 1909년 5월
간행지 : 동경, 마루젠(丸善)주식회사

　본서에서는 김민수・하동호・고영근 편(1977-1985), 『歷代韓國文法大系』第2部 第13冊(搭出版社) 영인본을 사용한다.

4. 연구 방법

　제1장의 서론에 이어 제2장에서는 사쿠라이 요시유키(櫻井義之)가 소개하고 있는 한어 학습서를 중심으로 1) 회화서, 2) 단어집, 3) 문법서로 나누어 제본의 개요를 설명하고자 한다. 제3장에서는 『交隣須知』에 대해서 살펴 보고자 한다. 먼저 『交隣須知』에 관한 선행연구 및 명치시기의 『交隣須知』를 살펴본 후, 근대 일본어의 특색에 대해서도 살펴보고자 한다. 이어서 明治 37年本 『交隣須知』의 문말표현 「です」, 「ます」, 「ございます」에 대해서 다룬 후, 이 책에 출현하였던 새로운 일본어에 대해서 설명할 것이다. 다음으로 『交隣須知』에 보이는 일본어의 조사 「は」, 「が」와 한어의 「은(는)」, 「이(가)」에 대해서 용례를 들어가면서 논술할 것이다. 이어서 「を」, 「に」와 「을(를)」, 「에」에 대해서도 동일한 방법으로 언급하고자 한다.

　제 4장에서는 명치시기의 한어 학습서와 『交隣須知』와의 관계를 살펴보고자 한다. 첫 번째로 明治 13年(1880) 刊 『韓語入門』에 대한

논의에서는 저자 호세코 시게카츠(寶迫繁勝)의 약력과 출판 경위 및 구성에 대해서 기술하고자 한다. 이어서 『韓語入門』의 「체언」과 明治 14年本, 서울대학교本, 寶迫本 『交隣須知』의 한어를 비교하여 「체언」 작성에 참고로 한 자료를 밝혀 보고, 『交隣須知』와의 관계도 살펴보고자 한다. 두 번째로 明治 13年(1880) 刊 『日韓善隣通語』에 대해서는 작자인 호세코 시게카츠의 약력과 책의 내용을 소개한 후, 언어 문제로서 이 책의 「各物之名詞」와 明治 14年本, 明治 16年本, 寶迫本』, 서울대학교本 『交隣須知』의 비교를 통하여 「各物之名詞」에 참고하였던 자료에 대해서 조사한 후, 한어의 음운과 표기에 대해서 살펴보고자 한다. 일본어와 한어의 방언 및 경어에 관한 문제, 일본어의 명령어와 문말 표현에 대해서 기술한 후, 『交隣須知』와의 관계도 살펴보고자 한다. 세 번째로는 明治 25年(1892) 刊 『日韓英三國對話』에 대한 자료의 개요와 구성을 살펴보고 이 책의 한어 및 일본어에 관한 문제를 살펴보고자 한다. 일본어의 문제로는 대명사, 동사, 조동사, 조사의 용례를 들어가면서 설명할 것이다. 그리고 『交隣須知』와의 관계를 설명한 후, 아카미네 세이치로(赤峯瀨一郎)의 「韓日言語之關係」에 대해서 설명한다. 네 번째로는 明治 26年(1893) 刊 『日韓通話』에 대한 자료의 개요를 설명하고 이 책의 한어와 모음, 자음의 분류법에 대해서 다룬다. 일본어에 관한 문제로는 대명사, 형용사, 조동사, 조사의 예문을 들어가면서 설명하고자 한다. 다섯 번째로 明治 37年(1904) 刊 『韓語會話』에 대해서 살펴보고자 한다. 먼저 자료의 출판경위와 구성을 살펴보고 『韓語會話』와 『交隣須知』의 한어 표기에 대해서 설명할 것이다. 다음으로 이 책의 어휘로서 지금은 별로 사용하지 않는 어휘를 표로 정리하여 설명하고, 일본어의 「－に乘る」를 나타내는 한어에 대해서도 언급할 것이다. 일본어 문제로는 대명사, 동사, 형용사, 조사, 조동사의 용례를 들어가면서 설명하고자 한다. 마지막으로 明治 42年 (1909) 刊 『韓語通』에 대한 자료의 개요를 설명한 후, 이 책의 한어에 관해서 예문을 들어가며 살펴보기로 한다. 일본어의 문제로는 대명사, 동사, 형용사, 조동사, 조사에 대해서 언급할 것이다. 다음으로 『韓語通』과 『交隣須知』와의 관계에 대해서 설명하고, 마에마 쿄사쿠(前間恭作)의 「한국어의 역사적 변화」에 대해서 설명하고자 한다.

제 2 장
명치시기의 한어 학습서

1. 일본인이 사용한 한어 학습서

에도시대에서 명치시기에 걸친 일본에서는 『交隣須知』를 비롯한 많은 한어 학습서가 편찬되어 사용되었는데, 이들은 어학 학습서로서 뿐만 아니라 일본어와 한국어의 연구 및 양 언어의 대조 연구에도 중요한 자료가 된다.

2. 사쿠라이 요시유키(櫻井義之)가 소개한 한어 학습서

다수의 한어 학습서 중에서도 『交隣須知』는 가장 널리 사용된 교재라고 전해진다. 그런데 『交隣須知』는 한국어 본문에 일본어를 대역해 놓은 사전적 성격의 회화체 학습서이기 때문에 언어 자료로서의 가치가 크다. 다만 『交隣須知』 이외에도 많은 한어 교재가 있었는데, 사쿠라이 요시유키(1974a)는 명치시기(1868-1912)의 한어 학습서로서 다음과 같은 것들을 소개하고 있다.

표1. 명치시기의 한어 학습서(1)

서 명	작 성 시 기
韓語入門	明治13年(1880)
日韓善隣通語	明治14年(1881)
正訂隣語大方	明治15年(1882)
明治14年本交隣須知	明治14年(1881)
明治16年本交隣須知	明治16年(1883)
寶迫本交隣須知	明治16年(1883)
朝鮮日本善隣互話	明治17年(1884)
日韓英三國對話	明治25年(1892)
日韓通話	明治26年(1893) 同41年(1908)(6版)
朝鮮医語類集	明治27年(1894)
朝鮮國海上用語集	明治27年(1894)
兵要朝鮮語	明治27年(1894)
朝鮮俗語早學	明治27年(1894)
速成獨學朝鮮日本會話篇	明治27年(1894)
日韓會話	明治27年(1894) 同37年(1904)(6版)
新撰朝鮮會話	明治27年(1894)
日淸韓三國會話	明治27年(1894)
旅行必要日韓淸對話自在	明治27年(1894)
獨習速成日韓淸會話	明治27年(1894)
日淸韓三國對照會話篇	明治27年(1894)
日韓對照善隣通語	明治27年(1894)
朝鮮語學獨案內	明治27年(1894)
日話朝雋	明治28年(1895)
實地応用朝鮮語獨學書	明治29年(1896)
「日淸韓」日國千字文	明治33年(1900)
朝鮮語獨習	明治34年(1901) 同43年(1910)(11版)
實用韓語學	明治35年(1902)
韓日通話捷徑	明治36年(1903)

위와 같은 자료 외에도 사쿠라이 요시유키(1974b)는 다음과 같은 학습서에 대해서도 언급하고 있다. 이들은 주로 한어 학습서이지만 그 중에는 한어 연구서도 있다.

표2. 명치시기의 한어 학습서(2)

서　명	작성시기
韓語會話	明治37年 (1904) 同4月(1904)再版
校訂交隣須知	明治37年(1904)
日韓會話	明治37年(1904)
日韓英會話大全	明治37年(1904)
滿韓土語案內	明治37年(1904)
日韓會話獨習	明治37年(1904)
いろは引き朝鮮語案內	明治37年(1904) 大正2年(1913)(5版)
韓語硏究	明治37年(1904)
最新日韓會話案內	明治37年(1904) 同41年(1908)(4版)
日韓會話二十日間速成	明治37年(1904)
韓語獨習誌	明治38年(1905)
韓語敎科書	明治38年(1905)
對譯日韓新會話	明治38年(1905)
韓譯重刊東語初會	明治38年(1905)
韓文日本豪傑桃太郞伝	明治38年(1905)
獨學韓語大成	明治38年(1905) 同40年(1907)(再版)
韓語正規	明治39年(1906)
日韓會話辭典	明治39年(1906) 同42年(1909)(4版)
韓語	明治39年(1906)
六十日間卒業日韓會話獨修	明治39年(1906) 同44年(1911)(6版)
日韓いろは辭典	明治40年(1907)
獨習日語正則	明治40年(1907)
韓日英新會話	明治42年(1909)
同文新字典	明治42年(1909)
韓語通	明治42年(1909)
韓語文典	明治42年(1909)
文法注釋韓語硏究法	明治42年(1909)
日韓兩國語同系論	明治43年(1910)
日語大成	明治43年(1910)
新案韓語栞	明治43年(1910)
日韓韓日言語集	明治43年(1910)
國語朝鮮語字音及用字比較例	明治44年(1911)
國語の發音及語法に關する調査	明治44年(1911)
局員須知日鮮會話	明治45年(1912)
日語類解	明治45年(1912)

　사쿠라이 요시유키(1974c)에서는 다음과 같은 다이쇼(大正) 기(1912
-1926)의 자료도 소개하고 있다. 사쿠라이에 의하면 명치시기의 어학
서는 기초적인 것이 많고, 다이쇼 기의 어학서는 실무적이며 실증적이
라고 한다. 그 이유는 사전의 편찬, 강의록, 강좌록의 발행 등 일련의
보급사업이 추진력 있게 이루어졌기 때문이라는 것이다. 또한 연구면에
서는 어법, 비교연구, 전문용어의 해설 등 명치시기에는 볼 수 없었던
새로운 전개를 볼 수 있다. 다이쇼 기는 15년이라는 짧은 기간이었음에
도 불구하고 다음과 같은 35점의 자료가 소개되고 있다.

표3. 다이쇼 기의 한어 학습서

서　　　명	작 성 시 기
新選正則日鮮會話	大正元年(1912)
朝鮮不動産用語略解	大正2年(1913)
日鮮遞信會話	大正2年(1913)
國語朝鮮双舌通解	大正2年(1913)
朝鮮語會話獨習	大正2年(1913)
朝鮮熟語解題	大正4年(1915)
ポケット朝鮮學語捷徑	大正4年(1915)
ポケット朝鮮語獨學	大正4年(1915)
朝鮮語會話	大正4年(1915)·大正9年(1920)(增訂7版)
朝鮮語法及會話書	大正6年(1917)
韓語學大全	大正6年(1917)
日鮮會話精通	大正6年(1917)
日韓言語合璧	大正7年(1918)
朝鮮語五十日間獨修	大正7年(1918)
朝語階梯	大正7年(1918)
朝鮮語の先生	大正7年(1918)
國語大辭典	大正8年(1919)
朝鮮語辭典	大正9年(1920)
朝鮮語學史	大正9年(1920)
國語及朝鮮語のため	大正9年(1920)

實用本位日鮮辭典	大正9年(1920)
新々朝鮮語會話	大正10年(1921)
朝鮮ニ於ケル畜牛使役用語	大正11年(1922)
日韓會話	大正11年(1922)
朝鮮語研究	大正12年(1923)
新譯朝鮮語會話捷徑	大正12年(1923)
日本人之朝鮮語獨學	大正12年(1923)
國語及朝鮮語發音概說	大正12年(1923)
南部朝鮮の方言	大正13年(1924)
龍歌故語箋	大正13年(1924)
鷄林類事麗言巧	大正14年(1925)
最新朝鮮語會話辭典	大正14年(1925)
朝鮮語講義錄	大正14年(1925) · 昭和元(1927)
朝鮮語發音及文法	大正15年(1926)
現行朝鮮語法	大正15年(1926)

3. 한어 학습서의 개요

명치시기에는 많은 한어 교재가 사용되었지만, 여기에서는 사쿠라이 요시유키가 소개하고 있는 한어 학습서를 내용에 따라 회화서, 단어집, 문법서 등으로 분류하여 재정리하고자 한다. 먼저 회화서에 대해서 살펴보기로 한다. 여기에는 다음과 같은 것들이 있다.[1]

1) 회화서

○ 日韓善隣通語 상·하권(明治 13, 寶迫繁勝)

---

1) 『交隣須知』에 대해서는 제3장에서 설명하므로 여기에서는 다루지 않는다.

『韓語入門』의 자매편이며 평이한 문답체로 쓰여 있다. 상권을 '제1 편', 하권을 '제2편'으로 하고 있다. '제1편'에는 발음의 이론(理論), 자 모음 및 각음(各音), 언문철자법, 문답용어, 동음이의어, 언어의 혼잡, 접속사, 일상용어, 상용어 각종 명사 등에 대한 기술이 있고 '제2편'에 는 명령어, 각물(各物)명사 등에 대한 기술이 있다.

○ 訂正隣語大方(明治 15, 浦瀬裕) <회화서, 서간문>
『隣語大方』은 『交隣須知』와 함께 오랫동안 사용된 한어 학습서이 다. 한국에서 만들어진 것도 있지만 일본의 츠시마(對馬)에서 처음으로 작성되었다고 한다. 이것은 한국인이 사용한 일본어 교재로 형식은 한어 의 오른쪽에 일본어로 방주(傍注)를 달았다. 서언(緖言)에 의하면 "조 선인과 대화할 때나 서신을 주고받을 때의 말을 모은 것"이라고 한다.

○ 日韓英三國對話(明治 25, 赤峯瀬一郎)
일본어, 한어, 영어 회화를 대조한 것으로 한어는 경성(京城)의 말을 사용하고, 일본어는 동경어를 사용해 보통문과 존경어를 기술하고 영문 을 대조시키고 있다.

○ 日韓通話(明治 26, 國分國夫) <단어, 회화서>
각 장의 처음에 단어를 게재하고, 그 단어를 사용한 문답, 또는 담화 를 실어서, 빈 부분에 전환 활용의 어구를 수록한 것이다. '서언(緖言)' 에 "이 책은 구미(歐美)에서 행하는 회화편의 순서에 따라 일상의 대화 에 반드시 필요한 단어, 연어(連語)를 모아 전편으로 하였다." 고 쓰여 있다.
전 편을 24장으로 나누어 기록하고 있으며 한어의 옆에 쓰여 있는 대역 일본어는 明治 14年本 『交隣須知』, 明治 16年本 『交隣須知』
(再刊本)보다 새로운 양상을 많이 보이고 있다.

○ 日韓會話(明治 27, 參謀本部 編)

　참모 본부가 편찬한 포켓 군용서로, 전 편을 기수(基數), 자칭(自
稱), 인족(人族), 가택(家宅), 기구(器具), 곡수(穀獸), 사교담화(社交
談話) 등의 7편으로 나누어 기술하고 있다. 부록으로서 일·청·한
(日·淸·韓)의 중요 지명과 언문의 성립에 대한 언급이 있다.

○ 新撰朝鮮會話(明治 27, 홍석현)

　일상회화 34편의 역(譯)으로, 권말(卷末)에 편지문 및 주요 지명의
한어를 집록하고 있다.

○ 日淸韓三國會話(明治 27, 坂井釟五郞) <단어, 회화서>

　한어 및 청국(淸國)의 말로 지명, 군인 용어, 일상 회화를 기술하고
있다.

○ 旅行必要日韓淸對話自在(明治 27, 大刀川吉次郞)

　단어 및 여행에 관한 회화, 매매용 회화, 군사 회화 등을 수록하고
있으며, 전편을 '日韓의 部', 후편을 '日淸의 部'로 구성, 단어 및 회화
를 집록하고 있다.

○ 獨習速成日韓淸會話(明治 27, 吉野佐之助)

　발음법, 음표, 단어, 회화 등을 집록하고 있다.

○ 日淸韓三國對照會話篇(明治 27, 松本仁吉)

　淸語 5음, 한어 99음을 기록하고 있는데, 상편에는 숫자(數字), 년월(年月), 척도(尺度), 이수(里數), 계절(季節) 등에 관한 것을 집록하고, 하편에서는 二字話, 三字話, 四字話, 五字話, 六字話, 청국(淸國) 지명 등을 기술하고 있다.

○ 日韓對照善隣通語(明治 27, 中根秀太郎) <회화서 외>

　발음, 자모음의 도(図), 언문철법, 문답어, 언어비교, 일상어, 명령어, 여러 물건(各物) 명사 등을 집록하고 있다.

○ 朝鮮語學獨案內(明治 27, 松岡馨) <단어, 회화서>

　언문, 단어, 조사, 회화에 대한 기술이 있다.

○ 速成獨學朝鮮日本會話篇(明治, 27) <단어, 회화서>

　한어 99음의 도(図), 단어, 회화의 三章으로 이루어져 있다.

○ 實地応用朝鮮語獨學書(明治 29, 弓場重榮) <단어, 회화서>

　언문해석, 단어, 회화에 대한 기술이 있다. 범례에 "먼저 처음으로 언문 해석을 하고 다음에 기수 및 수칭(數称) 등을 들어 단어와 회화를 써서 독자가 이해하기 쉽도록 하였다."고 하여 초급자용의 학습서임을 알 수 있다.

○ 朝鮮語獨習(明治 34, 송강형) <단어, 회화서>

　위의 『朝鮮語學獨案內』와 동일하다.

○ 實用韓語學(明治 35, 도정호) <단어, 회화서>

실용회화를 十章으로 나누어 하나씩 설명을 하고 있다.

○ 韓日通話捷徑(明治 36, 田村謙吾)

일상통화 용어, 의식, 검증, 조사, 시찰 등의 22항목에 걸쳐 집록하고 있다.

○ 韓語會話(明治 37, 村山三男)

한국의 철도에 종사하는 일본인을 위한 실용 회화서이지만 일반 한어 회화에도 통용되던 것으로, 제1편에서 한국어의 기초를 설명하고 제2편은 회화로 되어 있다.

2) 단어집

○ 朝鮮医語類集(明治 27, 鈴木裕三)

해군 군의였던 스즈키 유조(鈴木裕三)가 모은 어휘를 분류하고 해군 군의(軍醫) 회원에게 배포한 책이다. 232개의 어휘를 수록하고 있고 일본어, 한국어, 영어로 기술하고 있다.

○ 朝鮮國海上用語集 (明治 27, 田村宮太)

해군의 군용어를 수록한 실용서로 해상 용어 100여 개를 일본어, 한국어, 영어로 기술한 것이다.

○ 兵要朝鮮語 (明治 27, 近衛步兵第一旅団 編)

　병요(兵要)의 단어를 'イロハ 순'으로 배열한 것이다.

○ 朝鮮俗語早學 (明治, 27)

　한국어의 일상 용어를 'イロハ 순'으로 배열한 것이다.

○ 日話朝雋 (明治 27, 송강형, 境益太郎)

　일본인과 한국인의 합작으로 일본어 단어에 대한 언해(諺解)이다.

3) 문법서

○ 韓語入門　상·하권 (明治 13, 寶迫繁勝)

　상권에 한어의 발음, 언문철법, 각종 용어례를 열거하고, 하권에는 각종 명사, 인칭, 형용사, 분사, 연어 등에 대해서 기술하였으며, 마지막 장에는 『小學讀本』의 해석이 있다. 난(欄)외에는 호세코의 주기(注記)가 있다.

　그 밖에도 다음과 같은 것들이 있다.

○ 韓語通 (明治 42, 前間恭作) ＜종합서＞

　문법, 회화, 한어의 역사에까지 미치는 종합서이다.

○ 朝鮮日本善隣互話 (明治 17, 이수연) ＜한국사정＞

　한국의 사정을 일본인에게 소개하기 위해 쓰여진 것으로 동경외국어학교의 교재로 사용되었다. 내용은 지리(地理), 민속(民俗), 제도(制度), 법률(法律), 정사(政事), 도학(道學), 문예(文芸), 사승(史乘), 물산(物産), 기구(器具)로 되어 있고, '卷之一'은 지리의 부(部)였다.

○「日淸韓」三國千字文 (明治 33, 荒波平治郎) <가나음>

일본의 가나, 한국의 언문으로 각각 대응하는 상대국의 문자를 부기(付記)하고 있다.

이상으로 사쿠라이 요시유키의 논문 (1974a, 1974b, 1974c)에 소개되어 있는 명치시기 일본에서의 한어 학습서를 간략하게 재정리 하였다. 그러나 지금까지 이들 학습서에 대한 상세한 연구는 아직 부족하다고 할 수 있다. 따라서 이들 한어 학습서의 상호 관계를 명확히 하고 체계적으로 정리하여 일본어와 한국어의 어사(語史) 및 양국어의 대조 연구에 도움이 되었으면 한다.

제3장
명치시기의 『交隣須知』

1. 선행연구

여기에서는 선행연구에서 언급하지 않았던 사이토 아케미(齊藤明美)(2004)의 결론 부분1)과 명치시기의 『交隣須知』에 대해 간단히 소개한 후, 明治 37年本에 반영되어있는 근대 일본어의 특색, 『交隣須知』에 보이는 「は」, 「が」와 「은(는)」, 「이(가)」, 「を」, 「に」와 「을(를)」, 「에」에 대해서 언급해 가기로 한다.

사이토 아케미(2004)는 현존하는 『交隣須知』의 자료의 상호 관계를 밝히고 거기에 사용된 일본어와 한어 표기에 관한 몇 가지의 문제 해결을 목적으로 하고자 하였다.

일반적으로 『交隣須知』는 권을 나누는 법, 부문의 배열, 표제어 한자의 배열, 예문의 이동상황(異同狀況), 증보란(增補欄)의 유무 등에 따라서 소위 고사본계(古寫本系)와 증보본계(增補本系)로 나뉘는데, 각 계열에 속하는 제본의 상호관계는 명확하지 않다고 할 수 있다. 따라서 사이토 아케미(2004)는 『交隣須知』의 연구 의의, 선행연구 등에 대해서 논한 후, 고사본계에 속하는 京都大學本, 沈壽官本의 天保本과 분세본(文政本), 아스톤本에 대해서 표제어 배열이나 예문 등을 조

---

1) 사이토 아케미(2004), 『『交隣須知』의 系譜와 言語』(개정판), pp.335-340.

사하였다. 그 결과 京都大學本과 天保本은 유사성이 많고 文政本은 이질적이라는 사실을 알 수 있었다. 또한 아스톤本의 경우 卷一의 「天文」, 「時節」 두 부문 밖에 남아 있지 않아서 상호 관계를 명확히 알 수는 없으나, 한어를 읽는 방법(音注)이 가타카나 표기로 되어 있어 앞으로 한어의 음운 연구에 중요한 자료가 될 것이라고 보고 있다.

증보본계 각 자료의 상호관계에 대해서는 卷一만이 현존하는 아스톤本과 白水(시리즈)本에 관해서 조사한 결과, 부문 배열과 표제어 배열은 두 자료 모두 유사성이 높지만 예문의 내용을 보면 아스톤本은 明治 14年本과, 白水本은 京都大學本과 비슷한 점이 많음을 알 수 있었다. 아스톤本과 白水本은 모두 증보본계로 분류될 만하지만 성격이 다른 면이 보여 명치시기의 간본으로 볼 수 있는 것은 아스톤本이라고 할 수 있다.

卷二가 남아있는 서울대학교本과 濟州本은 표제어 배열, 한어 본문, 대역 일본어 등에 대해서 조사하였다. 그 결과 지금까지 거의 일치한다고 하는 두 자료에서도 적지만 차이가 있음을 알 수 있었다. 한어 본문보다 대역 일본어에서 보다 많은 차이가 보였다. 이로써 대역 일본어는 고정된 것이 아니라 학습자의 표기법 등을 어느 정도 반영하고 있다고 볼 수 있다.

卷三을 살펴 본 결과, 전체적으로는 세 자료 모두 유사성은 많지만 표제어의 유무, 배열의 방법에서는 서울대학교本과 濟州本의 유사성이 많고 대역 일본어 이동상황(異同狀況)에서는 濟州本과 나카무라본(中村本)의 유사성이 많음을 알 수 있었다.

또한 卷四의 표제어 배열을 보면 서울대학교本과 小田本은 크게 다르고, 오히려 小田本과 京都大學本이 비슷함을 알 수 있었다. 또 아스톤本은 서울대학교本, 小田本, 京都大學本하고도 다른 표제어 배열을 하고 있어 小田本을 '增補本의 祖'라고 하는 데에는 의문이 남는다.

『交隣須知』의 간본에 대해서 보자면 처음에 明治 14年本의 남본(藍本)에 대해서 조사했으나 어느 한 가지로 한정할 수는 없다고 보았다. 구체적으로 卷一은 아스톤本과 같은 증보본계 『交隣須知』를, 卷二, 卷三은 복수의 증보본계 사본류를 남본이라고 볼 수 있다. 단 卷四의 표제어 배열은 서울대학교本이나 아스톤本이 아닌, 小田本, 京都大學本('增補'란은 없지만)에 가까운 것 같다. 또한 明治 14年本이 간행된 후 2년이 안 되어 明治 16年本이 간행되었는데, 그 이유의 하나로 明治 14年本에 인쇄 실수가 많은 점을 들 수 있다. 明治 16年本(再刊本)에는 明治 14年本에서 필사한 표제어 한자에도 활자가 있다. 그리고 한어의 정리도 상당히 이루어졌다.

명치 16년(1883)의 재간본과 寶迫本을 대조하여 두 자료의 차이를 밝혔다. 그 주된 차이로서 ①재간본에는 표제어 한자가 있지만 寶迫本에는 보이지 않는다. ②재간본에는 寶迫本에 없는 예문이 200개 정도 있는데, 卷四에 150례 이상 있고 卷三과 卷四에 집중되어 있다. ③재간본에는 없고 寶迫本에 있는 예문은 27례가 있는데, 卷一, 二, 三, 四에 각각 분산되어 있다. ④寶迫本에는 재간본에서 많이 사용되고 있는 원인·이유를 나타내는 접속조사 「ニヨリ」를 「カラ」로 바꾸어 쓰는 경우가 많다라는 점 등을 들 수 있다.

明治 37年本에 새롭게 나타난 부분에 대해서는 몇 가지의 예문을 들어 설명을 더하였다. 또 『交隣須知』의 계보에 대해서는 우선 작자의 문제를 다루고 현존하는 제본의 계열을 제시하였다.

그리고 『交隣須知』의 일본어를 살펴보았는데, 우선 음운·표기에 대해서 조사해 보았다. 여기에서는 탁음표기[2], 반탁음표기[3], オ단장음의 개합표기(開合表記), 네 가지 가나(じ·ぢ·ず·づ)의 혼동, 합요음(合拗音)의 직음화(直音化), 장음의 단음 표기 등에 대해서 논하였다. 이들 표기법 가운데 특히 반탁음의 경우, 京都大學本에서는 무표기, 「ゝ」의 두 종류가 사용되었고, 증보본계 제본에서는 무표기, 「ゝ」, 「…」, 「°」의 네 종류가 사용되어 명치시기의 간본에 이르러 「°」로 통일되는 과정을 볼 수 있었다.

明治 37年本 이전의 대역 일본어는 가미가타어(上方語)적 요소를 농후하게 가지고 있지만, 가미가타어도 사투리가 많은 에도어(江戸語)도 아니어서, 두 언어 가운데 어느 쪽이라고 할 수 없다. 말하자면 좀 색다른 언어(余所行き詞)로서 일본과 한국간의 공식(公式)적인 상황에서 통용되던 당시의 표준어라고 할 수 있다.

문법의 특징으로서는 어휘에 대해서는 원인·이유를 나타내는 접속조사 「により・から・ので」에 대해서 언급하였다. 우선 이들이 『交隣須知』의 제본에 어떻게 사용되었는지를 파악하고 이들 표현의 역사적 변천과 의미 변화 등에 대해서 고찰하였다. 그 결과의 사본류의 제본에는 「により」의 사용이 일반적이고, 「から」는 寶迫本에 이르러 많이 사용된 것을 알 수 있었다. 또한 「ので」의 등장은 明治 37年本에서야 나타나는데, 明治 37年本에 보이는 그 용법 가운데 그의 뒤에 추량이나 의지(의향·결심)를 나타내는 문이 이어지는 용례가 있음을 볼 수 있었다.

부사 「いか(こ)う」와 「もっとも」의 의미가 『交隣須知』 제본에서 어떻게 변화하는지에 대해서도 논의하였다. 「もっとも」의 경우 사본류

---

2) 탁점(濁点)을 붙여 나타내는 음으로 청음(清音), 반탁음(半濁音) 이외의 것을 뜻한다. 성대의 진동(振動)을 동반하는 자음으로 ガ行·ザ行·ダ行·バ行의 각 음이 그것이다.

3) 'パ·ピ·プ·ペ·ポ'의 총칭으로 'ハ'와 'バ'의 중간적인 음이라 생각되어 그 명칭이 관용적으로 되었다.

제본에서는 그의 의미가 「当然だ, 適当だ, 合理的だ」였으나 明治 14 年本이 되면 「いちばん, 最高に」라는 의미로 변화해 가는 과정을 볼 수 있었다.

소위 조선 자료의 독특한 문제라고 할 수 있는 한어의 간섭에 의한 일본어의 어휘에 대해서도 논했다. 즉 그 때 그 때 구별되어야 할 일본어 「とまる」와 「すわる」, 「くう」와 「のむ」, 「みる」와 「あう」, 「こえ」와 「おと」가 『交隣須知』 제본에서는 어떻게 사용되고 있는지를 조사했다. 그 결과 나에시로가와(苗代川)에 전해진 京都大學本의 일본어에 한어의 간섭이 많이 나타남을 알 수 있었다.

그리고 언어의 지역성에 대해서 검토했다. 우선 『交隣須知』에 보이는 큐슈(九州) 방언, 츠시마(對馬) 방언의 사용 상황을 파악한 후, 이단동사의 일단화, 「見る」의 명령형, 형용사의 カリ활용,4) カ행 한자음의 요음 표기에 대해서 조사하였다. 그 결과 『交隣須知』의 어휘에는 큐슈 북부의 방언적 요소가 나타나지만 문법 전체를 봤을 때 큐슈방언이라고 단정하기는 어렵다.

이어서 『交隣須知』의 한어 표기법을 조사하였다. 그 결과 明治 14 年本, 16年本의 한어는 사본류에 비하여 표음적인 표기법을 보인다고 할 수 있지만, 『交隣須知』 전체적으로 보면 중세 한국어의 표기법을 기반으로 하면서 조금씩 새로운 요소가 구축되는 과정을 볼 수 있었다.

결국 『交隣須知』의 언어는 일본어와 한국어 모두 새로운 언어로 이행할 때의 혼돈을 보여준 과도기적 언어라고 할 수 있을 것이다.

---

4) 고어(古語) 형용사의 활용 형식으로 「から・かり・かり・かる・かれ」, 「しから・しかり・しかる・しかれ」로 활용하는 부분을 말한다.

2. 『交隣須知』

1) 明治 14年(1881)本 『交隣須知』

이 책은 제 四권 4책으로 이루어졌고 서형(書型)은 26cm이다. 지금까지 사본으로 전해졌던 『交隣須知』를 우라세 히로시가 수정, 증보하여 외무성판으로 출판한 것이다. 출판 경과는 '서언(緖言)'에 잘 나타나 있다. 명치 9년(1876) 강화조약이 성립하여 부산과 인천, 원산이 개항되자, 한국과 일본의 무역이 활발해져 한국어 학습이 필요하게 되었다. 이에 따라 부산에서 『交隣須知』를 출판하게 된 것이다. 그 때 야마구치현 출신으로 부산에 와 있던 호세코 시게카츠가 우라세 히로시를 도왔으며 종래의 『交隣須知』에 방언이 너무 많아 사용하기에 부적절하다고 생각되어 수정한 것이다. 또한 일본문의 수정은 콘도 요시키(近藤芳樹)·카베 이와오(加部嚴夫)에게, 한국어문의 수정은 김수희와 京城의 서너 학사에게 의뢰했다고 한다.

2) 明治 16年(1883)本 『交隣須知』

이 책은 46배판 和裝, 제 四권 4책으로 이루어져 있다. 우라세 히로시가 교정·증보하고 나카야 도쿠베이가 인쇄하여 간행하게 된 것이다. 明治 14年本 『交隣須知』에 목차가 없거나 활자가 아닌 뒤에서부터 써내려 간 부분을 보필(補筆)하는 형식으로 되어 있는데, 후쿠시마 쿠니미치(1990:21)도 明治 14年本 『交隣須知』는 '조금 결함이 있는 책'이라고 하였다. 각 권 표지의 제전(題箋)에는 「再刊交隣須知」, 표지 뒷면 중앙에는 「再刊交隣須知」, 우측에 「外務省藏板明治十六年二月

十六日出版權屆」, 좌측에 「明治十六年三月印行」, 상부에 「大日本帝國紀元二千五百四十三年」라고 쓰여 있다. 또 각 권 첫 번째 장의 초두(初頭)에는 「對馬嚴原藩士雨森芳州編輯、對馬浦瀨裕校正增補、周防中谷德兵衛印刷」라고 쓰여 있다. 명치 14년(1881)에 출판된 『交隣須知』가 불과 2년 후에 또 출판된 이유에 대해서는 오구라 신페이(1936:27)의 '우라세 히로시와 호세코 시게카츠와의 의견 차이'라는 설이 있고, 후쿠시마 쿠니미치(1990:25-27)의 '인쇄상의 문제(인쇄 miss)가 원인으로 호세코 시게카츠가 책임을 받아들이게 되었다'는 설 등이 있다.

3) 寶迫本 『交隣須知』(明治 16年, 1883)

이 책은 46배판 和裝, 제 四권은 네권으로 이루어져 있고 명치 16년(1883)에 출판되었다. 본서는 시라이시 나오미치(白石直道)에 의한 판본(版本)이고 표지의 제전(題箋)에 「故雨森東原著 寶迫繁勝刪正 交隣須知」라고 쓰여 있다. 그리고 각권 첫 번째 장의 초두(初頭)의 서명(書名)의 밑에도 「雨森東原著」, 「寶迫繁勝刪正」이라고 쓰여 있다. 제 四권의 판권장(版權張)에는 「明治十六年三月五日出版御屆、同年九月卄九日刻成御屆」, 「原著者舊對馬藩士雨森東」, 「刪正者外務御用掛寶迫繁勝」, 「出版者福岡縣士族白石直道」 등이 적혀 있고 우라세 히로시의 이름은 보이지 않는다. 京都大學本의 '自序'를 보면 明治 14年本의 '문법을 올바르게 하고 번잡함을 바로 잡아 거듭 교사(校寫)한 후에 드디어 선본(善本)이 완성되었다'고 쓰여 있어 문법의 오류를 고치고 예문도 보다 간결하게 한 것을 알 수 있다. 그리고 明治 16年本과 寶迫本과의 일본어의 차이에 대해서는 오오마가리 요시타로

(大曲美太郎)(1935:204)에 자세히 나와 있는데 明治 16年本에는 있으나 寶迫本에는 없는 예문이 200개 정도이고 寶迫本에는 있으나 明治 16年本에는 없는 예문이 20개 정도라고 하고 있다. 따라서 明治 16年本『交隣須知』가 寶迫本보다도 예문의 수가 많은 것을 알 수 있다. 이 외의 큰 차이점으로는 明治 16年本에는 표제어 한자가 있으나 寶迫本에는 표제어 한자가 없는 점을 들 수 있다. 그러나 明治 37年本『交隣須知』에는 표제어 한자가 있어 寶迫本의 형식이 이어지지 않은 것을 알 수 있다.

4) 明治 37年(1904)本 『交隣須知』

이 책은 마에마 쿄사쿠(前間恭作)·후지나미 기칸(藤波義貫)의 공정(共訂)에 의한 마지막 간행본이다. 46배판, 328쪽으로 이루어져 있다. 양장(洋裝)이고, 교토의 히로다(平田) 상점에서 간행되었다. 교토대학 문학부 국어학국문학 연구실(1968)의 『異本隣語大方·交隣須知』에 포함되어 있는 明治 37年本의 언어를 보면 明治 14年本, 明治 16年本에 비해 일본어, 한국어가 모두 상당히 새로워졌음을 알 수 있다. 마에마 쿄사쿠의 '서언(緒言)'에 의하면 '원본'에는 조사(措辭)의 부적절한 부분, 방언, 오류가 많기 때문에 明治 37年本을 간행할 필요가 있었다고 한다. 다만 원저자에 대해서는 표시하고 있지 않다. 후쿠시마 쿠니미치(1990:5)에 의하면 마에마 쿄사쿠가 아메노모리 호슈(雨森芳州)를 저자로 내세우는 것을 반대하고 있었기 때문이라고 한다.

3. 明治 37年本 『交隣須知』와 근대 일본어

1) 근대 일본어의 특색

일본어의 문체에 대해 논할 경우, 한문체, 기록체, 가나문과 같은 문장의 스타일을 말하는 경우와 나츠메 소세키(夏目漱石)나 아쿠타가와 류노스케(芥川龍之介)와 같은 작가 개인의 문장 스타일을 말하는 경우가 있다. 예를 들면 다음과 같다(사이토 아케미(齊藤明美) 2001a).

> 나츠메 소세키의 초기작품의 문체는 사생문(寫生文)이었다. 그러나 소세키의 사생문은 마사오카 시키(正岡子規)나 다카하마 쿄시(高浜虚子)의 작품과는 질적으로 차이가 있다. 눈에 보이는 것을 그대로 묘사하는 것이 아니라 마음속에 있는 사상을 직접 서술한다고 할 수 있으며 작자의 심리적인 상태에 중점을 두는 것이기도 하다. 이 수법에 의해 『わが輩は猫である』, 『坊っちゃん』 등과 같은 작품이 탄생하게 된다. 그리고 초기 작품 중에서 마지막 작품이라고 할 수 있는 『草枕』에서 사생문적인 실험 문체를 마지막으로 소세키의 문체는 사회와 문명에 대한, 인간의 존재에 대한 회의를 강하고 솔직하게 표현하는 문체로 변하게 된다. 한문과 영문, 현실과 꿈, 동양과 서양 사이에서 끊임없이 번민하고 사회적으로 금지된 사랑에 번민하는 소세키의 문체는 이러한 작가의 심리 과정과 더불어 변화해 가게 된다.

위 문장은 나츠메 소세키라는 작가의 작품 속에 나타나는 문체의 변화과정에 대해 기술한 것으로 동일한 작가라도 문장 스타일은 변해 가는 것이 일반적임을 보인 것이다. 그러나 여기에서는 문학 작품의 문체에 대해 기술하자는 것이 아니라 한어 학습서인 『交隣須知』의 대역 일본어 회화문에 나타나는 스타일의 변화에 대해서 기술하고자 한다.

여기에서는 현존하는 제본 중에서 가장 오래된 자료로 보이는 京都 大學本, 그리고 明治 14年本, 가장 최근의 明治 37年本을 대상으로 하여 '에도어'로부터 '동경어'로 변화해 온 일본어 회화문의 문체 변화 양상을 살펴보고자 한다.

2) 에도시대에서 명치시기까지의 일본어의 변화

일본어는 오랫동안 교토의 언어였던 가미가타어(上方語)가 표준적 인 위치를 차지하고 있었고, 이러한 상황은 수도가 쿄토에서 에도로 옮 겨진 이후에도 계속되었다. 그러다가 에도어(江戶語)가 성립, 발달된 것은 에도시대 후반부터라고 할 수 있다. 다만 에도시대가 끝날 무렵에 이르러서도 에도어가 가미가타어를 대신하여 일본어의 중심에 서는 일 은 없었다. 그러나 명치시기가 되어 에도가 동경으로 개칭되고 동경이 정치, 문화의 중심이 되자 동경어를 기반으로 하는 공통어가 전국적으 로 보급되었다. 이것은 일본어의 역사상 대단히 큰 변화이며, 사회가 변하여 문화, 정치가 바뀌면 언어도 바뀐다는 사회언어학적인 면에서도 흥미로운 문제이기도 하다. 이와 같은 언어의 변화는 『交隣須知』를 통 해서도 명백하게 관찰할 수 있다.

○ 가미가타어와 에도어의 문법 차이

사이토 아케미(2002a:143-144)에는 '가미가타어'와 '에도어'의 차이 를 정리한 결과가 포함되어 있다. 『國語學硏究事典』(1977, 佐藤喜代 治編・明治書院), 『國語學大辭典』(1980, 國語學會編・東京堂出版), 『日本語百科大事典』(1988, 金田一春彦・林大・紫田武〔編集責

任] 大修館書店) 등을 참고로 해서 작성된 9항목을 요약하면 다음과
같다.

① 후기 에도어에서 동사활용[5]은 현대어와 대부분 비슷한 상태였으
나, 가미가타어에서는 ナ행변격이 사단화하는 시기가 늦어졌다.

② ハ행 사단동사의 음편형은 전기 가미가타어에서는 ウ음편[6]이었
으나 에도어에서는 일반적으로 촉음편[7]을 취한다.

③ 형용사의 연용형은 가미가타어의 경우 ウ음편을 취하나 에도어에
서는 「く」형이 일반적이었다. 그러나 에도어에서도 「ございます」,
「存じます」에 이어질 때에는 「う」형을 사용하였다.

④ 부정의 조동사는 에도어에서는 「ぬ・ず」계 외에 「ない」계가 많
이 사용되었으며, 과거 부정에는 가미가타어와 마찬가지로 「なん
だ」가 일반적으로 사용되었고 「なかった」는 막부 말, 명치시기에
이르러 많이 사용된다. 「ない」는 가미가타어에서는 사용되지 않
았다.

---

5) 일본어의 활용형에는 미연형(未然形), 연용형(連用形), 종지형(終止形),
연체형(連体形), 이연형(已然形)(고어의 경우로 현대어에서는 가정형이다),
명령형의 여섯가지 활용이 있다. 그 중 미연형(未然形)이란 단독으로 사용
할 수 있는 것이 아닌 항상 조동사, 조사가 뒤에 붙어 사용되는 것으로 미
연형이 나타내는 내용은 그 시점까지 실현하지 않았다는 의미이다. 그리고
연용형은 주로 용언에, 연체형은 체언에 붙어 움직임을 나타낸다. 또한 이
연형은 고어의 활용형으로 이미 그렇게 되어 있는 내용을 나타내고 그것을
뒤의 어구에 이어서 움직임을 나타낸다.
6) 문절(文節) 안의 음절(音節) 중, 'ク・グ・ヒ・ビ・ミ・ガ'가 'ウ'로 변화
하는 현상을 말한다.
7) 현대 가나즈카이(仮名遣い)에서는 「行って」「行ッテ」와 같이 「つ(ツ)」를
작게 써서 「つき(月)」,「まつ(松)」 등의 개음절(開音節) [tsu]와 구별하는데
역사적인 가나즈카이(仮名遣い)에서는 그러한 구별이 없다.

⑤ 지정(指定)의 조동사는 가미가타어의 「ぢゃ(じゃ)에 대해 에도어
   에서는 「だ」가 사용되었고 「です」는 막부 말에 이르러 일반적으
   로 널리 사용되었다.

⑥ サ행변격 「する」의 명령형은 가미가타어가 「せよ」와 「せい」이고
   에도어에서는 「しろ」가 사용되었다.

⑦ 명령형은 사단활용에서는 차이가 없으나 상일단・하일단・サ행
   변격 활용은 에도어에서는 「ろ」를 수반하고(가미가타어에서는
   「よ」「い」를 붙인다), カ행변격활용은 에도어에서는 「こい」를 사
   용하며 그 밖에 「こう」형도 사용되었다.

⑧ 형용동사8)는 가미가타어에서는 종지형, 연체형 모두 「な」가 사용
   되었고 에도어에서는 종지형은 「である」에서 변화한 「だ」가 사
   용되었다. 연용형 「だっ」,「で」 및 추량을 나타내는 「だろ」는 에
   도어 특유의 것으로 가미가타어에는 존재하지 않는다.

⑨ 원인・이유를 나타내는 경우, 에도어에서는 「から」가 사용되었으
   나 가미가타어에서는 「さかい」를 사용하였다.

위와 같이 '가미가타어'와 '에도어' 사이에는 동사 활용의 변화, 음편
의 문제, 형용사 연용형의 문제, 부정의 조동사 「なかった」, 지정(指
定)의 조동사 「ぢゃ(じゃ)・だ・です」의 문제, サ행변격 「する」의 명
령형, 추량을 나타내는 「だろ」의 문제, 형용동사의 문제, 원인・이유를
나타내는 조사 「から」의 문제 등 다양한 차이점이 있는 것을 알 수
있다.

---

8) 고어(古語)의 「靜かなり」, 「穩やかなり」 등처럼 어미(語尾)가 「なり」가
   되는 말(이상 「なり活用」), 「堂々たり」, 「嚴然たり」 등처럼 어미가 「たり」
   가 되는 말(이상 「たり活用」) 및 현대어의 「靜かだ」, 「穩やかだ」, 「親切
   だ」처럼 어미가 「だ」가 되는 말(현대어는 한 종류)이 여기에 해당한다.

○ 동경어의 문법적 특징

마츠무라 아키라(松村明)(1957)를 참고로 해서 여기에 동경어의 특징을 나열하면 다음과 같다.

① 「です」, 「ます」의 사용이 일반화된다.
② 동사를 수동으로 사용하거나 무생물을 주어로 해서 사람이 그 영향을 받은 표현을 사용하게 된다.
③ 부정의 조동사가 「なんだ」에서 「なかった」로 바뀌어 간다.
④ 대명사 「きみ」, 「ぼく」가 사용되게 된다.
⑤ 이른바 귀착을 나타내는 「に」를 대신해서 「へ」가 많이 사용되게 된다.
⑥ 이유・원인을 나타내는 접속조사 「ので」가 많이 사용되게 된다.

이상과 같은 '가미가타어'와 '에도어'의 특징을 기준으로 明治 37年本 『交隣須知』의 용례를 들어가며 일본어가 어떻게 변화해 왔는지를 살펴보기로 한다.

3) 「です」와 「ます」

○ 문말 표현 「です」와 「ます」

「です」, 「ます」는 「です・ます체」라고 해서 동일하게 생각하는 경향이 있으나, 「ます」는 무로마치(室町)시대 이후 정중어(丁重語)로서 사용되었고, 「です」는 훨씬 후대에 이르러 사용되었다. 이노우에 후미오(井上史雄)(1998), 『廣辭苑』第5版(1998), 오오노 스스무(大野晋)

· 시바타 타케시(柴田武) 編(1977), 츠지무라 토시키(辻村敏樹) 편
(1991)의 「です」의 설명을 보면 다음과 같다.

○ 이노우에 후미오(1998)

「です」의 경우 초기에는 「山です」와 같이 명사에만 붙였으나, 전전
(戰前)부터 형용사에도 붙이게 되었다. 「よいです」, 「恐ろしいです」와
같이 문어적인 성격의 형용사에 직접 「です」를 붙이는 것은 아직 일반
적이지 않은 것 같다. 그러나 구어적인 형용사를 사용해 조사 「ネ」나
「ヨ」를 붙여서 「いいですよ」, 「こわいですね」와 같은 예문이 되면 자
연스러운 표현이 된다. 형용사에 「です」가 붙기 시작한 것은 연령 차이
도 있고 지역차도 있으나 최근의 일이다.

○ 『廣辭苑』 제5판(1998)의 「です」(「で候」의 축소형, 「でございま
す」의 변화형)

체언이나 체언에 준하는 어구, 일부 조사에 붙어서 지정의 의미를 나
타낸다. 무로마치 시대부터 예가 보이며 에도시대는 주로 화류계, 의사,
장인들의 언어로 에도 말기, 명치 이후에 일반화되었다. 현대어에서는
「行くです」, 「來たです」, 「見ますです」와 같은 말투도 드물게 볼 수
있으나 일반적이라고는 할 수 없다. 「面白いです」와 같이 형용사에 붙
는 말투는 쇼와(昭和) 10년대까지는 올바른 용법이 아니었으나 현재는
정확한 용법으로 되어 있다. ①존중의 의미를 수반하여 지정의 의미를
나타낸다. 교겐(狂言)에서는 주로 다이묘, 수행승 등이 자신의 신분이
나 등장 이유에 대해 말할 때 사용했다(중략) ②정중한 의미를 내포하
여 지정의 의미를 나타낸다. (중략) ③「のです」형으로 이유 근거 등을
정중하게 설명한다.

위와 같이 「です」에는 몇 가지의 의미가 있고, 「형용사＋です」 형이 인정받게 된 것은 「체언(혹은 이것에 준하는 것)＋です」 형보다 훨씬 뒤인 것을 알 수 있다.

○ 오오노 스스무・시바타 타케시 編(1977)

「デス」의 원류에 대해서는 여러 설이 있으며, 그 발생 시기도 여러 설에 따라 차이가 있으나, 「ニテ候」를 발생 모체로 하는 것이 유력하다. (중략) 또한 학자, 학승(學僧)의 강의를 옮겨 적은 강의록 쇼모노(抄物)에 「デス」 형이 보이기도 한다. 이것은 「デ候」의 「候」자의 초서체라고 볼 수도 있으며, 자체(字体)가 유사하여 「デス」가 발생한 계기가 되었다는 근거는 충분히 있다고 본다.

○ 츠지무라 토시키 編(1991)

「です」의 기원에 대해서는 여러 설이 제시되었으나 ①「にて→で候…です」설과 ②「ござります→でございます→です」설이 유력하다. (중략) 혹은 ①, ② 두 개의 흐름이 합류했을 가능성도 있다.

이와 같이 「です」의 원류를 하나로 한정하기는 어려운 일이나 현재 중요한 설은 「にて候, で候→です」, 「ござります, でございます→です」 등이라고 할 수 있다.

다음으로『廣辭苑』제5판(1998)을 보면 「ます」에 대해서 다음과 같이 설명하고 있다.

○『廣辭苑』제5판(1998)의 「ます」

(マヰラスル에서 マラスル, マルスル, マッスル, マスルマス와 같은 변화를 거친 표현. 「います」에서 변한 「ます」나 「申す」에서 변화한 어

형과 혼합. 고대에는 미연형에 「ます」, 명령형에 「ませい」가 있었다. 특수한 サ변사단의 양 활용이 있어서 양자가 혼동되어 현재의 활용이 되었다.) 동사, 조동사의 연용형에 붙어 겸양·정중의 의미를 나타낸다. 현재 종지 연체의 「ます る」, 가정형의 「ますれ」에 「ば」가 붙은 형은 격식을 차린 인사나 서간문 등에서 이용되며 일반적으로는 「ましたら」를 사용한다. 명령형은 「いらっしゃいませ(まし)」, 「なさいませ(まし)」, 「くださいませ(まし)」와 같이 존경·겸양을 나타내는 표현과 함께 사용된다.

○ 明治 37年本 『交隣須知』의 「です」, 「ます」

明治 14年本 우라세 히로시(浦瀨裕)의 '서언(緒言)'을 보면 이 때까지의 한어체 문과 대역 일본어를 수정했다고 쓰여 있다. 아울러 明治 37年本 '서언'에 의하면 明治 14年本의 제목 분류를 수정한 것과 대역 일본어가 직역이기 때문에 의미가 통하지 않아 의역으로 바꾸었다고 적혀 있다. 그러나 실제로 明治 37年本의 대역 일본어를 살펴보면 단순히 의역한 것으로 생각할 수 없는 큰 변화가 보인다. 예를 들면 다음과 같다.

하늘이 과연명ᄒ외
天　天ガイカニモアキラカニゴサル　　　(京都大學本・卷一・天文)
하늘이 춤 청명허외다
天　天ガ眞ニ淸明ニゴザル　　　(明治 14年本・卷一・天文)
하늘이 춤 청명ᄒ외다
天　天が實によくはれてゐます。　　　(明治 37年本・天文)

「アキラカニゴサル→淸明ニゴザル→はれてゐます」와 같은 변화를 통하여 明治 37年本에 이르러 일본어가 훨씬 새롭게 변모했음을 알 수 있다. 또한 다음과 같은 용례도 보인다.

　　　　　　숨셩과 상셩은 서로 보지 못 ㅎ는 별이오니
　　參星　　參星ト商星ハタガヒニミヌ星デゴザル
　　　　　　　　　　　　　　　　　　(京都大學本・卷一・天文)

　　　　　　숨셩과 상셩은 서로 보지 못 허는 별이라 허오
　　參星　　參星ト商星ハ互ヒニ見合ヌ星ジャト云ヒマス
　　　　　　　　　　　　　　　　　　(明治 14年本・卷一・天文)

　　　　　　숨셩과 상셩은 서로 보지 못 ㅎ는 별이라 ㅎ오
　　參星　　「參星」と「商星」とは互に違へないほしだそうです。
　　　　　　　　　　　　　　　　　　(明治 37年本・天文)

　　문말 표현이 점차 새로운 일본어로 변화해 가는 양상을 볼 수 있다.
　　다음으로 明治 37年本의 「天文」에 보이는 「です」의 용례를 明治
14年本의 대역 일본어와 비교해 보면 다음과 같다.

① 老人星　　노인셩은 남방에 나는 별인디 보는 사름은 쟝슈ㅎ다 ㅎ지오
　　　　　　「老人星」は南の方に出るほしで見た人は長生するといふん
　　　　　　です。　　　　　　　　　(明治 37年本・天文)
　　老人星　　노인셩은 남방의 나되 보는 사름은 쟝슈ㅎ다 허지요
　　　　　　「老人星」ハ南方ニ出テミル人ハ長壽スルト云ヒマシ
　　　　　　　　　　　　　　　　　　(明治 14年本・卷一・天文)

② 北斗七星　　북두칠셩은 인간 슈요를 쥬쟝ㅎ다 ㅎ오
　　　　　　北斗七星は人間の壽命を預かってゐるといふことです。
　　　　　　　　　　　　　　　　　　(明治 37年本・天文)

　　北斗七星　　북두셩은 복녹을 덤지허시느니라
　　　　　　北斗七星ハ福祿ヲオサヅケナサル
　　　　　　　　　　　　　　　　　　(明治 14年本・卷一・天文)

③ 二十八宿　　이십팔슈는 각각 분야를 뎡흔 별이오

二十八宿は夫ゝ「分野」のきめてある星<u>です</u>。

(明治 37年本・天文)

二十八宿　이십팔슈로 각각 분야를 아옵네다
　　　　　二十八宿デ各々分野ヲシリ<u>マス</u>

(明治 14年本・卷一・天文)

④ 彗星　미셩이 나면 국가에 불길흔 일이 잇다 흐옵니다
　　　　彗星がでると國に不吉なことがあるといふこと<u>です</u>。

(明治 37年本・天文)

　　彗星　혜셩은 길치아닌 별이로세
　　　　　彗星ハヨカラヌ星<u>デゴザル</u>　　　(明治 14年本・卷一・天文)

⑤ 南風　녀름 남풍은 훈증흔 법이오
　　　　夏の南風は蒸し暑いもの<u>です</u>。　　(明治 37年本・天文)
　　南風　남풍이 불면 사룸의 몸에 해롭소
　　　　　ハエカ吹ケバ人の身ヲ害シ<u>マス</u>(明治 14年本・卷一・天文)

　이들 예를 살펴보면 「です」는 明治 37年本에서만 볼 수 있고 明治 14年本에서는 볼 수 없다. 또한 明治 37年本 「です」에 해당하는 표현<u>으로</u>서 明治 14年本에서는 「マス・ゴザル」 등을 사용하고 있다. 그리고 「です」는 명사에만 직접 접속됨을 확인할 수 있었다. 「です」는 「ます」에 비해 상당히 새로운 형태였기 때문에 당연한 결과라고 할 수 있다.

　4) 「체언＋です」

　明治 37年本에 보이는 「です」의 용례를 살펴보면 대부분이 「명사＋です」이다.

三月　　　삼월삼일은 속담에 져비가 나온다는 날이오

　　　　　三月三日ハ俗に燕の來はじめるといふ日<u>です</u>。

　　　　　(明治 37年本・時節)

三月　　　삼월삼일은 큰명일이요

　　　　　三月三日ハ大イナ名日<u>であり</u>　　　(明治 14年本・卷一・時節)

三月　　　삼월은 삼일이 잇습니

　　　　　三月ハ三日<u>カゴザリマスル</u>　　　　(京都大學本・卷一・時節)

春　　　　봄에는 초모이 다 밧싱ᄒ고 온갓 죵ᄌ를 심으니 ᄉ시 중에 뎨일

　　　　　이오

　　　　　春は草木が都べて發生するし色々作物の種を蒔く時ですから

　　　　　四季の中では一番<u>です</u>。　　　　　　(明治 37年本・時節)

春　　　　봄의는 빅초가 나고 온갓 씨아ᄉᆯ 심으니 ᄉ시 중의 웃씀이요

　　　　　春は百草が生ジテスベテノ種ヲ植ルニヨリ四時ノ中ノ第一<u>デ</u>

　　　　　<u>アリ</u>　　　　　　　　　　　　　　(明治 14年本・卷一・時節)

春　　　　봄의는 만초가 나고 온간 시아ᄉᆯ 심으니 ᄉ시 듕의 웃틈오니

　　　　　ルハ萬草ガ生シスベテノタ子モノヲウエルニヨリ四時中テダイ

　　　　　イチ<u>デゴザル</u>　　　　　　　　　　(京都大學本・卷一・時節)

　明治 37年本 『交隣須知』의 「です」에 해당하는 표현이 明治 14年
本에서는 「デアリ」, 「デゴザル」로 하나가 아님을 알 수 있다.

5) 「형용사＋ございます」

　「明るいです」, 「怖いです」와 같이 형용사에 「です」가 붙는 형태가
일반적으로 인식된 것은 「체언＋です」보다 훨씬 뒤의 일이다. 明治

37年本『交隣須知』의 용례를 보면 다음과 같다.

陰	날이 흐려셔 미오 침침ᄒ오 天氣が曇って大へん暗うございます。　(明治 37年本・天文)
龍眼	농안육은 약지로도 쓰고 당속으로 먹어도 둇ᄉ외다 龍眼肉は藥種にもつかひ菓子で食っても旨まうございます。 (明治 37年本・果實)
四足白	ᄉ족발이 물 둣는 모양이 보기에 둇ᄉ외다 四つ白ろの馬の走るのは見たとこがようございます。 (明治 37年本・走獸)
觸	쓀에 밧치면 술이 뚤어지고 ᄲᅧ가 부러지기 쉽ᄉ외다 角で突かれると肉がつき通って骨の居れることが多うございます。　(明治 37年本・走獸)

　모두「暗い・旨い・よい・多い」와 같은 형용사에「ございます」가 접속한 예이다. 다음으로 京都大學本, 明治 14年本의 용례와 비교해 보기로 한다.

津	ᄂᆞ루 건널제 ᄇᆞ롬이 사나오면 긔운이 둇치 못ᄒ오 渡しを越ゑる時分に風か强いと氣分がわるうございます。 (明治 37年本・水容)
津	ᄂᆞ루 건널쎄 ᄇᆞ롬이 사나오면 긔운이 거북허오 ワタシヲワタルトキ風ガアシケレバコ〻チガアシウゴザル (明治 14年本・卷一・江湖)
津	ᄂᆞᄅ 건널제 ᄇᆞ롬이 사오나오면 거복ᄒ외 メントウニコサル　(京都大學本・卷一・江湖)

이처럼 明治 37年本에서는 「わるうございます」, 明治 14年本, 京都大學本에서는 「ゴザル」가 사용되고 있다.

| 湾 | 물구비가 넓으외다 |
| | 湾になっている處は廣うございます。　　(明治 37年本・水容) |

湾	물구븨가 너르외
	水湾ガヒロウゴザル　　　　(明治 14年本・卷一・江湖)
湾	물구뷔가 너르온가
	ミツノマワリガヒロイカ　　　(京都大學本・卷一・江湖)

마찬가지로 明治 37年本에서는 「ございます」, 明治 14年本에서는 「ゴザル」를 사용되고 있으며 京都大學本에서는 의문형으로 되어 있다.

이상과 같이 明治 37年本 『交隣須知』에 「暑いです」, 「廣いです」와 같은 「형용사＋です」의 용법은 보이지 않는다. 이에 따라 형용사에 「です」가 직접 접속하는 시기는 쇼와(昭和)시대(1925～) 이후임을 알 수 있다.

6) 「ます」

다음으로 明治 37年本에 나타나는 「ます」 용례에 대해 살펴보면 다음과 같은 예가 보인다.

| 杉 | 삼목을 잇가나무라고도 ᄒ오 |
| | 杉の木を「イツカナム」ともいひます。　　(明治 37年本・樹木) |

杉木　　삼목을 잇가나무라 ᄒᆞ비
　　　　杉木ヲスギノ木ト<u>云フ</u>　　　　　(明治 14年本・卷二・樹木)
杉木　　삼목을 잇가나모라도 ᄒᆞ옵니
　　　　サンホクヲスクノキト<u>申マスル</u>　　(京都大學本・卷二・樹木)

　明治 37年本에는 「ます」가 사용되었으며 京都大學本에서는 「マス
ル」로 되어 있다. 「ます」는 「です」와 달라서 상당히 빠른 시기부터 사
용되고 있었으며, 「ます」가 일반적으로 사용되기에 이른 것도 동경어
의 특색이라고 할 수 있다.

7) 새로운 일본어

　여기에서는 明治 37年本에 나타나는 새로운 일본어에 대해서 살펴
보고자 한다. 예를 들면 다음과 같다.

① 동사의 촉음편

株　　ᄒᆞᆫ 쥬 두 쥬라 ᄒᆞ고 나무를 셰ᄂᆞ니라
　　　一本二本<u>といつて</u>木を算へる　　　(明治 37年本・樹林)
株　　ᄒᆞᆫ 쥬 두 쥬라 ᄒᆞ고 나무를 셰ᄂᆞ니라
　　　一ト株ニタ株ト<u>云フテ</u>木ヲカゾヘル
　　　　　　　　　　　　　　　　　　(明治 14年本・卷二・樹林)

株　　ᄒᆞᆫ 쥬 두 쥬라 ᄒᆞ고 나무를 혜ᄂᆞ니라
　　　ヒトカブフタカブト<u>云テ</u>キヲカソエマスル
　　　　　　　　　　　　　　　　　　(京都大學本・卷二・樹林)

위 예문 이외에도 다음과 같은 것이 있다.

雪   눈이 만히 쓰엿스니 셰계가 빅옥ㅈ소
        雪が澤山に積つて銀世界のやうです。   (明治 37年本・天文)

霧   안개가 미오 세여셔 산이 보이지 아니ᄒ옵니다
        霧がひどくかゝつて山かみゑませぬ。   (明治 37年本・天文)

印   인쌀이 잇슨 후에야 관문셔가 되옵니다
        印判がすはつてゐなくちゃ公文書にはなりませぬ。

                                              (明治 37年本・政刑)

위 예문을 보면 明治 37年本에서는 촉음편형으로 되어 있으나 明治 14年本에서는 ウ음편형으로 되어 있다. ウ음편은 옛 표기이고 촉음편은 새로운 표기이다.

② 원인・이유를 나타나는 조사 「ので」

族風   회리 ᄇ롬이 부려셔 눈에 몬지가 드러가니 괴롭다
        つむじか吹くので(後略)   (明治 37年本・天文)
族風   회리 ᄇ롬이 부니
        辻カゼガ吹ニ付(後略)   (明治 14年本・卷一・天文)
族風   호르레 ᄇ롬이 부니
        ツジカゼガフクニヨリ(後略)   (京都大學本・卷一・天文)

위 용례 이외에도 다음과 같은 예가 있다.

雨   비 오다가 개이니 초목이 무셩ᄒ겟소
　　　　　雨が降って上がった<u>ので</u>草や木が榮ゑましょう。

                                          (明治 37年本・天文)

年   올애는 한가ᄒ여 말 공부를 ᄒ게 되니 다힝 ᄒ외다
　　　　　ことしは暇だから言葉の稽古が出來ます<u>ので</u>仕合せです。

                                          (明治 37年本・時節)

去   가시니 결연ᄒ여 ᄒ옵니다
　　　　　御歸りなさいます<u>ので</u>御名殘惜しうございます。

                                          (明治 37年本・動止)

원인・이유를 나타내는 접속조사가 「ニヨリ」, 「ニ付」, 「ので」로 변화한 예이다. 「ので」는 동경어의 특색 중의 하나이며 「ニヨリ」는 『交隣須知』와 같은 조선 자료라고 하는 자료에 많이 나타나는 어형이다.

③ 원인・이유를 나타내는 조사 「から」

漏   물이 신니 ᄶᅢ여젓ᄂ가 보외다
　　　　　水が漏る<u>から</u>われたらしうございます。　(明治 37年本・水容)

漏   물이 신니 ᄶᅢ야젓ᄂ가 보와라
　　　　　水ガ漏<u>ニヨリ</u>破レタカミヨ　　　　(明治 14年本・卷一・水貌)

漏   믈이 신니 ᄶᅢ여젓ᄂ가 보와라
　　　　　水ガモル<u>ニヨリ</u>ワレタカ　　　　(京都大學本・卷一・水貌)

위의 예 이외에도 다음과 같은 용례가 있다.

霜   서리가 왓스니 ᄎᄎ 일긔가 치워지겟소
　　　　　霜が降るやうになりました<u>から</u>段々寒くなりましょう。

                                          (明治 37年本・天文)

雲　　ᄉᆞ면에 구름이 모여 드니 비가 오실가 보다
一面に雲が出て來たから雨になりそうだ。
(明治 37年本・天文)

來　　오라고 ᄒᆞ시니 속히 가게 ᄒᆞ오리다
來いと仰しやいましたから早速參るやうに致します。
(明治 37年本・動止)

「から」는 명치 16년(1883)에 간행된 寶迫本에서부터 많이 사용되어 明治 37年本에서는 일반적으로 사용되기에 이르렀다.

④ 부정의 조동사「なかった」

昨日　　어제ᄂᆞᆫ 오마 ᄒᆞ시고 아니오시니 그웬 일이오
きのふはくると仰しやつておいでにならなかつたがどういふ譯です。 (明治 37年本・晝夜)

昨日　　어제밤은 죵용이 말숨허고 와쓰니 됫ᄉᆞ외다
昨日ハデテコウトイハレテツヒニオイデナサレヌソレハドウシタコトデゴザルカ (明治 14年本・卷一・晝夜)

昨日　　어제ᄂᆞᆫ 나오마 ᄒᆞ시고 아니오시ᄃᆞ니 긔 어인 일이ᄋᆞᆸ던고
サクジツハテヽマイロウトヲツシヤレテナンタソレハドフシタコトテゴザツタカ (京都大學本・卷一・晝夜)

부정의 조동사가「ヌ」에서「なかった」로 변화한 모습을 보여준다.「なかった」의 사용도 동경어의 특색 중 하나이다.

⑤ 추량을 나타내는「だろう」

東風	동풍이 부니 아마 비가 오겠다
	東風が吹いてるから多分船が來るだろう(明治 37年本・天文)
東風	동풍이 부러쓰니 응당 비가 오개짜
	コチカ吹クニヨリキハメテ船ガマ井ラウ
	(明治 14年本・卷一・天文)
東風	동풍이 부니 비가 나올가 시브외
	コチカゼガ吹ニヨリフ子ガマイロフト存マスル
	(京都大學本・卷一・天文)

위의 예 이외에도 다음과 같은 용례가 있다.

| 派 | 져 물은 몃 갈니나 졋는지 |
| | あの川は幾筋にわかれてゐるだろう。 (明治 37年本・水溶) |

胸	가슴에 쳬ᄒ여 ᄂᆞ리지 안흐니 엇지홀고
	胸につかへてさがらないがどうしたらいゝだろう。
	(明治 37年本・休軀)

| 龍 | 놓이 오르니 비가 오겠다 |
| | 龍がのぼるから雨が降るだろう。 (明治 37年本・魚介) |

「だろう」는 明治 37年本에 이르러서 처음 나타난다.

⑥ 명령형의 용례

| 蛆 | 샹ᄒ여 구덕이가 낫스니 봇비 버려라 |

　　　　　腐って虹がわいてゐるからはやくすて<u>ろ</u>。(明治 37年本・昆虫)
虹　　　샹ᄒᆞ야 구덕이 나쓰니 밧비 버려라
　　　　　クサッテ虹ガデキタニヨリハヤクステ<u>ヨ</u>
　　　　　　　　　　　　　　　　　(明治 14年本・卷二・昆虫)
虹　　　샹ᄒᆞ여 귀덕이 나시니 쉬이 내여 ᄇ리게 ᄒ소
　　　　　クサッテウジガテキタニヨリハヤフダシ<u>テステルヨウニサシャ</u>
　　　　　<u>レイ</u>　　　　　　　　(京都大學本・卷二・昆虫)

위의 예 이외에도 다음과 같은 용례가 있다.

谷　　　방방 곡곡이 ᄎ자 보아라
　　　　　隅々まで<u>さがしてみろ</u>。　　　　　(明治 37年本・地形)

怪石　　고셕에 나무 심거라
　　　　　盆石に木を<u>植へろ</u>。　　　　　(明治 37年本・地形)

灰　　　ᄌ가 눌니니 문 닷쳐라
　　　　　灰が立つから戸を<u>しめろ</u>。　　　(明治 37年本・水容)

　명령형에 나타나는 「一ろ」도 明治 37年本에 이르러서야 처음으로
사용되고 있다.

⑦ 동사의 수동형과 무생물 주어

北　　　북으로 오ᄂᆞᆫ 기럭이 소리ᄂᆞᆫ 긱회를 돕ᄂᆞᆫ고나
　　　　　北から來る雁の聲で內のことが<u>思ひ出られる</u>。
　　　　　　　　　　　　　　　　　(明治 37年本・方位)

北   북으로 오는 기러기 소리는 긱회를 더허옵네
         北ヨリクル雁ノ聲ハタビの懷ヲマシマス
                                    (明治 14年本・卷一・方位)

北   븍안셩은 긱회를 더ㅎ옵늬
         ハタビノ<u>ヲモイヲマシマスル</u>   (京都大學本・卷一・方位)

　위의 예문은 동사의 수동형이며 다음은 무생물 주어로 사람이 영향
을 받는 표현이다.

速   속히 ㅎ랴 ㅎ엿더니 감긔가 대단ㅎ여 인제야 되엿습늬다
         早速致したいと存じて居ました處にひどく<u>風邪に犯されまして</u>
         やつと今仕上けました次第でございます。
                                         (明治 37年本・時節)

霖   쟝마가 지리ㅎ니 그만 개이면 둇켓소
         氷雨ですがもう<u>晴れて吳れ</u>ればようごさいますが。
                                         (明治 37年本・天文)

⑧ 귀착을 나타내는 「ヘ」

寒   일긔가 치우니 방으로 드러오시오
         寒いから「溫突」部屋<u>ヘ</u>は入つていらつしやいまし。
                                         (明治 37年本・時節)

寒   날이 ᄎ니 방에 드러옵소
         日ガ寒イニヨリクツロ<u>二</u>入ラシヤレヨ
                                         (明治 14年本・卷一・時節)

寒　　　날이 츠니 구들에 드러 말슴이나 ᄒᆞᆸ새
　　　　日ガサムイニヨリクツロニ入テハナシナリトモイタシマシヨフ

(京都大學本・卷一・時節)

이상으로 에도시대부터 명치시기에 걸쳐서 일본어가 에도어로부터 동경어로 변화해 가는 양상을 살펴보고자 하였다. 마츠무라 아키라는 『江戸語東京語の研究』에서 동경어의 성립과 발전을 5단계로 분류하고 있다. 그에 의하면 명치 초기부터 명치 10년대까지를 제1기(형성기), 명치 20년내부터 명치 말기까지를 제2기(확립기), 그리고 다이쇼(大正) 초기부터 다이쇼 12년 9월의 관동대지진까지를 제3기(완성기), 다이쇼 12년 관동대지진부터 쇼와(昭和) 20년 8월의 패전까지를 제4기(제1전성기), 패전 후부터 현재까지를 제5기(제2전성기)로 나누고 있다.

이 분류에 의하면 京都大學本 『交隣須知』는 제1기 이전의 자료[9]이며, 明治 14年本은 동경어의 형성기, 明治 37年本은 확립기에 해당한다. 도읍지가 교토(京都)에서 에도로 옮겨진 후에도 계속 가미가타어가 아름답고 표준어적인 언어로서 인식되어 왔으나, 명치시기가 되어 에도가 동경으로 탈바꿈하면서 동경이 정치, 문화의 중심이 되자 가미가타어를 많이 포함하고 있던 언어에서 독자적인 특징을 구비한 동경어로 변화해 일본어의 공통어가 되어 간다. 사회가 바뀌면서 언어도 변화한 것이다.

이 변화의 요인으로서는 에도시대의 신분제도 붕괴에 따른 대우 표현의 변화(정중어의 발달), 지방어의 혼입, 외래어의 영향, 언문일치의 확립, 구어문전(口語文典)의 성행, 국정 교과서의 제작, 초등학교의 표준어 교육 촉진 등을 들 수 있을 것이다. 언문일치 운동의 문장은 동경

---

9) 서사연대는 명확하지는 않으나 1800년 이전의 자료로 판단된다.

의 회화체를 기본으로 하고 있으며, 명치 30년대에 가장 활발했던 점을 생각한다면 明治 37年本『交隣須知』는 바로 확립기의 동경어를 반영하고 있다고 할 수 있다.

본 장에서는 가미가타어, 에도어, 동경어의 특색에 대해서 기술하고 문말 표현「です」,「ます」에 대해 언급하였다.『交隣須知』제본 중에서도「です」의 용례가 나타나는 것은 明治 37年本 뿐이다. 아울러 용례의 대부분은「체언＋です」의 형태이다. 이것은「형용사＋です」가 사회적으로 널리 인식되게 된 것이 쇼와시대가 되고 나서의 일이므로 당연한 현상으로 보인다. 또한 明治 37年本에는「형용사＋ございます」형이 많이 나타나며, 이러한 사실로 추측하면 형용사에 붙는「です」의 원류는「ございます」,「ございます」였을 가능성도 있다고 할 수 있다.「です」라고 해도 그 용법에 의해 원류가 다를 가능성이 높으며 앞에서 지적한 바와과 같이 쇼모노(抄物)에 나타나는「です」의 원류는 문자의 유사성에 의해「で候」일 가능성이 높다. 그러나『交隣須知』제본을 살펴 본 결과, 형용사에 붙는「です」에 관해서는「で候」가 원류라고 하기 어려운 부분이 있다.

다음으로 明治 37年本에 나타나는 새로운 일본어에 대해 기술하였다. 예를 들면 동사의 촉음편, 원인·이유를 나타내는 조사「ので」,「から」, 부정표현에 이용되는「なかつた」, 추량을 나타내는「だろう」, 동사를 수동으로 사용하거나 무생물을 문의 주어로 삼아 사람이 그 영향을 받는 표현, 귀착을 나타내는「に」를 대신해「へ」가 많이 사용된 예 등에 대해 언급했다.10)『交隣須知』에 나타나는 일본어는 明治 37年本에 이르러 시대의 변화와 더불어 그때까지 볼 수 없었던 새로운 일본어로 변화해 온 것을 알 수 있다.

---

10) 이러한 몇 종류의 예에 대해서는 이미 사이토 아케미(2002a)에서 지적했다.

4. 「は」, 「が」와 「은(는)」, 「이(가)」

1) 조사 「は」와 「が」

일본어의 「は」와 「が」에 관해서는 지금까지 많은 연구가 있었지만 대부분 일본 문법의 입장에서 논한 것이었다. 그러나 일본어의 「は」, 「が」와 한국어의 「은(는)」, 「이(가)」의 공통점과 차이점이 각 언어의 변화과정에서 나타난 것이라고 한다면, 미묘한 차이를 보이면서도 대부분이 서로 대응하는 조사가 있는 일본어와 한국어의 대조 연구를 통해서 알아낼 수 있는 점도 있을 것이다. 그러한 연구 자료로서 일본어와 한국어의 대역 형식으로 되어 있는 『交隣須知』와 같은 자료는 가장 적절하다고 볼 수 있겠다.

2) 『交隣須知』의 「は」와 「が」

하마다 아츠시(濱田敦)는 『朝鮮資料による日本語研究』(1970:236-237)에서 "어색하게 느껴지는 「が」의 예가 원간(原刊)·개수(改修)의 『捷解新語』에 비교적 많은 것에 비해, 「이(가)」에 대해 「は」를 대응한 용례는 오히려 『隣語大方』, 『交隣須知』에 많이 나타난다. 그렇다면 각 문헌의 편자(編者) 또는 그것에 대해 자료를 제공한 사람의 소성(素性)을 알 수 있는 하나의 실마리가 될지도 모른다"고 하였다. 그 용례로서 하마다 아츠시(1970)는 다음의 문장을 들고 있다.

(1) 긔는 버러지가 멀리는 못 가오니
　　ハウムシハトヲ(フ)クエハマイリマセヌ……(가)(京都大學本・二20ウ)

(2) 무궁화가 울 안의 잇ᄂ니

　　ムクゲハカキノウチニアル ……(가)　　　　　　(京都大學本・二38ウ)

(3) 붓곳치가 뎌 못시 잇습니

　　カキツバダハア ノイケニゴザリマスル ……(가) (京都大學本・二39才)

(4) 놋쇠가 요ᄉ이 ᄯᆡᆼ허져시니 그릇 갑시 빗ᄉ의

　　サハリガネハコノゴロキレテ器ノ代ガタコフゴザル……(가)

　　　　　　　　　　　　　　　　　　　　　　(京都大學本・二52ウ)

(5) 목 줄라 죽이ᄂ 죄가 버히ᄂ 죄지츳 ㅣ 오니

　　クビシメテコロスツミハキルツミノツギテゴザル……(가)

　　　　　　　　　　　　　　　　　　　　　　(京都大學本・三43ウ)

　위의 (1)～(5)처럼 「이(가)」에 「は」를 대응시키는 것이 『交隣須知』 전반에 공통으로 보이는 특징인가에 대해서는 좀 더 살펴볼 필요가 있다. 같은 표제어를 갖는 제본(서울대학교本・濟州本・明治 14年本・明治 37年本)의 용례는 다음과 같다.

○ 서울대학교本・濟州本・明治 14年本・明治 37年本 보이는 「は」와 「が」의 용례

(1) 濟州本・서울대학교本・明治 14年本・明治 37年本에는 여기에 해당하는 표제어가 없다.

(2) 槿花　무궁화가 울 안의 픠엿다

　　　　　ムクゲガカキノ內ニサイタ　　　(서울대학교本・卷二・花品)

　　槿花　무궁화가 울 안의 픠엿다

　　　　ムクゲガカキノ内ニサイタ　　　　　　（濟州本・巻二・花品）
槿花　무궁화가 울 안에 픠엿다
　　　　ムクゲカカキノ内ニサイタ　　　　　　（明治 14年本・巻二・花品）
槿花　무궁화가 울 안에 픠엿다
　　　　むくげがうらに咲いてゐる　　　　　　（明治 37年本・花品）

(3) 杜若　붓곳치가 져 못신 이시니 것거오ᄂ라
　　　　カキツバタガア ノ イケニ アルニ ヨリ ヲ ツテコイ
　　　　　　　　　　　　　　　　　　　（서울대학교本・巻二・花品）
　　杜若　붓곳치가 져 못신 이시니 것거오 ᄂ라
　　　　カキツバタカア ノ 池ニ アルニ ヨリ 打テコイ
　　　　　　　　　　　　　　　　　　　（濟州本・巻二・花品）
　　杜若　붓곳치가 져 모세 이쓰니 써거오ᄂ라
　　　　カキツバタガア ノ 池ニ アルニ ヨリ ヲリテコヨ
　　　　　　　　　　　　　　　　　　（明治 14年本・巻二・花品）
　　杜若　붓곳치 져 모세 잇스니 썩거 오ᄂ라
　　　　杜若があの池にあるから折って來い　　（明治 37年本・花品）

(4) 鍮　놋쇠가 ᄯ허져시니 그릇슬 민드지 못ᄒ옵니
　　　　サハリガ子カキレタニヨリ器ヲコシラエテヱセヌ
　　　　　　　　　　　　　　　　　　（서울대학교本・巻二・金寶）
　　鍮　놋쇠가 ᄯ허져시니 그릇슬 민드지 못ᄒ옵니
　　　　サハリガ子ガキレタニヨリ器ヲコシラヘエマセヌ
　　　　　　　　　　　　　　　　　　（濟州本・巻三・金寶）
　　鍮　놋쇠가ᄯ허져쓰니그릇슬민드지못허옵네
　　　　サハリガ子ガキレタニヨリ器ヲデカシエマセヌ
　　　　　　　　　　　　　　　　　　（明治 14年本・巻三・金寶）
　　鍮　놋쇠가 동이 나셔 그르슬 민드지 못ᄒ 옵니다
　　　　さはりがきれて器がこしらへられない　　（明治 37年本・金寶）

(5) 絞　　목줄□ 죽이는 죄는 버히는 죄 지치오니
　　　　首シメテコロス罪<u>ハ</u>□□□ 罪ノ次キジヤ

(서울대학교本・卷三・征戰)

　　　絞　　목줄나 죽이는 죄는 버히는 죄 지치니라
　　　　　首シメテコロス罪<u>ハ</u>斬ル罪ノ次キジヤ　(濟州本・卷三・征戰)

　　　絞　　목쓸나 죽이는 죄는 버히는 죄 지치니라
　　　　　クビシメテコロス罪<u>ハ</u>斬ル罪ノ次デゴザル

(明治 14年本・卷三・征戰)

　　　絞　　목 미여 죽어는 죄는 버히는 죄 지치니라
　　　　　絞罪<u>は</u>斬罪の次ぎだ　　　　　　　(明治 37年本・征戰)

(2)～(4)의 서울대학교本, 濟州本, 明治 14年本, 明治 37年本에서는 「이(가)」에 「は」가 아닌 「が」, 「か」가 대응하고 있음을 알 수 있다. 또 (5)에서 일본어는 京都大學本과 같이 「は」이지만 한어는 京都大學本에서는 「가」인 것에 대해 「는」, 「눈」으로 되어 있는 것을 알 수 있다.

여기에서는 증보본계와 간본의 용례를 들었지만 고사본계인 沈壽官本(天保本)에도 다음과 같은 예가 있다.

　　　絞　　목줄라 죽이는 죄가 버히는 죄
　　　　　クビシメテコロス罪ハキル罪ノ次テ

위의 용례는 한어 「가」에 일본어 「ハ」가 대응해 京都大學本『交隣須知』와 같음을 알 수 있다. 따라서 여기에서 하마다 아츠시(1970)가 "「이(가)에 대해 「は」의 대응이 불일치한 예는 『交隣須知』에 치우쳐 나타나고 있다."고 하면서 들고 있는 용례는 "고사본계『交隣須知』에 보인다"고 할 것이며, 적은 수인 이들 용례를 내세워 자료의 작자, 편자 또는 자료 제공자의 소성(素性)을 추정하기는 어렵다고 할 수 있다. 다만 京都大學本의 특수성(다른 『交隣須知』에 비해 한어의 간섭으로 보이는 사례가 많이 보인다는 것 등)을 생각한다면 이러한 추정이 의미를 가질 수 있는 가능성도 있다. 어쨌든 『交隣須知』의 성립에는 아메노모리 호슈(雨森芳洲)라는 일본인이 어떠한 형태로든 관여하고 있었고, 일본어의 습숙도를 문제로 삼을 여지는 적다고 할 수 있다. 또 『交隣須知』의 「は」와 「が」 문제에는 하마다 아츠시가 지적한 것처럼 어색하게 느껴지는 「が」의 사용, 일본어 「は」에 대해 한어에서는 「이(가)」로 되어 있는 예, 그 밖에도 일본어가 「が」인데 한어가 「은(는)」으로 되어 있는 예나 일본어에는 「は」, 「が」인데 한어가 없는 경우 등이 있다.

다음으로 구체적인 용례를 들어 보도록 한다.
(여기에서는 明治 14年本과 京都大學本을 조사했다.)

① 어색하게 느껴지는 「が」의 용례

烏　　　가마괴는 열두가지 소리ᄒᆞ옵니
　　　　カラスガ 十二イロノ コヱヲシマスル

　　　　　　　　　　　　　　　　　(京都大學本・卷二・飛禽)

河　　　이물이 깁기가 얼마나 허릿가
　　　　コノ河ノ深サガ イカホドアラウカ(明治 14年本・卷一・江湖)

獅　　　사지가 강남은 혼혼가시브의
　　　　シヽガ カラハ ヲヽイソウニコサル(京都大學本・卷二・走獸)

② 일본어는 「は」이지만 한어는 「이(가)」인 용례

一・5a　　霹靂　　벽녁소리가 무셥亽외다
　　　　　霹靂　　ノ聲ハオソロシウゴザリマス　　　（明治 14年本・天文）
　　　　　　　　　벽녁소리 무셥亽의
　　　　　　　　　ヘキレキノコヘガヲソロシゴサル　　　（京都大學本）

三・3a　　懸　　　현판엣 슨 글시가 뉘 글시온고
　　　　　　　　　ガクニ書ク字ハ誰カ手跡カ　　　（明治 14年本・墓寺）
　　　　　　　　　京都大學本　---　없음

三・10b　廣織　　광직은 바탕이……
　　　　　　　　　ヒロオリハダイノヂハ ……　　　（明治 14年本・布帛）
　　　　　　　　　京都大學本　---　용례가 다름

三・11a　甫氈　　보전이 내게는 업亽오나
　　　　　　　　　フセンハ私ノ方ニハコサラ子ドモ……
　　　　　　　　　　　　　　　　　　（明治 14年本・布帛）
　　　　　　　　　보전은 내게는 업亽의
　　　　　　　　　フセンハ ワタクシノ方ニハ ゴザランヌ……
　　　　　　　　　　　　　　　　　　（京都大學本）

三・38a　駕馬　　가마 틔고 가는 부인이 긔 뉘시닛가
　　　　　　　　　コシニノツテユカレル夫人ハアレハドナタデゴザルカ
　　　　　　　　　　　　　　　　　　（明治 14年本・車輪）
　　　　　　　　　가마 틔고 가신 니는 긔 뉘온고
　　　　　　　　　コシニノツテユク人ハアレハダレカ　　　（京都大學本）

三・43a　　　　　바독돌이 ᄌ러야 두기 됴흐니라
　　　　　　　　　碁石ハチイサウテコソウチヨイ　　　（明治 14年本・戯物）

바독물은 ᄌ라야 두기 좃ᄉ외
ゴイシハチイサウテコソウチヨウコサル　　(京都大學本)

三・50a　小刀　쇼도가 아무리 든들 큰 거슨 못버히거든
コカタナハイカニキレテモ太イモノハキレヌ
(明治 14年本・式備)

쇼도ᄂᆫ 아모리 들어도 큰 거슬 못버히읍ᄂᆞ니
コカタナハイカヨフキレテモフトイモノハキレマセンヌ
(京都大學本)

③ 일본어는 「が」인데 한어가 「은(는)」로 되어 있는 용례

三・14a　　　목화는 혼 냥에 멋 근이나 허는가
木花　綿ガ百文ニ何斤バカリスルカ(明治 14年本・布帛)
京都大學本 --- 없음

④ 일본어에는 「が」가 있는데 한어가 없는 용례

三・15a　靁花　곰당 스러쓰니 닥거셔 쓰라
カビガカケタニヨリヌグウテツカヘヨ
(明治 14年本・彩色)

靁花　곰당 씨시니 닥거셔 쓰라
カビガ子タホドニミガイテツカエ　　　(京都大學本)

이러한 용례를 통하여 다음과 같은 점이 명백해졌다.

① 『交隣須知』의 「は」, 「が」, 「은(는)」, 「이(가)」의 조사 결과, 「은(는)」
에는 「は」, 「이(가)」에 「が」를 대응한 용례가 많다.

② 어색하게 느껴지는 것은 「が」의 용법에 대한 것뿐이고, 어색한 「は」는 거의 없다.

③ 어긋남과 불일치의 경우 일본어가 「は」인데, 한어에서는 「이(가)」인 것이 대부분으로 그 반대는 적다.

④ 한쪽에는 조사가 사용되어 있는데 다른 쪽의 대역에 그것이 존재하지 않는 불일치는 특히 일본어에 「が」가 있을 때 한어가 없고, 또 한어에 「이(가)」가 사용되어 있을 때에 일본어에 조사가 존재하지 않는 두 가지 경우가 있다.

『交隣須知』의 대역 일본어에는 '어색하게 느껴지는 「が」가 보이는 것은 일본어의 격조사 「が」와 한어의 「이(가)」가 갖는 의미상의 범위에 불일치가 있음에도 불구하고 「이(가)」를 무조건 「が」로 직역했기 때문이라고 볼 수 있다. 또 이러한 불일치는 『交隣須知』의 편자(編者)를 생각할 때에도 하나의 실마리가 될 가능성이 있지만 용례 수가 많지 않기 때문에 어렵다고 할 수 있다.

또 『交隣須知』의 대역 일본어에는 한어의 「이(가)」에 「は」를 대응시킨 용례가 보이지만 이들은 「とまる・すわる」, 「くう・のむ」, 「みる・あう」, 「こえ・おと」와 같이 한어의 간섭에 따른 결과로서 『交隣須知』 제본에 따라 치우침이 보여 고사본계 『交隣須知』와 증보본계 『交隣須知』와의 이질성을 보이는 요인의 하나가 될 수 있다. 사실 『交隣須知』에 보이는 「は・が」, 「이(가)・은(는)」의 불일치는 다양하지만 전체적으로 보면 「은(는)」에 「は」, 「이(가)」에 「が」의 대응이 경우가 압도적으로 많다. 결국 『交隣須知』의 경우 「は」, 「が」와 「은(는)」, 「이(가)」에 몇 가지 불일치 또는 어긋남이 보이지만, 그 중에서도 특히 「が」가 어색하게 느껴지는 이유는 앞에서 설명했듯이 일본어의 격조사 「が」와 한어의 「이(가)」가 갖는 의미 영역에 불일치가 있음에도 불구하고

「이(가)」를 무조건 「が」라고 직역했기 때문에 생겨났다고 할 수 있다.

이미 하마다 아츠시(1970)에도 지적이 있지만, 일본어의 「が」가 대립격을 나타내는 데 대해서 한어의 「이(가)」는 일본어의 「が」보다 용법이 넓어 대립격적 기능뿐만 아니라 주격적 제시격을 나타내기 때문에 이를 벗어난 「이(가)」가 일본어 「が」의 잘못된 용법으로 나타남을 볼 수 있다. 그렇지만 일본어의 「は」가 주격적 제시격과 대립격을 나타내는데, 대해 한어의 「은(는)」에는 대립격 기능이 강하고 제시격적인 기능이 비교적 약하기 때문에 어색하게 느껴지는 「は」는 거의 볼 수 없다. 예를 들어 「うさぎは耳が長い」의 경우, 「は」는 주격적 제시격이지만 「が」는 대립격을 나타내고 있다. 그렇지만 「うさぎは耳は長い」의 경우, 두 번째의 「は」는 제시가 아닌 대립을 나타낸 것이다. 이와 같이 「は」에는 주격적 제시격과 대립격을 나타내는 경우가 있어 한어의 「은(는)」보다 의미 영역이 넓다고 할 수 있다.

또 한쪽에는 조사가 사용되어 있는데도 다른 쪽의 대역에는 그것이 존재하지 않는 불일치에 대해서는 「이(가)」, 「은(는)」과 「が」, 「は」의 성립 과정을 살펴봐야 하는데, 알타이어제에는 원래 주격을 나타내는 조사가 없었다고 한다.

요컨대 어긋남이나 불일치의 원인을 확실히 파악하기 위해서는 「は」, 「が」, 「은(는)」, 「이(가)」와 같은 각 형태의 성립부터 올바르게 이해할 필요가 있으므로 이 문제에 대해서는 다음 과제로 남겨 두고자 한다.

5. 「を」, 「に」와 「을(를)」, 「에」

1) 조사 「を」와 「に」

여기에서는 「を(을・를)＋乘る」에 대한 용법을 중심으로 언급하고자 한다. 현대 일본어에서는 「舟に乘る」, 「馬に乘る」의 경우 일반적으로는 「舟を乘る」, 「馬を乘る」라고 하지 않는다. 그러나 한국어로는 「배를 타다」, 「말을 타다」라고 하기 때문에 일본어를 학습하는 한국학생 중에는 「舟を乘る」, 「馬を乘る」라고 표현하는 경우가 있다. 이러한 용례가 『交隣須知』에는 어떻게 나와 있는지 조사해 보고자 한다.

2) 『交隣須知』의 「を」

○ 하마다 아츠시(濱田敦)(1966a)에 보이는 『交隣須知』의 조사 「を」에 대한 설명

『交隣須知』의 조사 「を」에 대하여 하마다 아츠시(1966a)는 다음과 같이 설명하고 있다.

　　　조사 「を」와 「に」의 문제에 대해서는 이전에 후쿠시마 쿠니미치(福島邦道)가 설명한 적이 있는데 본서에서도 예를 들면,

　　　卷二、9、ルイバノレバキミガヨフテタシカニゴザル　　　　　（롤）
　　　卷三、24b、ノリモノヲノッテユケバミガラクニゴザル　　　　（룰）
　　　卷三、28、バセンヲヲケバトヲイミチニムマヲノッテイテモシ
　　　　　　　リガイタミカタガスクナイ　　　　　　　　　　　　（을）

이러한 예가 보인다. 모두「乘る」(조선어[를])라는 동사의 목적어로 되어 있는데 卷三의 두 예는 일본어에도 분명히「ノリモノヲ」,「ムマ ヲ」라고 격조사「を」를 나타내고 있다. 그것에 대해 조선어도 역시 '을(를)'이다. 한편 卷二의 한 예는 조선어는 '를'이라고 나타나 있지만 일본어의 대역은 격조사를 빼고 '루이바'(騾馬)라고 하는 명사가 그대로 사용되어 있는 것이다. 일본어뿐만 아니라 조선어에서도 고대어(古代語)에서는 특히 주격 및 목적격의 경우 조사가 문중(文中)에 확실하게 나타나지 않고 명사가 그대로 사용되고 있는 것이 원칙이었다고도 하지만「に」격에 대해서는 그러한 원칙이 인정되지 않고 여기에서 일본어가「루이바노레바(ルイバノレバ)」라고 격조사를 쓰지 않는 것은 역시 이상하다. 한편 조선어에서는 동사는「を」격을 요구하는 것으로 여기에서는 그 격조사가 실제로 나타나고 있지만 만약 그것이 없었다고 해도「を」격이 반드시 이상한 것은 아니라고 할 수 있다. 따라서 그 대책으로서 일본어에서 격조사를 쓰지 않는 것은「乘る」에「を」격을 요구하는 조선어의 간섭에 의한 것이라고 볼 수 있다.

(京都大學藏本交隣須知解題:40-41)

「乘る」가「ヲ」격을 요구하는 것은 한어의 간섭에 의한 것임을 알 수 있다. 하마다 아츠시(1966a)가 들고 있는 용례가『交隣須知』 제본에서는 어떻게 나타나 있는지 살펴보기로 한다.

騾 　노새롤 튼면 싀훤고 든든ᄒ외
　　　ルイバノレバキミガヨフテタシカニゴザル

(京都大學本・卷二・走獸)

驢 　노새롤 타니 평지 거룩간 듯ᄒ여 든든ᄒ의
　　　ウサギ馬ノツタニ平地ヲアユムヨウニアツテアンドニゴザル

(서울대학교本・卷二・走獸)

驢 　노새롤 타니 평지 거룩간 듯ᄒ여 든든ᄒ외

ウサキ馬 <u>ノツタニ</u>平地ヲアユムヨウニアツテアントニゴザル

(濟州本・卷二・走獸)

騾　　노새를 트니 평지를 거러가는 듯허여 든든허외

<u>-馬ニノツタニ</u>平地ヲアユムヤウニシテアンドニゴザル

(明治 14年本・卷二・走獸)

노새를 트면 평디를 거러가는 듯ᄒ다

<u>騾馬ニ乘レバ</u>平地ヲ歩ムヤウナ　　　　(寶迫本・卷二・走獸)

京都大學本, 서울대학교본, 濟州本에서는 「ルイバ」, 「ウサギ馬」의
뒤에 조사가 보이지 않고, 明治 14年本, 寶迫本에는 조사 「ニ」가 사
용되고 있음을 알 수 있다. 또 京都大學本의 다음과 같은 용례에서는
동사 「乘る」앞에 「ニ」를 사용하고 있다.

駁馬　　어룽몰ᄅ 트고 가는 양이 돗ᄉ외

<u>マダラムマニ</u>ノツテユクヨウスガヨフコサル

(京都大學本・卷二・走獸)

이어서 卷三의 용례를 살펴보기로 한다.

輀子　　교ᄌ롤 트고 가면 몸이 편안ᄒ오니

<u>ノリモノヲ</u>ノツテユケバミガラクニゴザル

(京都大學本・卷三・車輀)

輀子　　교ᄌ를 트고 게신 지샹이 위의가 갸륵ᄒ시외

<u>輀子ヲ乘テ</u>ゴサナサル宰相ノ威儀ガスサマシウゴサル

(서울대학교본・卷三・車輪)

輀子　　교ᄌ를 트고 게신 지샹 위의가 갸륵ᄒ시외

<u>輀子ヲ乘テ</u>ゴサナサル宰相ノ威儀ガスサマシウゴサル

(濟州本・卷三・車輪)

輟子　　교ᄌᆞ를 ᄐᆞ고 게신 ᄌᆡ샹 위의가 갸륵ᄒᆞ시외
　　　　<u>輟子ヲ乘テ</u>ゴサル宰相威儀ガスサマシウゴサル

　　　　　　　　　　　　　　　　　　　　(中村本・卷三・車輪)

輟子　　교ᄌᆞ를 ᄐᆞ고 가시는 ᄌᆡ샹이 위의가 갸륵허시
　　　　<u>－ヲ乘テユカレル</u>宰相ノ威儀ガスサマシウゴザル

　　　　　　　　　　　　　　　　　　　(明治 14年本・卷三・車輪)

　　　　교ᄌᆞ를 ᄐᆞ고 가실가
　　　　<u>輟子ヲ乘テユカレルカ</u>　　　　(寶迫本・卷三・車輪)

輟子　　교ᄌᆞ를 ᄐᆞ고 가시는 ᄌᆡ샹이 위의가 갸륵ᄒᆞ시옵데다
　　　　<u>「輟子」に乘つて御出になる宰相</u>は威勢がさかんでございます。

　　　　　　　　　　　　　　　　　　　　(明治 37年本・車馬)

明治 37年本 이외에는 모두 「ヲ＋乘ル」의 형태임을 알 수 있다.

마지막으로 하마다 아츠시(1966)의 세번째 용례를 살펴보기로 한다.

鞁　　　도돔 노흐면 길희 믈을 ᄐᆞ고 가도 볼기가 덜 압프니라
　　　　バセンヲヲケバトヲイミチニム<u>マヲノツテイテモ</u>シリガイタミカ
　　　　タガスクナイ　　　　　　(京都大學本・卷三・鞍具)

鞁　　　도돔을 노흐면 먼 길희 믈을 ᄐᆞ고 가도 볼기가 아니 압프니라
　　　　バセンヲヲケバ遠ウ道ニ<u>馬ヲノツテイ</u>テモイシキガイタマヌ
　　　　　　　　　　　　　　　　(서울대학본・卷三・鞍具)

鞁　　　도돔을 노흐면 먼 길희 믈을 ᄐᆞ고 가도 블기가 아니 압프니라
　　　　バセンヲヲケバ遠ウ道<u>馬ヲノツテイ</u>テモイシキガイタマヌ
　　　　　　　　　　　　　　　　(濟州本・卷三・鞍具)

鞁　　　도돔을 노흐면 먼 길희 믈을 ᄐᆞ고 가도 블기가 아니 압프니라
　　　　バセンヲヲケバ遠ウ道ニ<u>馬ヲノツテイ</u>テモイシキガイタマヌ
　　　　　　　　　　　　　　　　(中村本・卷三・鞍具)

「鞍」는 明治 14年本, 寶迫本, 明治 37年本의 경우 표제어 한자가 있기는 하지만 본문이 달라 해당하는 부분이 보이지 않는다. 또 여기에 든 용례들은 모두 「ヲ+乘ル」의 형태임을 알 수 있다.

○ 후쿠시마 쿠니미치(福島邦道)(1950)의 「ヲ+乘ル」에 대한 설명

이른바 조선 자료에 보이는 「ヲ」에 대해서는 하마다 아츠시(1966a) 외에 후쿠시마 쿠니미치(1950)와 같은 논문이 있다. 후쿠시마는 『捷解新語』에 보이는 격조사 「ヲ」에 대하여 오구라 신페이(小倉進平), 이와부치 에츠타로(岩淵悅太郎)의 이론을 들어가며 설명하고 있다. 그에 의하면 「舟を乘る」는 일본어의 「を」와 한국어의 「을(를)」의 용법 차이에서 오는 오용이고, 「自動車を乘る」는 '소박한 표현을 좋아하는 백성이 잘못 사용한 말이다.'라고 하고 있다. 그러나 『交隣須知』의 제본에 「を+乘る」와 「に+乘る」의 두 형태가 모두 사용되고 있는 것을 보면 「を+乘る」는 한국어의 간섭을 받은 오용이 아니라 당시에는 「を+乘る」와 「に+乘る」두 형태가 혼용되고 있었음을 보여준다고 할 수 있다. 따라서 『交隣須知』에 보이는 다른 용례에 대하여 살펴보고자 한다.

○ 『交隣須知』에서 볼 수 있는 그 이외의 용례

여기에서는 하마다 아츠시(1966a)가 지적하지 않은 「乘る」의 용례를 들어 보고자 한다.

○ 「ヲ+乘る」용례

水疾　　　빅트고 오다가 슈질을 ᄒ여 죽을 번ᄒ엿ᄉᆞᆯ니
　　　　　船ヲノツテキテヨウテ死ウトシマシタ　(白水本・卷一・舟楫)

馬氈 도둠을 노흐면 먼 길에 물을 틔고 가도 볼기가 아니 암푸니라
    -ヲオケバ遠路ニ<u>馬ヲノリテ</u>住テモ井シキガイタマヌ

(明治 14年本・卷三・鞍具)

端午 단오는 남녀 업시 그네를 쮜느니라
    -ハ男女トナク<u>鞦韆ヲノル</u>   (明治 14年本・卷一・時節)

○「ニ＋乘る」용례

駄馬 어름몰ㄹ 틔고 가는 양이 돗ㅅ외
    <u>マダラムマニノツテ</u>ユクヨウスガヨフコサル

(京都大學本・卷二・走獸)

鶴   학 튼 신션도 잇ㅅ니
    <u>ツルニノツタ</u>仙人モゴサリマスル   (白水本・卷一・羽族)

快船 쌔른 비 틔고 몬져 가쟈
    早ヤ<u>船ニノリテ</u>サキニユカウ   (明治 14年本・卷一・船楫)

舟   비 틔고 가쟈
    <u>舟に乘つて</u>住かう。   (明治 37年本・舟楫)

快船 쌘른 비 틔고 몬져 가쟈
    足の早い<u>船に乘つて</u>先に住かう。   (明治 37年本・舟楫)

이와 같이 「ヲ＋乘る」와 「ニ＋乘る」의 용례가 둘 다 분명히 보임을
알 수 있다. 다만 한어에는 조사에 해당하는 것이 없는 경우도 있다.
이러한 용례에서도 ‘「ヲ＋乘る」가 한어 간섭의 오용례이다.’라고 단순
하게 단정짓기는 어렵다고 할 수 있다. 실제로 일본어의 다른 자료에도

비슷한 용례가 나타난다.

① 漕ぐ<u>舟に妹乗る</u>らむか(万葉集一)
② <u>車に乗りて百人</u>ばかり天人具して(竹取物語)
③ 雲分といふ<u>あがり馬を乗られ</u>けるに(古今著聞集)
④ ヨウ<u>フネヲノル</u>ヒト(日葡辭書)

　위의 용례는 廣辭苑(第5版)에 인용된 것들인데 이 예문들은 나라(奈良)시대나 헤이안(平安) 시대부터 이미「を＋乗る」와「に＋乗る」가 모두 사용되고 있었음을 알려준다. 따라서「を＋乗る」의「に＋乗る」의 혼용은 상당히 오래된 시대부터 있어왔으나 에도시대, 명치시기로 이어지면서 점차「を＋乗る」의 사용이 줄어들면서「に＋乗る」로 통합되었으리라고 추측된다.

　여기에서는 하마다 아츠시(1966a)의 '『交隣須知』에 보이는「ヲ＋乗る」는 한어 간섭 오용이다'라는 견해를 계기로 하여 이러한 용례가 정말로 오용이었는지 아니면 당시에 일반적으로 사용되었던 용법이었는지를 분명히 밝혀보고자 하였다. 그 결과『交隣須知』의 제본에「を＋乗る」와「に＋乗る」의 혼용을 볼 수 있었으나, 시대의 흐름에 따라 점차「を＋乗る」의 용법이 사라지면서「に＋乗る」로 통합되었다는 결론을 얻을 수 있었다. 또한 일본어「を」,「に」에 대응되는 한어는 모두「을(를)」이었음도 알 수 있었다. 일본어는「を＋乗る」와「に＋乗る」의 혼용에서「に＋乗る」로 변화해 가고 있었지만 한어는 변화하지 않았던 것이다.『交隣須知』와 같은 자료는 이러한 변화의 과도기에 나났던 언어 자료였으므로「を＋乗る」의 용례를 단순히 한어 간섭에 의한 오용례라고 단정짓기는 어렵다고 할 수 있다.

제 4 장
한어 학습서와 『交隣須知』

1. 明治 13年(1880) 刊 『韓語入門』(寶迫繁勝)

1) 작자와 선행연구

『韓語入門』은 호세코 시게카츠(寶迫繁勝)에 의해 명치 13년(1880)
에 출판된 한어 문법서이다. 그는 明治 14年本『交隣須知』의 인쇄자
이자, 明治 16年本『交隣須知』의 산정자(刪正者)이기도 하며, 『訂正
隣語大方』의 인쇄자이기도 하다. 明治 14年本『交隣須知』의 우라세
히로시 '서언(緒言)'에는 호세코 시게카츠가 明治 14年本『交隣須知』
의 인쇄 및 교정에 찬조(贊助)했다고 되어있기 때문이다. 그런데 웬일
인지 明治 14年本『交隣須知』卷一을 보면 호세코 시게카츠라는 이
름 위의 '校正'이라는 두 문자가 검게 칠해진 채 인쇄라는 문자만 남아
있고 卷二, 卷三, 卷四에도 인쇄 두 문자만 보인다.

명치시기의 『交隣須知』는 모두 간본으로서, 그 중 寶迫本은 『韓語
入門』의 작자인 호세코 시게카츠에 의해 작성된 것이다. 그 밖에서도
어학서로는 문법서인 『韓語入門』과 회화서인 『日韓善隣通語』가 있
다. 『韓語入門』에 관한 선행연구로는 오구라 신페이(小倉進平)(1940),
사쿠라이 요시유키(櫻井義之)(1956・1974a), 이강민(2004) 등이 있

다. 오구라 신페이, 사쿠라이 요시유키는 내용을 소개하고, 이강민은 내용 소개와 더불어 『交隣須知』와의 관계에 대해서 설명하고 있는데, 나가사키(長崎)本 계열이 아닌 서울대학교本과 같은 계열의 자료를 참고로 해서 작성하였다고 보았다.

한편 사쿠라이 요시유키(1956:273)에 의하면 우라세와 호세코의 사이에는 확집(確執)이 있었다고 생각되지만, 여기에서는 『韓語入門』第二篇의 第二章 '체언'의 어휘와 『交隣須知』의 어휘와의 관계를 중심으로 살펴보고, '체언'에 나타나있는 어휘의 성격을 명확히 해보고자 한다. 본 조사를 통하여 우라세와 호세코의 관계가 조금 더 확실해질 수도 있을 것이다.

여기에서 다룰 『交隣須知』는 明治 14年本과 寶迫本, 서울대학교本이다. 『韓語入門』의 간행 시기로 볼 때 明治 14年本 『交隣須知』를 참고로 하여 어휘를 결정했을 가능성이 높다고도 볼 수 있지만, 사본의 일종인 서울대학교本과의 비교도 아울러 시도해 보고자 한다. 다만 서울대학교本 『交隣須知』는 현재 卷二, 卷三, 卷四만이 남아있기 때문에 그 중 卷二, 卷三과 비교해 보고자 한다.

2) 출판 경위

호세코 시게카츠(寶迫繁勝)의 『韓語入門』 '서언(緖言)'을 보면 책이 출판되기까지의 경위가 밝혀져 있어 그의 노고를 알 수 있다. 그는 '서언'에서 그 때까지 제대로 된 문법서가 없어 한어 연구가 앞으로 나아가지 못했음을 한탄하고 있다. 이에 따라 호세코는 본인이 직접 문법서를 작성하게 되었다고 한다.

3) 구성

『韓語入門』은 상·하권으로 나뉘어 있는 和裝判으로 상권-39매, 하권-32매로 이루어져 있다.

상권에는 '언문, 언문철법, 체언'이 있고, 하권에는 '각종 명사, 인칭, 대명사, 형용사, 분사(分詞), 연어(連語)'와 마지막에 소학독본의 역(譯)을 들고 있다. 목차는 다음과 같다.

　이와 같은 내용으로 볼 때 『韓語入門』은 명치 초기의 본격적인 한
어 문법서로서 가치있는 자료임을 알 수 있다. 이제 『韓語入門』 상권
의 '체언' 부문 항목과 『交隣須知』의 부문 항목에 대하여 살펴보고자
한다.

4) 상권 '체언'의 부문 항목과 『交隣須知』의 부문 항목

『韓語入門』 상권 第二篇, 第二章의 '체언'은 부문 항목을 다음과 같
이 나누고 각 부문에 어휘를 열거하고 있다.

天文	時節	晝夜	方位	地理	江湖	水貌	舟楫
人品	官爵	人倫	頭部	身体	形貌	羽族	走獸
水族	昆虫	禾黍	蔬菜	農圃	果實	樹木	花品
草卉	都邑	宮宅	飲食	疾病	社寺	杠梁	金寶
鋪陳	布帛	彩色	衣冠	女飾	盛器	織器	鐵器
雜器	風物	視聽	車輪	鞍具	戲物	文式	武備

　위와 같은 부문 항목은 『交隣須知』의 형태와 거의 같다. 예를 들어 明治 14年本 『交隣須知』의 부문 항목을 살펴보면 다음과 같다.

卷一
天文	時節	晝夜	方位	地理	江湖	水貌	舟楫
人品	官爵	天倫	頭部	身部	形貌	羽族	

卷二
走獸	水族	昆虫	禾黍	蔬菜	農圃	果實	樹木
花品	草卉	宮宅	都邑	味臭	喫貌	熟設	買賣
疾病	行動						

卷三
墓寺	金寶	鋪陳	布帛	彩色	衣冠	盛器	織器
鐵器	雜器	風物	視聽	車輪	鞍具	戲物	政刊
文式	武備	征戰	飮食				

卷四
靜止	手運	足使	心動	言語	語辭	心使	四端
太多	範囲	雜語	逍遙	天干	地支	時刻	

　이로써 『韓語入門』의 부문 배열과 明治 14年本 『交隣須知』 卷一부터 卷三까지의 부문 배열이 상당히 비슷함을 알 수 있다. 그러나 조금 다른 부분이 있는데 그 부분은 다음과 같다.

① 『韓語入門』의 목차에는 '天文'이라는 부문이 있지만 실제로 제 2장을 보면 '天文'이라는 문자를 볼 수 없다. 이 부문을 단순하게 뺀 것으로 보인다.
② 『韓語入門』에는 '人倫', 『交隣須知』에는 '天倫'으로 되어 있다.

③ 『韓語入門』에는 '祠寺' 뒤에 '杠梁'이 있지만 『交隣須知』에는
   '祠寺'가 아닌 '墓寺'라고 되어 있으며 '墓寺' 뒤에 '杠梁'은 없다.

④ 『韓語入門』과 『交隣須知』에서의 '飮食'은 순서가 다르다.

⑤ 『韓語入門』에는 『交隣須知』에 있는 '味臭·喫貌·熟設·買
   賣·行動政刑·征戰'의 부문이 보이지 않는다.

⑥ 『韓語入門』에는 '身體', 『交隣須知』에는 '身部'로 되어 있다.

⑦ 『韓語入門』의 목차에는 '形貌'로 되어 있는데 실제로 어휘가 나
   열되어 있는 24쪽에는 '貌形'이라고 되어 있고 『交隣須知』에는
   '形貌'로 되어 있다.

⑧ 『韓語入門』의 목차에는 '彩色'이라고 되어 있는데 실제로 어휘
   가 나열되어 있는 35쪽에는 '色'만 있을 뿐이며, 『交隣須知』에
   는 '彩色'으로 되어있다.

⑨ 『韓語入門』에는 '都邑', '宮宅'의 순인데 明治 14年本 『交隣須
   知』에는 '宮宅', '都邑' 순이다.(단, 서울대학교本은 '都邑', '宮
   宅' 순)

　　지금까지 살펴본 바에 의하면 『韓語入門』은 『交隣須知』 卷一부터
卷三까지의 부문 항목을 참고로 하여 작성되었다고 볼 수 있다. 호세
코 시게카츠가 『韓語入門』을 쓰기 전에 明治 14年本 『交隣須知』를
보았다는 사실은 오구라 신페이(小倉進平)의 설명에서 분명하게 드러
난다. 그는 『朝鮮學報』(제9집:275)에서 "(호세코 시게카츠가) 동경에
있는 일본어의 역어(譯語)를 교정한 것은 前記(明治 14年本) 『交隣須
知』를 가리키는 것이라고 생각된다."고 하였기 때문이다.

　　이것을 보면 호세코 시게카츠는 『韓語入門』의 '서언(명치 13년)'을
쓰기 이전에 明治 14年本 『交隣須知』의 교정을 하고 있었고, 『韓語

入門』을 작성할 때에도 明治 14年本 『交隣須知』의 부문 항목이나 어휘의 배열을 참고로 했을 가능성이 있다고 볼 수 있다.

5) '체언'의 어휘와 『交隣須知』의 한어

여기에서는 『韓語入門』의 '체언' 어휘와 明治 14年本, 서울대학교본, 寶迫本의 한어를 비교하여 『韓語入門』의 성격을 밝혀보고자 한다. 단 明治 14年本『交隣須知』의 卷一에 해당하는 부분은 서울대학교본에는 없기 때문에 『韓語入門』과 明治 14年本, 寶迫本 『交隣須知』를 비교하고, 卷二, 卷三에 해당하는 부분에 대해서는 『韓語入門』과 서울대학교본, 明治 14年本『交隣須知』의 어휘를 비교하며, 필요에 따라 寶迫本 『交隣須知』의 어휘와도 비교하기로 한다. 또 明治 14年本 『交隣須知』의 卷一에 해당하는 부분에 대해서는 ①『韓語入門』과 明治 14年本 『交隣須知』에 보이는 어휘 ②『韓語入門』에만 보이는 어휘 ③『韓語入門』과 明治 14年本 『交隣須知』에서 한어 표기가 다른 어휘 등 세 가지로 분류하고, 卷二, 卷三에 해당하는 부분에 대해서는 ①『韓語入門』과 明治 14年本, 서울대학교본 『交隣須知』에 같은 어휘가 보이는 예 ②『韓語入門』과 明治 14年本 『交隣須知』에 보이는 어휘 ③『韓語入門』과 서울대학교본 『交隣須知』에 보이는 어휘 ④『韓語入門』에만 보이는 어휘 ⑤『韓語入門』과 서울대학교본 『交隣須知』의 한어 표기가 같고 明治 14年本 『交隣須知』의 한어 표기가 다른 어휘 ⑥『韓語入門』과 明治 14年本 『交隣須知』의 한어 표기가 같고 서울대학교본 『交隣須知』의 한어 표기가 다른 어휘 ⑦『韓語入門』과 明治 14年本, 서울대학교본 『交隣須知』의 한어 표기가 같고 『韓語入門』의 한어 표기가 다른 어휘 ⑧『韓語入門』과 明治 14年本,

서울대학교本 『交隣須知』의 어휘가 각각 다른 예 등 여덟 가지로 분류해 정리하기로 한다. 먼저 卷一에 해당하는 부분을 ①~③ 세 가지로 분류하여 정리하면 다음과 같다.

① 『韓語入門』과 明治 14年本 『交隣須知』에 보이는 어휘

「天文」 희 둘 별 일식 월식 흐리 브롬 동풍 셔풍 남풍 동남풍 역풍 슌풍 잔풍 눈 비 소나기 셰우 셔리 안개 번개 텬동 므지개 진동 구므 견우 직녀 칠셩 표풍 폭풍 셔긔 애 이십팔슈 혜셩 환풍 디진

「時節」 봄 구올 풍년 흉년 금년 거년 명년 쌔 시졀 날 훈증 졍월 이월 삼월 스월 오월 팔월 구월 셧돌 윤돌 긔년 동지 즁양 원일 단오 츄 하현 셰젼 쥬년

「晝夜」 낫 밤 져녁 어제 그늘 볏 새벽 셕양 요스이 이제 이튼날 글픠 어제 초사혼날 초나혼날 초여드렛날 초열홀날 스므날 그날 하지 초슌 슌망 간 념회간 식젼 초경

「方位」 동다히(동산) 셔산 남방 왼손 스방 스면 즁간 공즁

「地理」 쌍 평디 들 교외 고개 언덕 두던 흙(홀) 지 숫 셰사 즌흙(진홀) 돌 화초

「江湖」 강 바다 셤 시내 십 우물 온졍 물구븨 폭포 희변 파도 슈도

「水貌」 물속 방츅

「舟楫」 비 돗 쎄 닷 줄 쟝방

「人品」 샹고 쟝스 시졍 빅셩 군스 쟝뎡 무당 영웅 스승 복쟈 즁 승 쟝인 어부 빅뎡 쵸부 하라비 할미 셩인 세찬놈 공 민쳡 지조 우리 욕심 공교 슐 간악 검박 간사 굿셴사롬 모진사롬

「官爵」 황뎨 셰즈 황후 왕비 겨후 지샹 어스 칙스 스신 감스 병스 쳠스 슈령 션비 벼슬 가즈 하인 통스 의원 화원 셔리 군즈 슈스 감목관

「人倫」 조부 조모 슉부 슉모 족하 양즈 형 즈식 쏠즈식 지아비 안히 증손 사돈 혼인 댱가 기가 샹년 계집 벗 죵 계집죵 고공 덕실 의부 너 쇼년 이놈 져놈 동싱

「頭部」 머리 니마 눈 동즈 눈망올 거믄즈 코 귀여지 귀 귀밋털 목 흿털

슈염 눈감쟉일

「身體」 몸 골슈 뼈 슬 피육 손 풀 손목 손톱 졋 허리 발 다리 폐 간 위 쟝 오좀통 신경 긔운 혈긔 숨 진뫽 한숨 꿈 씀 눈물 외감 쏭 오좀 몽셜 니 솟

「貌形」 형상 모양 거동 샹 건쟝 쟝뎡 실음

「羽族」 봉황 공쟉 학 원앙 잉무 부헝(부엉) 새매 수리 굴며기 닭(닭) 촘 새져비 부람가비 졉동새 할미새 알 병아리 부리 놀게 깃

② 『韓語入門』에만 보이는 어휘

「天文」 무릐 쑬눈 림우이슬

「時節」 올희 희 시 오늘 러일 덥 초곰

「晝夜」 이윽 경일 엊그제 그믐날 쓰음 삭삭 이경 삼경 수경 오경 나날

「方位」 올흔손 것 앏픠 밋뎌 안 속 밧긔 방리 세모 네모

「地理」 뫼 굿치 괴물

「江湖」 웅덩 성어 파뎡 강변

「水貌」 졀수

「舟楫」 빈드리 쇼션 급슈션 예션 뎜션 발션 연혼 창패

「人品」 병수 한부 화랑 손 뎨즈 즁미 포쟉한 침슈군 그듸 져 내 어진사 롬 어린

「官爵」 셩쥬 님금 태즈 신하 공수 총령수 령수 슈신수 젼어관 군슈 현감 쥬쟝 쟝쟈 근습 슈수도 부수 부빅 수도

「人倫」 부친 모친 모친 아비 어만 아즈비 쑬죡하 싀어버이 아으누에 싀 어만 아즈미 아으안희 동부 사나희죵 얼즈 쳡 오라비 제 졀믄사롭 즈호 일홈 그놈 동갑

「頭部」 마리 더골 눈두에 눈털 눗 안식 코존등 코구멍 민다야 광모 얼글

「身體」 풀궁동 녑픠 모음 발뒤즉 담 목숨 춤 혜 입 입슈오리 몽압 셤어 아리딕 어곰니 버증니

「貌形」 씽긔 늙은사롭 늙으니 쵸췌

「羽族」 올 쇼록 굴가마괴 뎌고리 졀알 쒕

③『韓語入門』과 明治 14年本『交隣須知』에서 한어 표기가 다른 어휘『韓語入門』(明治 14年本『交隣須知』), 寶迫本『交隣須知』의 순으로 예시한다.

「天文」하늘(하늘)하늘 븍풍(북풍)북풍 동븍풍(동북풍)동북풍 셔븍풍(셔북풍)셔북풍 구룸(구름)구름 노올(놀)놀 우러(우레)우레 벽력(벽녁)벽

「時節」녀름(녀름)녀름 계올(겨을)겨을 <u>이틈희(이듬희)이틈희</u> 서눌(서늘)서늘 링(닝)닝 류월(뉴월)뉴월 찰월(칠월)칠월 십월(시월)시월 동지둘(동지쯜)동지쯜 랍월(납월)납월

「晝夜」앗춤(아침)아침 잠간(잠깐)잠깐 경긱(경각)경각 모러(모레)모레 그적긔(그적게)그적게 초ᄒᆞ론날(초ᄒᆞ론날)초ᄒᆞ론날 초이튼날(초잇튼날)초잇튼날 초닷샌날(초닷신날)초닷신날 초엿샌날(초엿신날)초엿신날 초니렛날(초일엣날)초일엣날 초아흐렌날(초아흐렛날)초아흐렛날 어닌날(어네날)어네날 립츈(닙츈)닙츈

「方位」동다히(동산)동산 븍다히(북)북 우희(우회)우회 아러(아렛집)아렛집 가온더(가온데)가온데

「地理」바회(바위)바위 굴헝(굴렁)굴렁 돌몽(돌뭉)돌뭉 흙(홀)홀 틔쯜(틧글)틧글 모러(모래)모래 즌흙(진홀)진홀 금기(궁기)궁기 디도셔(지도)지도 로졍긔(노졍긔)노졍긔

「江湖」모싀(못세)못세 ᄂᆞ르(ᄂᆞ루)ᄂᆞ루 여홀(여울)여울 물결(물셜)물셜 ᄀᆞ쳔(긔쳔)긔쳔

「水貌」허욤(헤염)헤염 물거픔(물겁품)물겁품

「舟楫」돗더(돗대)돗대 로(노)노

「人品」량반(양반)냥반 홈자(혼자)혼자 휘ᄌᆞ(회ᄌᆞ)회ᄌᆞ 즈름(주름)주름 왈자(왈쌰)왈쌰 자닌(자네)자네 팔삭(파삭)파삭

「官爵」없음

「人倫」몿아둘(몿아들)몿아들 아우(아우)아우 결리(결네)결네 며느리(며느리)며느리 몿누에(맛느의)맛느의 사회(사위)사 사나히(스나희)스나희 아모가이(아모긔)아모긔

「頭部」뎡바기(뎡박기)뎡박기 <u>휜ᄌᆞ(휜스)휜ᄌᆞ</u> 노육(뇌육)뇌육 <u>귀밧괴</u>

(귓박퀴)귓싹퀴 웃나롯(웃날루슬)웃날루슬 아린나롯(아린날루시)아린날
루시 구레나롯(구레나롯)구레나롯
「身體」 힘(심)심 엇게(엇끼)엇끼 힘줄(심쑬)심쑬 손가락(손까락)손까락
엄지손가락(엄디손까락)엄지손까락 둘재가락(둘재손까락)둘재손까락 쟝
가락(쟝까락)쟝까락 네재가락(네재손까락)네재손까락 삭기손가락(식끼손
톱)식끼손톱 손바당(손바닥)손바닥 손등(손쑹)손쑹 손금(손씀)손씀 손ᄆ
디(손ᄆ듸)손ᄆ듸 가슴(가슴)가슴 비굽(비쑵)비쑵 발바당(발빠당)발빠당
소리(소리)소리
「貌形」 그림재(그림자)
「羽族」 쏘리(쇠쏘리)쇠쏘리 부헝(부엉)부엉 빅로(빅노)빅노 비둘기(비
둘기)비들기 돍(닭)독 가마괴(가마귀)가마귀 명마기(명믹이)명믹이 뫼추
라기(못추ᄅ기)못추ᄅ기 갓치(가치)가치

이상「天文 時節 晝夜 方位 地理 江湖 水貌 舟楫 人品 官爵
人倫 頭部 身體 形貌 羽族」에 속하는 어휘에 대해서『韓語入門』
과 明治 14年本 및 寶迫本『交隣須知』의 한어의 항목을 비교해 보
았다.

그 결과『韓語入門』과 明治 14年本『交隣須知』에 공통으로 보이
는 어휘가 상당히 많음을 알 수 있었다. 다음으로『韓語入門』과 明
治 14年本『交隣須知』의 한어 표기가 다른 경우에는 明治 14年本과
寶迫本『交隣須知』의 한어 표기에 같은 경우가 많음을 알 수 있었
다.(밑줄 친 어휘는 같지 않은 경우). 그리고『韓語入門』과 明治 14年
本『交隣須知』의 한어 표기가 다른 경우「·」의 소멸에 의해「·」에
서「一」로의 변화,「·」에서「ㅓ」로의 변화,「·」에서「ㅗ」로의 변화,
「·」에서「ㅣ」로의 변화,「·」에서「ㅜ」로의 변화 표기 등을 볼 수
있었다. 이들의 경우 구어에서는 이미 볼 수 있었던 변화라고 할 수
있지만 문어에서는 이들 자료에서 처음으로 보이기 시작한 예라고 할 수

있다. 또「ㅗ」에서「ㅡ」로의 변화,「ㅡ」에서「ㅜ」로의 변화,「ㅗ」에서「ㅜ」로의 변화 표기 등도 나타남을 알 수 있다.

이 밖에도「ㄹ」에서「ㄴ」으로의 변화가 보이지만 이것은 근대 한어의 음절 처음에「ㄹ」이 사용되지 않고「ㄴ」을 사용하게 되었기 때문이라고 볼 수 있다. 따라서 호세코 시게카츠(寶迫繁勝)가『韓語入門』을 작성할 때에는 그 때까지의 전통에 따라「ㄹ」을 사용했지만, 寶迫本『交隣須知』를 작성할 때에는 明治 14年本『交隣須知』등을 참고해서 새로운 표기법을 택했다고도 볼 수 있다. 또한 구개음화에 의한「ㄷ」에서「ㅈ」으로의 표기 변화와 더불어 경음화를 나타내는「ㅈ」에서「ㅉ」으로의 변화,「ㅂ」에서「ㅆ」으로의 변화,「ㄱ」에서「ㅺ」으로의 변화도 보이지만 이들은 모두「ㅅ」계 합용병서였다. 또 음절말자음군이 통합되어 하나의 자음으로 나타나는 예나「ㅎ」음을 표기하지 않은 예 등도 보이는데 이들은 틀림없이 시대의 흐름을 반영한 한어의 변화표기라고 할 수 있다. 또 체언과 체언 사이에 된「ㅅ」을 덧붙이거나 발음대로 표기한 경우는 불필요하게 되었기 때문에「ㅅ」의 표기가 사라진 예 등도 볼 수 있었다. 구체적인 예를 음운과 표기로 나누어 재정리해 보면 다음과 같다.『韓語入門』, (明治 14年本『交隣須知』)의 순으로 예시한다.[1]

< 음운 >

○「·」의 소실

근대어(近代語) 시기의 경우 음운 체계상의 가장 큰 변화는「·」의

---

1) 寶迫本『交隣須知』의 한어 표기는 明治 14 年本『交隣須知』와 같기 때문에 추가하지 않는다.

소실이라 하겠다. 이 변화는 다음과 같은 표기상의 변화를 가져오기도
하였다.2)

「·」>「ㅡ」의 변화를 보이는 예
　　하늘(하늘) 구룹(구름) 서눌(서늘) 우희(우회) 뭇아돌(뭇아들) 며느리
　　(며느리) 사나희(스나희) 가슴(가슴)

「·」>「ㅓ」의 변화를 보이는 예
　　우리(우레) 모릭(모레) 초닷샌날(초닷신날) 가온더(가온데) 어닉날(어네
　　날) 모식(못세) 자녀(자네)

「·」>「ㅗ」의 변화를 보이는 예
　　초ㅎ론날(초ㅎ론날)

「·」>「ㅣ」의 변화를 보이는 예
　　앗춤(아침)

「·」>「ㅣ」의 변화를 보이는 예
　　아ᄋ(아우)

○ 원순모음 표기
　　근대어 「ㅡ」>「ㅜ」의 변화를 보이는 예에서 일어난 가장 뚜렷한 모
음변화의 하나는 순음(脣音) ㅁ ㅂ ㅍ ㅽ 아래에서―모음이 순음의

---

2) 그 음가(音價)는 ㅏ와 ㅗ의 간음(間音)이라 하는 일종의 후설저모음(後
　　舌低母音)이다. 『韓國語 發達史』(1985), 최범훈, p.170.

영향을 받아 원순모음 ㅜ 또는 ㅗ로 변하는 현상이었다.[3]

　　북풍(북풍) 동북풍(동북풍) 셔북풍(셔북풍) 븍다히(북)

○ 경음 표기

　　본래는 평음(平音)이었던 것이 경음으로 바뀌는 현상으로 예를 들면
'곳'이 '꽃'으로, '불휘'가 '뿌리'로 변화하는 현상이다.[4]

「ㅈ」＞「ㅉ」의 변화를 보이는 예
　　왈자(왈짜) 힘줄(심쑬)

「ㅂ」＞「ㅃ」의 변화를 보이는 예
　　발바당(발빠당)

「ㄷ」＞「ㄸ」의 변화를 보이는 예
　　동지둘(동지쏠) 손등(손뜽)

「ㄱ」＞「ㄲ」으로 표기된 예
　　잠간(잠깐) 물결(물껼) 손금(손끔) 손가락(손까락) 쟝가락(쟝까락) 비급
　　(비끕)

다만 이들은 모두 어중에서 일어나는 공시적 된소리화를 나타내고 있

---

3) ㅡ와 ㅜ 또는 ㅗ의 조음(調音) 위치가 가까운 데다 양순(兩脣)의 조음 영
　향을 받아 일어나는 순행동화작용이라 하겠다『韓國語 發達史』(1985), 최
　범훈, p.167.
4)『朝鮮語大辭典』(1986), 角川書店, p.177.

을 뿐 엄밀한 의미에서의 통시적 경음화는 아니다. 경음화로 어두자음
에 나타나는 경우에 국한되기 때문이다.

○ 음어말자음군의 간소화

근대 한어에서 어간말자음군은 모음 앞에서는 연철표기되고 자음 앞
에서는 분철표기되거나 혹은 두개의 자음 가운데 하나가 탈락하는 것
이 원칙이었다. 'ㄴ ㄹ ㅁ'과 같은 유성자음이 선행하는 자음군은 자음
으로 시작되는 조사나 어미 앞에서도 두 개의 자음이 모두 표기되는
한편, 'ㄱ ㅂ ㅅ'과 같은 무성자음이 선행하는 자음군은 자음으로 시작
하는 조사나 어미 앞에서 'ㅂ'이나 'ㅅ'의 뒤에 오는 제 2자음은 자동적
으로 탈락한다. 그러나 근대 한어에서는 어간자음이 하나의 자음이거나
자음군이거나 관계없이 규칙적 교체(交替)를 보이는 이형태(異形態)
의 경우 발음되는 자음만 표기하고 발음되지 않는 자음은 표기하지 않
는다. 또한 불규칙적 교체를 보이는 것은 자음이 발음되거나 되지 않거
나에 관계없이 그 기본형(基本形)을 그대로 표기했다.

음어말자음군이 하나의 자음으로 표기된 예

　　흙(홀)　즌흙(진홀)

○ 「ㅎ」의 탈락

중세 국어에서 'ㅎ'은 어두 위치를 제외하면 공명음 사이에서만 나타
날 수 있었다. 이는 근대 국어에서도 마찬가지였다. 그런데 19세기 문
헌에서는 '노아(놓-+-아), 나으니(낳-+-으니), 만을시(많-+-을시)' 등
과 같이 'ㅎ'이 용언 어간의 말음인 경우, 공명음 사이에서 탈락했음을
보여주는 표기를 흔히 발견할 수 있다. 이는 적어도 19세기 후반에는

공명음 사이에서 용언 어간의 말음 'ㅎ'이 발음되지 않았음을 알려준다.5)

明治 14年本, 寶迫本 『交隣須知』에 「ㅎ」이 표기되지 않은 예
    바회(바위) 부헝(부엉)

< 표기 >

○ 어두 「ㄹ」이 「ㄴ」으로 변화한 예
    링(닝) 류월(뉴월) 립츈(닙츈) 로졍긔(노졍긔) 로(노) 랍월(납월)

○ 된 「ㅅ」
明治 14年本, 寶迫本 『交隣須知』에서 체언과 체언의 사이에 들어가는 된 「ㅅ」을 덧 쓴 예
    초이튿날(초잇든날 아러(아렛집) 틔쓸(틧글) 모시(못세)못세

明治 14年本, 寶迫本 『交隣須知』에서 된 「ㅅ」이 표기되지 않은 예
    앗춤(아침)

다음으로 明治 14年本 『交隣須知』의 卷二, 卷三에 해당하는 어휘에 대해서 살펴보기로 한다. 여기에서는 『韓語入門』, 明治 14年本 『交隣須知』 외에 서울대학교本 『交隣須知』의 어휘에 대해서도 살펴보기로 한다. 『韓語入門』의 간행 시기가 명치 13년(1880)인 점을 생

---

5) 『국어의 시대별 변천 연구2-근대 국어-』(1997), 국립국어연구원, p.48.

각하면 서울대학교本 『交隣須知』와 같은 사본류의 『交隣須知』를 참
고로 했을 가능성이 충분하다고 할 수 있기 때문이다. 또 이미 설명한
것처럼 明治 14年本 『交隣須知』를 참고로 했을 가능성도 있다. 또 이
강민(2004)은 "서울대학교本계의 『交隣須知』를 참고로 했다고 보는
것이 타당할 것이다."라고 하고 있다. 이에 따라 여기에서는 이강민
(2004)도 고려하여 앞서 설명했듯이 여덟 가지로 나누어 살펴보고자
한다. 이렇게 고찰함으로써 『韓語入門』이 참고로 한 자료 및 寶迫本
『交隣須知』가 참고로 한 자료를 명확히 할 수 있을 것이며, 당시 한어
표기법의 성격에 대해서도 어느 정도 알 수 있을 것이다.

卷二

① 『韓語入門』과 明治 14年本, 서울대학교本 『交隣須知』에 공통
으로 볼 수 있는 예

> 「走獸」 긔린 표 즘싱 노로 싀 산달 슈달 몰 개 염쇼 노새 톡기 괴 쪽
> 젭 쥐 슭 희달
> 「水族」 게 죠개 고래 민어 유어 은구어 망어 방어 대구 송어 조긔
> 병어 명태 가지 홍합 희슴 빅합
> 「昆虫」 거믜 벌 프리 모긔 등 올창 누에 도로래 ㅎ른사리 혜 독샤
> 「禾黍」 곡식 경미 춥쌀 보리 조 모밀 벼 밀 슈슈 옥슈슈 모 씨 긔우리
> 긔리
> 「蔬菜」 치 가지 춤외 외 토란 둘리 인슴 송이 쥭슌 즈총 마 버서 미나
> 리 계즈 싱강 역긔 호박 무우 비름 고사리 몰 톤ㄴ믈 가스리 우모
> 「農圃」 논 밧 뷔여 도리째 흐쟈밤 흔줌
> 「果實」 감 비 유즈 대감즈 쇼감즈 귤 진피 능금 밤 드래 포도 쳔쵸 오
> 미즈
> 「樹木」 대 봇 삼 목 오동나모 슈양 싹

「花品」 쏫 두견화 묘화 계관화 국화 봉선화 규화 부용 무궁화 줄기 믜화 쏫부리

「草卉」 플 챵포 삼 모시

「都邑」 나라 셔울 경성성 봉화에구분길 길 슈로 참 역마 ᄃ리 돌ᄃ리

「宮宅」 궁 대궐 집 방 규방 창 옷거리 초가집 박셕 부억 담 사닥ᄃ리

「飮食」 술쇼쥬 국 조 쟝 감쟝 국슈 썩

「疾病」 병 옴 창질 농즙 쇼경 벙어리 안막 샹한 복통 틔눈 담 곱쟝 긔 절 난쟝 회춘

卷三

「社寺」 귀신 야채 졀 디 혼빅

「金寶」 금 은 진쥬 옥 디모 산호 니금 슈은 구리 놋쇠 쥬셕 함셕 현셕 샹아 지산 오동

「鋪陳」 요 교의 방셕 담 삿자리 병풍 족ㅈ 디의 일산 우산 챠일

「布帛」 비단 모시 쥬쥬 실

「色」 누른 치식

「衣冠」 사모 갓 도포 단츄 누역 보션 유삼 가사 우장 신 옷 홋옷

「女飾」 단장 참빗 거울 슈건

「盛器」 그릇 졉시 솟 병 화병 상 사발 쥬전ㅈ 쟈로

「鐵器」 쓸 광 톱 송곳 침 갈구리 낫 쇠맛 부쇠

「雜器」 긔계 뎔구 망태 고조 곤쟝 붓체 그믈 미션 드레

「風物」 거믄고 비파 희금 춤 노래

「視聽」 안경 ㅈ명죵

「車輪」 교ㅈ 가마

「鞍具」 등ㅈ 안갑 드래 혁 가슴거리

「戲物」 바독 쟝긔 훈슈 골패

「文式」 긔록 셔간 법텹 긔초 셔안 먹 도셔 투셔 그림 췩의

「武備」 쇼도 막이 죠총 투구 갑옷 염쵸 화약 긔 각지 쟝갑 화승 패 활 놀 방패 창 병부

위의 예를 보면『韓語入門』과 明治 14年本, 서울대학교本『交隣須知』에 공통으로 나타나 어휘가 상당히 많음을 알 수 있다.

② 『韓語入門』과 明治 14年本『交隣須知』에 공통으로 보이는 예
　卷三
　「鋪陳」 몽셕
　「布帛」 명쥬

『韓語入門』과 明治 14年本『交隣須知』에 공통으로 보이는 어휘
는 두 예 뿐이다.

③ 『韓語入門』과 서울대학교本『交隣須知』에 공통으로 보이는 예
　「走獸」 범
　「水族」 칼치
　「禾黍」 콩 의이
　「蔬菜」 부루
　「樹木」 등
　「花品」 여히
　「都邑」 뭇길
　「宮宅」 셕쥬
　「疾病」 됴리

　卷三
　「布帛」 실쑤리
　「色」 봄
　「盛器」 실리 술 졔
　「織器」 벼로집
　「鐵器」 뎡남침

「雜器」 막대
「戲物」 투전
「武備」 살밋 살각괴

이들을 보면 『韓語入門』과 서울대학교本 『交隣須知』에 공통되는 어휘가 『韓語入門』과 明治 14年本 『交隣須知』에 공통되는 어휘보다 많음을 알 수 있다.

④ 『韓語入門』에만 보이는 예
「走獸」 쇼
「水族」 거동 싱션 콩치 몃치
「昆虫」 베레 누비 니
「禾黍」 시 움 셜당
「蔬菜」 모긔 고아리
「果實」 당호쵸 과즈
「樹木」 왕대 시ᄂᆞ대 잇가나모 머긔남기 버들나모
「花品」 홍화 희당화 척쥭 빅일홍
「都邑」 서울 고올 셩곽 봉터 완로 뭇도 셕교 뎜방
「宮宅」 밀쟝 뒤산
「飮食」 밥 침치
「疾病」 지치옴 더덩 빅마즁 괴질 역신 머리비듬 ᄀᆞ렵다 두통 안즌박 쳥망

卷三
「社寺」 샤단
「金寶」 쇄금 젼량 빅동 돈
「鋪陳」 등니
「布帛」 화포 무명 양ᄉᆞ실 칭 양달 양사 옥당목
「色」 도화식
「衣冠」 갑쥬

「女飾」 주머니 빗 풀쇠

「盛器」 류리잔

「織器」 채 붓 붓집

「鐵器」 낙시 줄 가익

「雜器」 불등 담마대

「視聽」 시표

「鞍具」 물연장 고둘개 마함

「戲物」 뎌기

「文式」 셔칙 력셔

「武備」 전장 칼

이들을 보면『韓語入門』에만 보이는 어휘도 많이 있어『交隣須知』
와 같은 자료를 참고로 했다고 하더라 해도 옮겨 쓴 것은 아님을 알 수
있다.

⑤ 『韓語入門』과 서울대학교本『交隣須知』의 한어 표기가 같고
明治 14年本『交隣須知』의 한어 표기가 다른 예.『韓語入門』과 서
울대학교本『交隣須知』, 明治 14年本『交隣須知』 순으로 예시한
다.6)

「走獸」 코키리(코끼리) 스싀(스즈) 약대(약때) 사슴(사슴) 여익(여
후) 진납이(잔납이) 오스리(오슈리) 드라미(드람쥐) 두지쥐(두더지)
원후(원슝이)

「水族」 거복(거북) 쟈개(쟈기) 비눌(비눌) 부어(붕어) (廣魚)광어(넙
치) 홍어(가오리) 사어(상어) 오적어(오징어) 고도어(고등어) 메유기

---

6) 寶迫本『交隣須知』의 표기는 明治 14年本『交隣須知』와 같기 때문에
추가하지 않는다.

(메어기) 밋그리(밋쓰리) (道味)도미(되미)

「昆虫」 샹(존자리) 진에(진네) 노려기(노러기) 붉쥐(박쮜) 디룡(디령의) 반더(반듸) 글헝(구렁)

「禾黍」 픠(비) (비)(쎄) 들깨짜기롬 (들깨로기롬) 비마즈(피마즈) 긔우리(그리)

「蔬菜」 표고(표구) 마늘(마느) 동과(동아) 부치(부초) 명화(명아) 짐(김)(桔梗)길경(도라지)(海帶)다스마(다시마)

「農圃」 여롬(열미) 집픠(집푸)

「果實」 잣(자) 으흐롬(으름) 곡지(쏙지)

「樹木」 나모(나무) 소나모(소나무) 피나모(피남) 젓나모(젓나무) 단목(다목) 옷나모(옷나무) 쇠목(시목) 숩플(수풀) 덥플(덤불)

「草卉」 꼴대(꼴째) 쒸(씌)

「都邑」 마올(마을) 싀골(시골)

「宮宅」 쟝즈(쟝지) 사립짝(사립짝)

「飮食」 쓸(꿀)

「疾病」 (痘疫)두역 (역질) (經水)경슈 (경도) 더하증(너하쯩) (時病)시병(엄병) (救病) 구병(병구)

卷三

「金寶」 마노(만오) 시오쇠(시우쇠)

「鋪陳」 니블(니불)

「布帛」 소옴(소음)

「色」 프른(푸른) 블근(불근) 흰(흰)

「衣冠」 덕삼(격삼) 스매(소매) 나모신(나묵신)

「女飾」 귀엿골(귀엿쏠) 가락지(가락찌) 밀기롬(밀기름) 비노(비누)

「織器」 쟈로(쟈루) 벼로(벼루)

「鐵器」 돗치(돗긔) 거믈못(거멀못)

「雜器」 믈리(물네) 시양(시아)

「風物」 뎌(뎟) 쇠복(쇠북) 북(북)

「車輪」 수리(술에) 수리밧괴(술에박퀴)

「鞍具」 물곳비(물곱비) 물삭(마삭) 채 (채찌)
「戲物」 쌍륙(샹뉵) 고노(고노)
「文式」 종회(죵희) 샹극힝(샹극항) 극힝(극항) 평힝(평항)

　여기서 보면 『韓語入門』과 서울대학교本 『交隣須知』의 한어 표기가 같고, 明治 14年本 『交隣須知』의 한어 표기가 다른 예가 많음을 알 수 있다. 앞에서도 설명했듯이 호세코 시게카츠(寶迫繁勝)는 明治 14年本 『交隣須知』에 깊이 관여한 인물이지만, 『韓語入門』을 쓸 때에는 明治 14年本 보다 서울대학교本에 가까운 표기를 사용했음을 알 수 있다. 그리고 寶迫本과 明治 14年本 『交隣須知』에 같은 어휘가 많은 것을 보면 寶迫本을 쓸 때에는 明治 14年本 『交隣須知』와 같은 자료를 참고로 했을 가능성이 있다고 볼 수 있다.

　『韓語入門』과 明治 14年本, 寶迫本 『交隣須知』의 표기의 차이를 통하여 각 자료의 특징을 알 수 있다. 조사 결과를 보면 明治 14年本, 寶迫本 『交隣須知』에서 『韓語入門』이나 서울대학교本 『交隣須知』보다 새로운 표기법을 볼 수 있는 경우가 많지만 그 반대의 경우도 있다. 구체적인 예를 들면 다음과 같다. 『韓語入門』과 서울대학교本 『交隣須知』 明治 14年本 『交隣須知』의 순으로 예시한다.7)

< 음운 >

○ 원순모음
　　거복(거북) 표고(표구) 나모(나무) 젓나모(젓나무) 옷나모(옷나무)

---

7) 寶迫本 『交隣須知』의 표기는 明治 14年本 『交隣須知』와 같기 때문에 추가하지 않는다.

시오쇠(<u>시우쇠</u>) 비노(<u>비누</u>) 쟈로(<u>쟈루</u>) 쇠복(<u>쇠북</u>) 고노(<u>고누</u>)

『韓語入門』, 서울대학교本『交隣須知』의「ㅗ」가 明治 14年本, 寶迫本『交隣須知』에서는「ㅜ」로 되어 있는 예들이다.

숩플(<u>수풀</u>) 덥플(<u>덥불</u>) 니블(<u>니불</u>) 믈리(<u>물네</u>) 북(<u>북</u>)

『韓語入門』, 서울대학교本『交隣須知』의「ㅡ」가 明治 14年本, 寶迫本『交隣須知』에서는「ㅜ」로 되어 있는 예들이다.

○ 이화현상
　소옴(<u>소음</u>)

『韓語入門』, 서울대학교本『交隣須知』의「ㅗ」가 明治 14年本, 寶迫本『交隣須知』에서는「ㅡ」로 되어 있다.

○ 모음조화의 붕괴
　마올(<u>마을</u>)

『韓語入門』, 서울대학교本『交隣須知』의「ㅗ」가 明治 14年本, 寶迫本『交隣須知』에서는「ㅡ」로 되어 있다.
　일종의 모음 조화의 붕괴로 볼 수 있다.

　⑥『韓語入門』과 明治 14年本『交隣須知』의 한어 표기가 같고 서울대학교本『交隣須知』의 한어 표기가 다른 어휘.『韓語入門』과 明

治 14年本『交隣須知』, 서울대학교本『交隣須知』의 순으로 예시한다.

「走獸」 도야지(도다지)
「水族」 쇼라(쇼나)
「昆虫」 황츙(항튱)
「蔬菜」 슈박(슈빅)
「農圃」 뷘셤 (변셤)
「果實」 잉도(읭도) 은힝(은희) 호쵸(효쵸) 미실(믜실)
「樹木」 느름나무(느롬나모) (쏭나무)(봉나모) 쏘리(수리)
「花品」 쟉약(샤약) 쟝밋곳(쟝미곳) 금젼화(금션화) 붓꽃(붓곳)
「都邑」 디경(지경)「疾病」즁풍(듕풍) 광즁(광즁°)

卷三
「金寶」 구슬(구술) 슈졍(슈뎡)
「鋪陳」 쟝(댱) 쟝막(댱막)
「衣冠」 고롬(골홈)
「視聽」 천리경(천니경)
「鞍具」 언치 (엇지)
「戲物」 희ᄌ (희ᄌ) 그늬 (그뉘)
「文式」 금데(금졔)
「武備」 동개(동게)

○ 구개음화

구개음화란 일반적으로 i, y의 앞에서 'ㄷ ㅌ ㄸ'이 'ㅈ ㅊ ㅉ'으로 변화하는 현상을 말하며 't구개화', 'k구개화', 'h구개화' 등 세 가지로 분류 할 수 있다. 이들 중 중앙에서는 't구개화' 만이 일어나고 서북방 언을 제외한 다른 방언에서는 't·k·h구개화'가 일어난다고 한다. 그 리고 구개음화가 생긴 시기는 17세기와 18세기의 교체기라고 한다.8)

줌풍(듕풍) 쟝(댱) 쟝막(댱막) 황츔(항튬)

『韓語入門』과 明治 14年本 『交隣須知』의 'ㅈ', 'ㅊ'이 서울대학교本 『交隣須知』에서는 'ㄷ', 'ㅌ'으로 나타난다.

⑦ 明治 14年本과 서울대학교本 『交隣須知』의 한어 표기가 같고 『韓語入門』의 한어 표기가 다른 예.(明治 14年本과 서울대학교本 『交隣須知』, 『韓語入門』의 순으로 예시한다.)

「水族」 농(롱) 금닌어(금린어) 되롱농(되롱룡)
「昆虫」 당낭(당랑)
「禾黍」 냥식(량식) 춤깨기롬(춤기롬) 녹두(록두)
「蔬菜」 가스리(가수리)
「果實」 셕뉴(셕류) 녜지(녀디)
「宮宅」 지게(지개) 난간(란간) 힝낭(힝랑) 익낭(익랑)
「疾病」 곽난(곽란)

卷三
「社寺」 능(룽)
「金寶」 호박(호빅) 뉴리(류리) 나뎐(라뎐) 납(랍) 붕사(붕사)
「布帛」 능(룽)
「色」 동녹(동록)
「盛器」 향노(향로)
「鐵器」 낙인(락인)
「風物」 나팔(라팔) 풍뉴(풍류)
「鞍具」 비쯰(ㅂ쯰)
「文式」 칙녁(칙력)

---

8) 이기문(2000), 『國語學槪說』, pp.207-208.

「武備」 쳘편(텰편)

○ 어두의 「ㄹ」표기

농(룡) 금넌어(금런어) 되롱농(되롱룡) 당낭(당랑) 냥식(량식) 녹두(록두) 셕뉴(셕류) 난간(란간) 힝낭(힝랑) 익낭(익랑) 곽난(곽란) 능(릉) 뉴리(류리) 나뎐(라뎐) 납(랍)능(릉) 동녹(동록) 향노(향로) 낙인(락인) 나팔(라팔) 풍뉴(풍류)

『韓語入門』에 'ㄹ'로 표기된 것들이 明治 14年本과 서울대학교本 『交隣須知』에서는 'ㄴ'으로 표기된 경우가 많음을 알 수 있다. 明治 14年本, 서울대학교本 『交隣須知』가 표음적인 표기법을 따르고 있음에 대해 『韓語入門』은 한자의 원음에 따라 표기하고 있기 때문이다.

⑧ 『韓語入門』, 明治 14年本 『交隣須知』, 서울대학교本 『交隣須知』의 어휘가 각각 다른 예. 『韓語入門』, (明治 14年本 『交隣須知』), (서울대학교本 『交隣須知)의 순으로 예시한다.

산져(산졔)(산톄) 도마비얌(노마배얌)(노마바얌) 닥네(낙시)(낙녜) 리어(닝어)(니어) 쏭나모(쏭나무)(봉나모) 무단꼿(모란꼿)(모단곳) 흙드리(흑쓰리)(토교) ᄇᄅᆷ벽(ᄇᄅᆷ썩)(ᄇᄅᆷ벽) 라력(연쥬)(나력) 확질(학질)(획질) 기춤(기침)(깃춤) 보패(보픠)(보비) 볘개(벼개)(벼게) 갓씬(갓씐)(갓긴) 짐기르마(짐길르마)짐기ᄅᆨ마 칼집(칼쎕)(쌀집) 텰환(철안)(철환)

이들의 예를 보면 주목할 만한 예도 많이 있으나 각 자료에 따라 한어의 표기가 서로 다름을 알 수 있다. 이들에 관한 분석은 후일의 과제로 미루고자 한다.

6) 『韓語入門』과 『交隣須知』

『韓語入門』의 저자인 호세코 시게카츠가 明治 14年本 『交隣須知』의 인쇄자이고, 寶迫本 『交隣須知』의 작자라는 점에 주목하여 『韓語入門』과 明治 14年本, 寶迫本, 서울대학교本 『交隣須知』의 관계를 밝혀보았다. 명치시기의 『交隣須知』에는 재간본 『交隣須知』와 明治 37年本 『交隣須知』가 있는데, 재간본은 明治 14年本과 다른 점도 있지만 표기법에 있어서는 상당한 유사점을 보인다. 明治 37年本 『交隣須知』는 간행시기가 20년 이상의 차이가 나기 때문에 이번 연구에서는 사용하지 않았다. 이들의 자료를 비교, 검토한 결과, 『韓語入門』'체언' 어휘의 부문 항목은 明治 14年本 『交隣須知』와 거의 같지만 작은 차이가 있음을 알 수 있었다.

卷一의 경우 『韓語入門』의 한어 표기와 明治 14年本 『交隣須知』에서 같은 표기를 하고 있는 경우도 많지만 다른 한어 표기를 하고 있는 경우도 결코 적지 않음을 알 수 있었다. 卷二, 卷三에서는 『韓語入門』과 서울대학교本 『交隣須知』의 한어 표기가 같고 明治 14年本 『交隣須知』의 한어 표기와는 다른 경우를 많이 볼 수 있었다. 또 『韓語入門』, 明治 14年本, 서울대학교本 『交隣須知』에서 각각 한어의 표기가 다른 경우도 있었다.

이상의 내용을 종합해보면 『韓語入門』에 수록된 어휘를 채택할 때 사본류의 일종인 서울대학교本 『交隣須知』와 같은 자료를 참고했을 가능성이 높다고 할 수 있지만, 단순히 어느 하나의 자료를 그대로 서사(書寫)한 것은 아니라고도 할 수 있다. 또 寶迫本『交隣須知』의 한어 표기는 明治 14年本『交隣須知』의 한어 표기에 상당히 가까운 점도 간과할 수 없다. 호세코 시게카츠가『韓語入門』을 간행할 때에는 서울대학교本『交隣須知』와 같은 자료를 참고하여 작성하고, 3년 후의 寶迫本『交隣須知』를 간행할 때에는 明治 14年本『交隣須知』와 같은 자료를 참고했을 가능성이 높다고 볼 수 있기 때문이다.

또 호세코 시게카츠와 우라세 히로시의 확집(確執)이 있었다고 하지만 그렇다면 그 이유는 적어도 한어 표기에 관한 문제는 아니었을 것이다.

어쨌든 명치 10년대의 한어학습서에서 볼 수 있는 한어표기에는 오래된 형태와 새로운 형태가 혼재되어 있음을 알 수 있다. 그리고『韓語入門』이나 서울대학교本 『交隣須知』보다도 明治 14年本, 寶迫本『交隣須知』에서 새로운 한어 표기를 볼 수 있는 점과 이들 자료에서는 보다 표음적인 표기법을 취하고 있는 점도 지나칠 수 없을 것이다.

2. 明治 13年(1880) 刊 『日韓善隣通語』(寶迫繁勝)

1) 작자와 선행연구

『日韓善隣通語』는 명치 13년(1880)에 호세코 시게카츠(寶迫繁勝)
에 의해 작성된 한어 학습서이다. 선행연구로는 오구라 신페이(小倉進
平) (1940), 사쿠라이 요시유키(櫻井義之)(1956, 1974a), 김민수(1977),
이강민(2004) 등이 있다. 이들 대부분은 호세코 시게카츠와 본서(本
書)에 대한 간단한 소개에 그치고 있다. 그러나 이강민(2004)은『日韓
善隣通語』에 대한 소개와 함께 문답 형식에 대한 해설, 방언에 대한
기술, 경어에 대한 기술에 대해서 논하고 있고,『日韓善隣通語』에 관
한 최초의 논문으로서 가치가 있다.9)

　여기에서는 회화체로 되어 있는『日韓善隣通語』의 내용을 검토함
과 동시에 당시의 살아있는 (1)『日韓善隣通語』의 한어, (2)일본어와
한어의 방언, (3)일본어와 한어의 경어, (4)일본어의 명령어, (5)「日用

9) 작은 부분이지만 다음과 같은 문제점도 있다.
　먼저 '近藤眞鋤'의 이름에 대해서 이강민(2004)의 「4.『善隣通語』」에는
'近藤眞鋤'의 이름을 '콘도 마스케'(近藤眞鋤)라고 읽고 있다. 그러나 바른
이름은 '곤도 마스키'(近藤眞鋤)라고 생각된다.
　上田正昭・西澤潤一・平山郁夫・三浦朱門(2002)의『日本人名大辭典』
(講談社)에는 다음과 같은 부분이 있다.
　こんどう-ますき(近藤眞鋤)(1840-92). 幕末-明治時代の医師、外交官。
天保11年4月1日生まれ。医學を學び、京都で開業。明治3年外務省にはい
り、朝鮮釜山領事をへて、20年朝鮮代理行使となった。明治25年11月1日
死去。53歳。近江(滋賀縣)出身。号は訥軒。
　다음으로 이강민(2004)의 86쪽과 87쪽에는 서명이『善隣通話』로 표기 되
어 있다. 이강민(2004)의 참고문헌에 들고 있었던 김민수・하동호・고영근
(1977-1985)『歷代國文法大系』(搭出版社)에서도『善隣通話』라고 잘못
되어 있으므로 이와 같은 오류가 일어났을 가능성이 있다.

人事語」와「商語問答」의 문말 표현으로 나누어 살펴보고자 한다. 그렇게 함으로써『日韓善隣通語』의 내용을 분명하게 알 수 있으며 언어적 특색도 살펴볼 수 있을 것이다. 그리고 본서가 출판된 명치 13년 (1880)경의 언어 현상 일부도 살펴보고, 호세코 시게카츠가 깊이 관여한『交隣須知』와 본서와의 관계도 밝혀 보고자 한다.

2) 호세코 시게카츠(寶迫繁勝)와『日韓善隣通語』

이 책에 대해서는 사쿠라이 요시유키(櫻井義之)(1956)(1974)의 소개가 있다. 곤도 마스키(近藤眞鉏)의 서문에 의하면 이 책은 부산에서 무역을 하고 있던 일본인들을 위해 만들어진 한어 학습서임을 알 수 있다. 더구나 이 책은 한어의 음운 구조와 발음을 구체적으로 해설하고, 명사, 대명사, 인칭, 시제와 같은 문법 용어가 사용된 일본 최초의 한어 학습서이므로 가치 있는10) 언어 자료라고 할 수 있다.

3) 구성

『日韓善隣通語』의 목차는 다음과 같다.

第一篇
第一章　　　九十九音　發音之原因
第二章　　　子母音之別　同上圖

---

10) 이강민(2004),「『韓語入門』과『善隣通語』」,『日本語文學』第23輯, 韓國 日本語文學會.

혼자서도 학습할 수 있도록 발음을 가타카나로 나타내고, 평이한 문답체를 사용해 부산에 거주하던 2,000명의 일본인에게 도움을 주려고 하였다.

4) 한어

○ 『日韓善隣通語』의 各物之名詞와『交隣須知』의 한어 표기

이 책의 제20장은 各物之名詞라는 부류별 어휘집인데 그 항목은 다음과 같이 구분되어 있다.

<항목>

飲食	衣服	家財雜品	果實	衾帳	藥種	蔬菜	樹木
草木花	走獸	混蟲	禾黍	魚類	貝類	鳥類	官爵
人品	人倫	頭部	身體	形貌			

참고로 明治 14年本, 明治 16年本과 寶迫本『交隣須知』의 부문명을 들어보면 다음과 같다.11)

卷一

天文	時節	晝夜	方位	地理	江湖	水貌	舟楫
人品	官爵	天倫	頭部	身部	形貌	羽族	

卷二

走獸	水族	昆虫	禾黍	蔬菜	農圃	果實	樹木
花品	草卉	宮宅	都邑	味臭	喫貌	熟設	買賣
疾病	行動						

卷三

墓寺	金寶	鋪陳	布帛	彩色	衣冠	女飾	盛器
織器	鐵器	雜器	風物	視聽	車輪	鞍具	戲物
政刊	文式	武備	征戰	飯(飮)食			

---

11) 寶迫本『交隣須知』에서는 卷四 마지막의「時刻」에 대한 내용은 있지만 항목명은 볼 수 없다.

卷四
靜止　手運　足使　心動　言語　語辭　心使　四端
大多　範囲　雜語　逍遙　天干　地支　時刻

　　이것을 보면 『日韓善隣通語』와 동일한 항목이 明治 14年本, 明治 16年本, 寶迫本 『交隣須知』의 卷一, 卷二, 卷三에도 있음을 알 수 있다.

표4. 『日韓善隣通語』와 明治 14年本, 明治 16年本, 寶迫本『交隣須知』의 공통 항목

卷一	人品	官爵	頭部	形貌		
卷二	走獸	昆虫	禾黍	蔬菜	果實	樹木
卷三	飮食					

표5. 『日韓善隣通語』의 각 항목의 구체적인 어휘

飮食	飯(밥)　栗飯(조밥)　粥(쥭)　ミソ汁(쟝국)　豆フ(두부)　醋(조)　胡麻油(춤기름)　醬油(지령)
衣服	着物(옷)　單物(홋옷)　腕ヌキ(더고리)　指輪(가락지)
家財雜品	障子(밀쟝)　七リン(블로)　煎籠(셜쇠)　茶椀(즁팔)　重箱(합)　茶々椀(자즁팔)　皿(졉시)　刷毛(플비)
果實	柿(감)　梨子(비)　柚子(유즈)　九年母(감즈)　密柑(쇼감즈)　檎(능금)　栗(밤)　葡萄(포도)　銀杏(은힝)
衾帳	夜着(니블)　枕(벼개)　蚊帳(문쟝)　蚊帳(모긔쟝)
藥種	人參(인숨)　五味子(오미즈)　黃芩(황금)　熊膽(웅담)　牛膽(우담)
蔬菜	茄子(가지)　眞瓜(춤외)　胡瓜(외)　西瓜(슈박)　椎茸(표고)　冬瓜(동과)　セリ(미나리)　生薑(싱강)　葱(파)
樹木	木(나모)　松(소나모)　杉ノ木(잇가나모)　桐ノ木(모긔나모)
草木花	花(꼿)　ツ丶ジ(두견화)　菊ノ花(국화)　蓮花(년꼿)　杜若(푸꼿)　梅ノ花(미화)　櫻ノ花(봇꼿)

走獸	麒リン(긔린)　虎(범)　象(코키리)　獅子(ᄉ지)　畜生(즘싱) 鹿(사슴)　狗(개)　猫(괴)　豕(도야지)　猪(산졔)　牛(쇼) 馬(ᄆᆞᆯ)　駒(ᄆ아지)　狐(여이)　兎(톡기)　猿(진납이)　鼠(쥐) 羊(양)　狸(신달)　獺(슈달)　兎馬(노새)
混蟲	クモ(거믜)　蜻蛉(샹)　蝶(나비)　蜂(벌)　蟷蜋(당낭)　百足(진에) 蠅(ᄑ리)　蚊(모긔)　蛙(개고리)　蚕(누이)　シラミ(니)　蚤(볘록) 蝙蝠(붉쥐)　蛭(거물이)(가얌이)　蟬(미얌이)
禾黍	米(ᄡᆞᆯ)　糯米(ᄎᆞ)　麥(보리)　靑豆(청태)　粟(조)　小豆(ᄑᆞᆺ) 蕎麥(모밀)　稻(베)　小麥(밀)　靑小豆(녹두)　黍(슈슈)
魚類	鯛(도미)　鯉(니어)　鮒(부어)　鱸(노어)　鯨(고래)　ニベ(민어) カレイ(ᄑᆞᆼ어)　鮴(유어)　タナゴ(금남어)　リヘリ(공지) イワシ(멸치)　タラ(대구)　アンコウ(믈겅)　エイ(홍어) フカ(사어)　サワラ(망어)　ブリ(방어)　鮭(년어)　烏賊(오적어) コダコ(낙데)　タコ(문어)
貝類	セト貝(홍합)　カキ(굴)　鮑(싱복)　貝(쟈개)　サザエ(고동)
鳥類	ウグヒス(꾀꼬리)　ツバメ(졔비)　ウノトリ(갈가마괴) 烏(가마괴)　鷹(매)　雀(춤새)　ワシ(수리)　ガン(기ᄅᆞ기) カモメ(ᄀᆞ며기)　雉子(꿩)　鴨(올이)　アヒル(가올이) 鷄(ᄃᆞᆰ)　郭公(졉동새)　鶵(ᄭᅬᄎᆞ라기)　卵(알)　キタヽキ(뎌고리) 翡翠(빗취)　鳩(비들기)　鶴(새학)
官爵	皇帝(황뎨)　國王(님금)　太子(태ᄌᆞ)　世子(셰ᄌᆞ)　皇后(황후) 王妃(왕비)　宰相(지샹)　勅使(칙ᄉᆞ)　使臣(ᄉᆞ신)　監司(감ᄉᆞ) 府使(부ᄉᆞ)　先達(션달)　畫工(화원)　醫員(의원)　通事(통ᄉᆞ)
人品	レキレキ(량반)　商賈(샹고)　百姓(빅셩)　後家(과부)　易者(복쟈) 僧(즁)　町人(시졍)　人夫(일군)　尼(승즁)　匠人(쟝인) 大工(목슈)　海女(지ᄯᆞㅠ군)　漁父(어부)　穢多(빅뎡)
人倫	祖父(조부)　祖母(조모)　父親(부친)　母親(모친)　兄(형) 弟(아ᄋᆞ)　親戚(친쳑)　姑(싀어만)　叔父(슉부)　叔母(슉모) ヲヒ(족하)　メヒ(ᄯᆞᆯ족하)　夫(지아비)　女房(안히)　男(사나희) 女(계집)　子(아들)　娘ノ子(ᄯᆞᆯᄌᆞ식)　ヨメ(며ᄂᆞ리)　婿(사회) 姉(ᄆᆞᆺ누에)　妹(아ᄋᆞ누에)
頭部	頭(머리)　ヒタヒ(니마)　目(눈)　眉毛(눈섭)　面(ᄂᆞᆺ)　鼻(코) 口(입)　耳(귀)　口ヒゲ(슈염)　白毛(흰)

身軆	身(몸) 骨(뼈) 肩(엇개) 手首(손목) 手の指(손가락) 親指(엄지손가락) 人指々(둘치손가락) 高々指(쟝가락) ベニサシ指(네치손가락) 小指(삭기손가락) 手ノハラ(숀바당) 手ノ爪(손톱) 手ノ甲(손등)
形貌	貌様(모양) 擧動(거동) 相(샹)

이상의 229개 어휘 중『日韓善隣通語』와 明治 14年本 『交隣須知』에서 공통적으로 볼 수 있는 항목이 있는데 그 어휘는 다음과 같다.

표6.『日韓善隣通語』와 明治
14年本『交隣須知』의 공통 항목의 일본어의 공통 어휘[12]

飲食	飯 粥 豆フ 醋
果實	柿 梨子(梨) 柚子 檎(林檎) 栗 葡萄 銀杏
蔬菜	茄子(茄) 眞瓜 胡瓜 西瓜 冬瓜 セリ(芹) 生薑(薑) 葱
樹木	木 松 杉ノ木(杉木) 桐ノ木(梧桐)
走獸	麒リン(麒) 虎 象 獅子(獅) 畜生(獸) 鹿 狗 猫 猪 牛 馬 駒 狐 兎 猿 鼠 羊 狸 獺(水獺) 兎馬(驢)
混蟲	クモ(蛛) 蝶 蜂 蟷螂 百足 蠅 蚊 蚕 蝙蝠 蛭 蟬
禾黍	米 糯米 麥(大麥) 粟 小豆(豆) 蕎麥(蕎) 稲 小麥 靑小豆 黍(糖)
官爵	皇帝 國王(王) 世子 皇后 王妃 宰相 勅使 使臣 監司 畵工(畵員) 醫員 通事
人品	レキレキ(兩班) 商賣 百姓(民) 町人(市人) 人夫(軍) 尼 匠人(匠) 海女(海夫) 漁父(漁夫)
頭部	頭 ヒタヒ(額) 目 眉毛(眉) 面 鼻 耳 白毛(白髮)
形貌	貌様(様) 擧動(儀) 相(像)

이상의 어휘를 보면 공통 어휘가 상당히 많음을 알 수 있다. 그러나

모든 어휘가 공통적인 것은 아니다. 예를 들면 「貌樣」, 「擧動」, 「相」
으로 되어 있는 부분이 明治 14年本 『交隣須知』에서는 「樣」, 「儀」,
「像」으로 되어 있는 것처럼 작은 부분에서는 단어가 다름을 알 수 있다.

다음으로 『日韓善隣通語』와 明治 14年本 『交隣須知』의 공통 항
목에 보이는 한어 표기에 대해서 구체적으로 살펴보기로 한다. 여기에
서는 『日韓善隣通語』와 明治 14年本 『交隣須知』의 공통 항목에 보
이는 한어의 표기에 대해서 서울대학교本, 寶迫本 『交隣須知』를 포함
한 4종의 자료를 대조, 비교함으로써 상호 관계와 표기법의 성격을 살
펴보고자 한다.13)

표7. 『日韓善隣通語』와 明治
14年本 『交隣須知』의 공통 항목에 보이는 한어 표기

官爵	皇帝(황뎨)(0)황뎨(황뎨)	國王(님금)(0)인군(인군)
	世子(셰ᄌ)(0)셰ᄌ(셔ᄌ)	皇后(황후)(0)황후(황후)
	王妃(왕비)(0)왕비(왕비)	宰相(지샹)(0)지샹(지샹)
	勅使(칙ᄉ)(0)칙ᄉ(칙ᄉ)	使臣(ᄉ신)(0)ᄉ신(ᄉ신)
	監司(감ᄉ)(0)감ᄉ(감ᄉ)	畵工(화원)(0)화워(화워)
	醫員(의원)(0)의원(의원)	通事(통ᄉ)(0)통ᄉ(통ᄉ)
人品	レキレキ(량반)(0)양반(냥반)	商賈(샤고)(0)샤고(샤고)
	百姓(빅셩)(0)빅셩(빅셩)	町人(시졍)(0)시졍(시졍)
	尼(승즁)(0)승(승)	匠人(쟝인)(0)쟝인(쟝인)
	漁父(어부)(0)어부(어부)	
頭部	頭(머리)(0)머리(머리)	ヒタヒ(니마)(0)니마(니마)
	目(눈)(0)눈(눈) 眉毛(눈섭)(0)눈썹(눈썹)	面(ᄂᆞᆾ)(0)ᄂᆞᆾ(0)
	鼻(코)(0)코(코) 耳(귀)(0)귀(귀)	白毛(흰털)(0)흰털(흰털)

---

13) 『日韓善隣通語』, (서울대학교本 『交隣須知』), 明治 14年本 『交隣須知』,
(寶迫本 『交隣須知』)의 순으로 예시하되, 표제어 한자는 『日韓善隣通
語』의 것으로 다른 자료와는 다소 차이가 보이는 경우도 있다. 또한 (0)은
해당 어휘가 없음을 의미한다.

形貌	貌樣(모양)(0)모양(모양)　擧動(거동)(0)거동(거동) 相(샹)(0)샹(샹)
果實	柿(감)감(감)감　梨子(비)비(비)비　柚子(유즈)유즈(유즈)유즈 檎(능금) 능금(능금)능금　栗(밤)밤(밤)밤 葡萄(포도)포도(포도)포도　銀杏(은힝)은힝(은힝)은힝
蔬菜	茄子(가지)가지(가지)가지　眞瓜(춤외)춤외(춤외)춤외 胡瓜(외)외(외)외　西瓜(슈박)슈빅(슈박)슈박 冬瓜(동과)동과(동아)동아　セリ(미나리)미나리(미나리)미나리 生薑(싱강)싱강(싱강)싱강　葱(파)파(파)파
樹木	木(나모)나모(나무)나무　松(소나모)소나모(소나무)소나무 杉ノ木(잇가나모)삼목(삼목)삼목　桐ノ木(모괴나모)머괴남 (오동남)오동남
走獸	麒リン(긔린)긔린(긔린)긔린　虎(범)범(호랑이)호랑이 象(코키리)코키리(코끼리)코끼리　獅子(ᄉ지)ᄉ지(스즈)스즈 畜生(즘성)즘성(즘성)즘성 鹿(사슴)사슴(사슴)사슴 狗(개)개(개)개　猫(괴)괴(괴)괴　猪(산졔)산톄(산졔)산졔 牛(쇼)쇼(쇼)쇼　馬(몰)몰(몰)몰　駒(ᄆ아지)매아지(미야지)(0) 狐(여이)여이(여후)여후　兎(톡기)톡기(톡기)톡기 猿(진납)진납(잡납)잔납　鼠(쥐)쥐(쥐)쥐　羊(양)양(양)양 狸(신달)슑(삵)삭　獺(슈달)슈달(슈달)슈달 兎馬(노새)노새(노새)노새
混蟲	クモ(거믜)거믜(거믜)거믜　蝶(나비)나비(납의)납의 蜂(벌)벌(벌)벌　蟷蜋(당낭)당낭(당낭)당낭 百足(진에)진에(진네)진네　蠅(ᄑ리)ᄑ리(ᄑ리)ᄑ리 蚊(모긔)모긔(모긔)모긔　蚕(누이)누에(누에)누에 蝙蝠(붉쥐)붉쥐(박쮜)(0)　蛭(거물이)거므리(거머리)거머리 蟬(미얌이)마야미(매미)매미
禾黍	米(쏠)뽈(쏠)(0)　糯米(춥쏠)춥쏠(춥쏠)춥쏠 麥(보리)보리(보리)보리　粟(조)조(조)조　小豆(퐁)퐁(퐁) 蕎麥(모밀)모밀(모밀)모밀　稻(베)벼(벼)벼　小麥(밀)밀(밀)밀 靑小豆(녹두)녹두(녹두)녹두　黍(슈슈)슈슈(슈슈)슈슈
飮食	飯(밥)밥(밥)밥　粥(쥭)쓱(쥭)쥭　豆フ(두부)두부(두부)두부 醋(조)초(초)초

이들을 ①『日韓善隣通語』, 서울대학교本, 明治 14年本, 寶迫本
『交隣須知』의 한어 표기가 같은 어휘 ②『日韓善隣通語』, 서울대학교
本『交隣須知』의 한어 표기가 같고 明治 14年本, 寶迫本『交隣須
知』와는 다른 어휘 ③서울대학교本『交隣須知』의 표기법만이 다른
어휘 ④ 그 밖의 예로 분류해 보면 다음과 같다.

① 『日韓善隣通語』, 서울대학교本, 明治 14年本, 寶迫本『交隣須
知』의 한어 표기가 같은 어휘14)

「官爵」皇帝(황뎨)(0)황뎨(황뎨)　國王(님금)(0)인군(인군)　世子(셰
ᄌ)(0)셰ᄌ(셔ᄌ)　皇后(황후)(0)황후(황후)　王妃(왕비)(0)왕비(왕비)
宰相(ᄌ샹)(0)ᄌ샹(ᄌ샹)　勅使(칙ᄉ)(0)칙ᄉ(칙ᄉ)　使臣(ᄉ신)(0)ᄉ
신(ᄉ신)　監司(감ᄉ)(0)감ᄉ(감ᄉ)　畫工(화원)(0)화원(화원)　醫員
(의원)(0)의원(의원)　通事(통ᄉ)(0)통ᄉ(통ᄉ)
「人品」商賣(샹고)(0)샹고(샹고)　百姓(빅셩)(0)빅셩(빅셩)　町人(시
졍)(0)시졍(시졍)　匠人(쟝인)(0)쟝인(쟝인)　漁父(어부)(0)어부(어부)
「頭部」頭(머리)(0)머리(머리)　ヒタヒ(니마)(0)니마(니마)　目(눈)(0)
눈(눈)　面(ᄂᆞᆺ)(0)ᄂᆞᆺ(0)　鼻(코)(0)코(코)　耳(귀)(0)귀(귀)
「形貌」貌樣(모양)(0)모양(모양)　擧動(기동)(0)기동(거동)　相(샹)(0)
샹(샹)
「果實」柿(감)감(감)감　梨子(비)비(비)비　柚子(유ᄌ)유ᄌ(유ᄌ)유ᄌ
栗(밤)밤(밤)밤　葡萄(포도)포도(포도)포도　銀杏(은힝)은힝(은힝)은힝
「蔬菜」茄子(가지)가지(가지)가지　眞瓜(춤외)춤외(춤외)춤외　胡瓜
(외)외(외)외　セリ(미나리)미나리(미나리)미나리　生薑(싱강)싱강(싱강)
싱강　葱(파)파(파)파

---

14) 서울대학교本『交隣須知』에는 「官爵」, 「人品」, 「頭部」, 「形貌」에 해당
　하는 말이 없기 때문에 남은 세 자료의 한어 표기가 같은 어휘는 여기에
　넣는다.

「走獸」 麒リン(긔린)긔린(긔린)긔린 畜生(즘싱)즘싱(즘싱)즘싱 狗(개)개(개)개 猫(괴)괴(괴)괴 牛(쇼)쇼(쇼)쇼 馬(몰)몰(몰)몰 兎(톡기)톡기(톡기)톡기 鼠(쥐)쥐(쥐)쥙 羊(양)양(양)양 獺(슈달)슈달(슈달)슈달 兎馬(노새)노새(노새)노새

「混蟲」 クモ(거믜)거믜(거믜)거믜 蜂(벌)벌(벌)벌 蟷蜋(당낭)당낭(당낭)당낭 蠅(ᄑ리)ᄑ리(ᄑ리)ᄑ리 蚊(모긔)모긔(모긔)모긔 蚕(누인)누에(누에)누에 蝙蝠(붉쥐)붉쥐(박쥐)(0)

「禾黍」 糯米(춥쏠)춥쏠(춥쏠)춥쏠 麥(보리)보리(보리)보리 粟(조)조(조)조 蕎麥(모밀)모밀(모밀)모밀 稻(베)벼(벼)벼 小麥(밀)밀(밀)밀 靑小豆(녹두)녹두(녹두)녹두 黍(슈슈)슈슈(슈슈)슈슈

「飮食」 飯(밥)밥(밥)밥 豆フ(두부)두부(두부)두부

『日韓善隣通語』, 서울大學校本, 明治 14年本, 寶迫本『交隣須知』의 한어 표기에 같은 어휘가 상당히 많음을 알 수 있다.

② 『日韓善隣通語』, 서울大學校本『交隣須知』의 한국어 표기가 같고 明治 14年本, 寶迫本『交隣須知』와는 다른 어휘

尼(승즁)(0)승(승)
眉毛(눈섭)(0)눈썹(눈썹)
白毛(흰털)(0)흰털(흰털)
冬瓜(동과)동과(동아)동아
木(나모)나모(나무)나무
松(소나모)소나모(소나무)소나무
杉ノ木(잇가나모)삼목(삼목)삼목
桐ノ木(모긔나모)머긔남(오동남)오동남
虎(범)범(호랑이)호랑이
象(코키리)코키리(코끼리)코끼리
獅子(ᄉ지)ᄉ지(ᄉ즈)ᄉ즈
鹿(사슴)사슴(사슴)사슴
狐(여익)여익(여후)여후
猿(진납)진납(잔납)잔납
蝶(나비)나비(납의)납의
百足(진에)진에(진네)진네
蟬(미얌이)마야미(매미)매미

③ 서울대학교本 『交隣須知』의 표기법만이 다른 어휘

　　西瓜(슈박)슈빅(슈박)슈박
　　猪(산제)산뎨(산제)산제
　　粥(쥭)쑥(쥭)쥭
　　米(쏠)뿔(쏠)(0)

④ 그 밖의 예

　　レキレキ(량반)(0)양반(냥반)
　　駒(ᄆᆞ아지)메이지(ᄆᆞ야지)(0)
　　狸(신달)슑(삭)삭
　　蛭(거물이)거므리(거머리)거머리

　이들을 보면 寶迫本 『交隣須知』가 明治 14年本 『交隣須知』를 참고로 하여 작성되었을 가능성이 높다. 여기에 『日韓善隣通語』, 서울대학교本 『交隣須知』와 明治 14年本, 寶迫本 『交隣須知』의 표기의 차이를 분석하면 다음과 같은 특징을 알 수 있다.

①에 대해서는 한국어 표기가 다르지 않으므로 ②③④에 대해서만 설명하기로 한다.

②『日韓善隣通語』, 서울대학교本 『交隣須知』의 한국어 표기가 같고 明治 14年本, 寶迫本 『交隣須知』와는 다른 어휘

< 음운 >

○ 「·」의 소실
　　鹿(사슴)사슴(사슴)사슴

『日韓善隣通語』, 서울대학교本 『交隣須知』에서는 「·」로 되어 있고, 明治 14年本, 寶迫本 『交隣須知』에서는 「ㅡ」로 되어 있는 예이다.

○ 모음 조화 표기
　　木(나모)나모(나무)나무　　松(소나모)소나모(소나무)소나무

　제2음절의 모음조화의 붕괴를 보여주는 예로서 『日韓善隣通語』, 서울대학교本 『交隣須知』의 「ㅗ」가 明治 14年本, 寶迫本 『交隣須知』에서는 「ㅜ」로 되어 있는 예이다.

○ 경음 표기
　　眉毛(눈섭)(0)눈썹(눈썹)　象(코키리)코키리(코끼리)코끼리

　明治 14年本 『交隣須知』, 寶迫本 『交隣須知』에는 된 「ㅅ」에 의한 경음 표기를 보여준다.

< 표기 >

○ 중철 표기
　15세기의 연철표기가 18·19세기의 분철표기로 이행(移行)하는 중

간 단계로서 16·17세기의 중철표기가 있는데 근대 한어의 표기는 이
들 세 종류의 표기법이 병존한다.

　　　百足(진에)진에(진네)진네

　이것은 明治 14年本 『交隣須知』, 寶迫本 『交隣須知』에서 중철로
표기된 예이다.

○ 기타
　　桐ノ木(모긔나모)머긔남(오동남)오동남　虎(범)범(호랑이)호랑이

　이것은 明治 14年本 『交隣須知』, 寶迫本 『交隣須知』에서 각기
전혀 다른 단어가 사용된 예이다.

　③ 서울대학교本 『交隣須知』의 표기법만이 다른 어휘

< 음운 >

○ 「·」의 소실
　　西瓜(슈박)슈빅(슈박)슈박

　이 예는 서울대학교本 『交隣須知』에서만 「·」가 보이는 예로 이미
소실된 「·」가 표기법상에 남아있는 보수적 표기에 속한다.

○ 경음 표기
　　粥(쥭)쑥(쥭)쥭

이것은 서울대학교本 『交隣須知』만이 어중에서의 경음화를 나타내고 있는 예라고 볼 수 있다.

○ 구개음화

猪(산졔)산뎨(산졔)산졔

서울대학교本 『交隣須知』에만 「ㅌ」이 보이고 다른 자료에서는 「ㅈ」이 보인다. 이 때의 「ㅌ」은 「ㄷ」의 오류라고 판단된다.

< 표기 >

○ 어두합용병서

중세 한어에서는 「ㅅ」계, 「ㅂ」계, 「ㅄ」계 합용병서를 볼 수 있지만 근대 한어에서는 「ㅄ」계가 완전히 소멸되고, 「ㅅ」계에 비해 「ㅂ」계가 감소하여 「ㅅ」계로 통일된다.

米(쏠)뿔(쏠)(0)

서울대학교本 『交隣須知』에는 「ㅄ」계 합용병서가 유지되고 있으나 『日韓善隣通語』, 明治 14年本 『交隣須知』에서는 「ㅅ」계 합용병서로 표기된 예이다.

④ 그 밖의 예

< 표기 >

○ 표기의 혼동
　　駒(ㅁ아지)매아지(미야지)(0)

　전이음 「ㅣ」(y)가 어중에서 표기되기도 하고 표기되지 않기도 한 예이다.

○ 어두의 「ㄹ」표기
　　レキレキ(량반)(0)양반(냥반)

　이 예는 어두에 「ㄹ」이 두음법칙에 따라 「ㄴ」으로 변했다가 탈락을 경험한 예라고 볼 수 있다.

< 어휘 >

○ 언어의 지역성
　　蛭(거물이)거므리(<u>거머리</u>)거머리

　「무」, 「므」, 「머」의 차이는 단어의 지역성 문제로서 방언적 변이라고 할 수 있다.

○ 어간 말자음군의 간소화

　　狸(신달)겱(삭)삭

어말자음군이 하나의 자음으로 표기된 예이다.

5) 일본어

(1) 일본어와 한어의 방언

저자인 호세코 시게카츠는 범례에서 정격(正格)과 와격(訛格)이라는 개념으로 단어를 구분하고 있다.

・書中言語ノ例ヲ擧グルニ正格訛格幷ニアグルモノハ兩樣ニ通ジテ曉知シ易カランガ 爲メナリ

이에 따라 단어는 정격어(正格語), 동경 세속어, 한어정격(韓語正格), 경상도 세속어 등으로 구분된다. 이러한 구분은 공통어와 방언의 차이를 뜻하는 것으로 보인다. 예를 들면 다음과 같다.

표8. 일본어와 한어의 방언

정격어	동경 세속어	한어정격	경상도 세속어
落オチル	オッコチル	ゴミガタツ	ゴミガタツ
		믄지니러난다	므지이러난다

일본어의 표준어에 대해서는 몇 가지 설이 있지만, 야마구치 아키호 (山口明穗)(2004:213-214)[15]에는 "표준적인 일본어란 동경의 야마노 테(山の手)의 중류 계급의 구어체이고, 그 말을 국어 교육을 통해서 보급하고 방언을 없애 일본어의 통일을 도모하려한 것이다. 표준어 교육과 방언 박멸운동이 표리일체가 되어 추진되었다."고 하였다.

히다 요시후미(飛田良文)(1991)에 의하면 일본어에서 '표준어'라는 용어가 처음으로 사용한 사람은 오카쿠라 요시사부로(岡倉由三郎)로서, 명치 23년(1890)의 한 강연에서 이 단어를 사용했다는 기록이 남아 있다고 한다. 이러한 사실로 미루어 볼때 『日韓善隣通語』가 작성된 명치 13년(1880)경에는 '표준어', '공통어'라는 단어는 아직 생겨나지 않았음을 알 수 있다. 그러나 호세코 시게카츠는 정격어나 와격어 (세속어)와 같은 개념으로 표준어와 방언을 구별하려 했음을 엿볼 수 있다.

실제로 第七章「言語之正格訛格」을 보면 호세코 시게카츠는 표준어와 방언 모두가 언어로서 중요한 측면이라고 생각하고 있었음을 알 수 있다.

(2) 일본어와 한어의 경어

경어는「上等」,「中等」,「下等」의 세 단계로 나뉘어 있다. 예를 들면 다음과 같다.

---

15) 山口明穗・鈴木英夫・坂梨隆三・月本雅幸(2004), 『日本語の歴史』, 東京大學出版會.

표9. 일본어와 한어의 경어

上等	中等	下等
オイデナサレマシタカ 드러오시니잇가	オイデタカ 드러왓소	來タカ 드러완나
天氣デヨウゴザリマス 날이둇습니○	天氣デヨウゴザル 날이둇소	天氣デヨイ 날이둇타
釜山ニ井マス 부산의잇습니○	密陽デゴザル 밀양의잇소	舊館ニヲル 구관의잇지
オアガリナサレマセ 올나오옵쇼셔	オアガリナサレヨ 올나오소	アガレ 올나오라
サヨウニシマセウ 그러ᄒ외○	サウシマセウ 그러ᄒ오리	サウセウ 그리ᄒ자
アタゝカデヨウゴザリマス ᄃ사ᄒ야둇ᄉ외○	アタゝカデヨウゴザル ᄃ사ᄒ야둇소	アタゝカデヨロシイ ᄃ사ᄒ야됴타
オ忘レナサレマスナ 닛지마옵쇼셔	忘レラレナ 닛지마오	忘レナ 닛지말나
味ガゴザリマセヌ 마시업습니○	味ガゴザラヌ 마시업서	味ガナイ 마시업다
見マシタ 보왓습니○	見マシタ 보왓소	見タ 보왓지

『日韓善隣通語』의 설명에 의하면 이때의 ○부분에는 「다」가 들어 간다고 되어있다.

○「ござる」

「上等」, 「中等」, 「下等」 세 단계로 나뉘어 있는 경어 중에서도 「ご ざる」에 대해 좀 더 자세히 살펴보기로 한다.

『日韓善隣通語』에서 「ござる」는 「中等」의 경어로 분류되어 있는 데 그 사용 예는 다음과 같다.

표10. 『日韓善隣通語』의 「ござる」

上等	中等	下等
天氣デヨウゴザリマス 날이됴습네○	天氣デヨウゴザル 날이됴소	天氣デヨイナ 날이됴타
釜山ニ井マス 부산의잇습네○	密陽デゴザル 밀양의잇소	舊館ニヲル 구관의잇지
サヤウデゴザリマス 그러호외○	サヤウデゴザル 그러호오	サウジャ 그러치
アタヽカデヨウゴザリマス ᄃ사ᄒ야됴ᄉ외○	アタヽカデヨウゴザル ᄃ사ᄒ야됴소	アタヽカデヨロシイ ᄃ사ᄒ야됴타
イカウアツウゴザリマス 미오덥습네○	イカウアツウゴザル 미오덥서	イカウアツイ 미오덥다
サムウゴザリマス 칩습네○	サムウゴザル 칩ᄉ외	サムイ 칩다
ホンナコトデゴザリマス 춤말이올시○	ホンナコトデゴザル 춤말이오	ホンナコトジャ 춤말이지
日ガハレテヨウゴザリマス 날이개니됴ᄉ외	日ガハレテヨウゴザル 날이개니됴소	日ガハレテヨロシイ 날이개니됴타
ゴザリマス 잇습네○	ゴサル 잇소	アル 잇지
味ガ甘フテヨウゴザリマス 마시ᄃ니됴ᄉ외○	味ガ甘フテヨウゴザル 마시ᄃ니됴소	味ガ甘フテヨロシイ 마시ᄃ니됴타
是斗リデゴザリマス 이쑨이올시○	是斗リデゴザル 이쑨이오	是斗リジャ 이쑨이지
朔日デゴザリマス 초ᄒ른날이올시○	二日デゴザル 초이튼날이오	三日ジャ 초사흔날이지
筆デゴサリマス 붓시올시○	墨デゴサル 먹이오	紙ジャ 종회지
實ニ美ウコサリマス 실노곱ᄉ외○	實ニ美ウコザル 실노곱서	實ニ美シイ 실노곱다
一日路テゴザリマス ᄒ른길이올시○	二日路デゴザル 이틀길이오	三日路ジャ 사흘길이지
アリカタウゴザリマス 감샤ᄒ외○	辱フコザル 감샤ᄒ오	カタジケナイ 고마옵다

ヨロコバシウコザリマス 깃부외○	ヨロコバシウコザル 깃부오	ヨロコバシイ 깃부다
ウレシウゴザリマス 반갑ᄉ외○	ウレシウコザル 반갑ᄉ오	ウレシイ 반갑다
賢イ人デゴサリマス 어진사롬이올시○	賢イ人デコサル 어진사롬이오	賢イ人ジャ 어진사롬이지
馬鹿デゴザリマス 파삭이올시○	馬鹿デコサル 파삭이오	バカジャ 파삭이라
アシイ人デゴザリマス 모진사롬이올시○	アシイ人デゴザル 모진사롬이오4	アシイ人ジャ 모진사롬이지
ヨキヒトデゴザリマス 됴흔사롬이올시○	ヨキ人デコザル 됴흔사롬이오	ヨキヒトジャ 됴흔사롬이지
第一デゴザリマス 웃듬이올시○	第一デゴザル 웃듬이오	第一ジャ 웃듬이라
妙ナ物デコザリマス 묘흔거시올시○	妙ナ物デコザル 묘흔거시오	妙ナ物ジャ 묘흔거시라
多ウゴサリマス 만습니○	多ウコサル 만ᄉ외	多イ 만치
少ウコサリマス 적습니○	少ウコサル 적ᄉ외	少イ 적다
靑イ色デゴザリマス 푸른빗치올시○	靑イ色デコサル 푸른빗치오	靑イ色ジャ 푸른빗치로다
黃色テゴサリマス 누른빗치올시○	黃色テコサル 누른빗치오	黃色ジャ 누른빗치로다
白イ丶ロデゴザリマス 흰빗치올시○	白イ丶ロテコザル 흰빗치오	白イ丶ロジャ 흰빗치라
黑イ丶ロデゴザリマス 거믄빗치올시○	黑色テゴザル 거믄빗치오	クロイ丶ロジャ 거믄빗치라

(○部分에는 「다」가 들어간다.)

일본어에서는 문말 표현이 「ゴザリマス」→「ゴザル」가 되듯, 한어의
어미는 「올시다→오」, 「외다→오」, 「습니다→ᄉ외」, 「습니다→소」, 「ᄉ
외다→소」, 「습니다→서」 등으로 나타남을 알 수 있다. 그러나 寶迫本
『交隣須知』에서는 앞에서 예로 든 「ノコリガ多ゴザル(미슈가만ᄉ외

다)」와 같이 「ござる」에 「ㅅ외다」를 대응시키고 있으며, 그밖에도
「습네다」, 「올시다」의 예가 있다.

　니가 희니 보기 돗ㅅ외다.
　歯ガ白クテ見カケガヨウゴザル　　　　（寶迫本『交燐須知』・卷一・身部）

　아졍은 거문고ㅅ트되 줄이 만습네다
　阿箏ハ琴ノヤウナレドモ絲ガ多ウゴザル
　　　　　　　　　　　　　　　　（寶迫本『交燐須知』・卷三・風）
　내치며 드리기를 임의로 못홀 법이올시다
　出シ入レハ自由ニナラヌ法デゴザル（寶迫本『交燐須知』・卷三・政刑）

　이들 용례에 보이는 「ㅅ외다」, 「습네다」, 「올시다」는 『日韓善隣通
語』의 「ゴザリマス」에 대응된다. 그렇다면 寶迫本 『交燐須知』의 「ゴ
ザリマス」는 어떻게 대응되고 있는지를 살펴보기로 한다.

　잔납이 지조라 허는 속담이 있습네다
　猿智惠ト云フ譬ヘガゴザリマス　　　　（寶迫本『交燐須知』・卷二・走獸）

　인숨ㅁ튼 약이 셰샹의 만습닌다
　人參ノヤウナ藥ガ世上ニ多ゴザリマス
　　　　　　　　　　　　　　　　（寶迫本『交燐須知』・卷一・蔬菜）

　결국 「ゴザリマス」에도 「습네다」를 적용시키고 있음을 알 수 있다.
그러나 『日韓善隣通語』는 「ゴザリマス」의 예가 그다지 많지 않다. 그
대신 「マス」의 예를 많이 볼 수 있다.

견우는 긕녀와 냥쥬_라 허옵네다

牽牛ハ織女ト兩主ナリト云ヒ<u>マス</u>　　(寶迫本『交燐須知』・卷一・天文)

칠셩은 운수를 직횐다 허옵네다

七星ハ運數ヲ守ルト云ヒ<u>マス</u>　　　(寶迫本『交燐須知』・卷一・天文)

위의 예처럼「マス」에는「옵네다」가 대응되고 있음을 알 수 있다. 그런데 당시의 새로운 어형이었던 조동사「です」가『日韓善隣通語』에 보이지 않는 것은『交燐須知』의 문말 표현 변화와도 관계가 있다고 할 수 있다. 또한『交燐須知』에「です」가 등장하는 것은 明治 37年本이 되면서부터이다. 최창완(2004:156-157)은 京都大學本『交燐須知』와 明治 14年本『交燐須知』를 비교하여 京都大學本의「ござる」가 明治 14年本에 이르러「です」가 아닌「ます」로 변화한 사실을 지적하고 있다.

　　일반적으로「デゴザル」가「デス」로 발달한 것으로 예상하나「デス」의 용례는 전혀 보이지 않고「デゴザル」가「マス」의 형태로 상당수(25例) 변화해 있다. 보조동사「ゴザル」의 수는 나에시로가와(苗代川)에서는 564例 나타나고 있으나 明治 14年本에서는 411例로 약 27% 감소하고 있다.「補助動詞 ゴザル＋マス」의 수는 苗代川本 36例, 明治 14年本에서는 22例로 약 40% 감소하고 있으나「マス」전체는 苗代川本 984例, 明治 14年本 1,031例로 약간 증가하는데 그치고 있다.

지정(指定)을 나타내는 조동사「です」의 용례는 이미 무로마치(室町)시대부터 보이지만, 일반화된 것은 에도 말기, 명치 이후[16]부터이다.『日韓善隣通語』에「です」가 보이는 것은 시대적으로 보아 당연할

---

16)『廣辭苑』(第5版), 大修館.

수도 있다. 그러나 『日韓善隣通語』의 저자인 호세코 시게카츠는 明治
14年本 『交燐須知』의 작성과도 깊은 관계가 있으므로 두 문헌에 공
통점이 있으리라 추정되는데, 실제로 『日韓善隣通語』와 明治 14年本
『交燐須知』에 지정(指定)을 나타내는 조동사 「です」는 보이지 않는다.

(3) 일본어의 명령어

第19章 명령어 정문어(井問語)에는 다음과 같은 예가 있다.

밥 지어라 (飯ヲタケ)
밥을 밥통의 담아라 (飯ヲ飯次ニトレ)
접시 내여라 (皿ヲダセ)
국을 끌녀라 (汁ヲタケ)
판 가져 오나라 (膳ヲ持テコヨ)
중발 싯거라 (茶椀ヲアラヘ)
기름 사오느라 (油ヲ買テコヨ)
화로의 불 담아라 (火鉢ニ火ヲ入レヨ)
술 거닝ᄒ야라 (酒ノカンヲセヨ)

여기에서는 보조동사 「來る」와 サ행변격인 「する」의 명령형에 대해
살펴보기로 한다.

○ 보조동사 「來る」의 명령형
『日韓善隣通語』에는 보조동사 「來る」의 명령형으로 다음과 같은
예가 있다.

기름 사오느라 (油ヲ買テコヨ)
일군을 다슷 명만 어더 오느라 (人夫ヲ五人程ヤトフテコヨ)
쇼고기 사오느라 (牛肉ヲ買テコヨ)
두부 사오느라 (豆腐ヲ買テコヨ)
어른을 씨와 오느라 (旦那ヲオコシテコヨ)

「來る」의 명령형은 모두 「こよ」임을 알 수 있다. 한편, 『交隣須知』
의 용례는 다음과 같다.

물 써오나라 (水盛リテコヨ)   (寶迫本『交隣須知』・卷一・江湖)
물 써오나라 (水 水盛リテコヨ)   (明治 14年本『交隣須知』)
물 써오너라 (水 水クンデコヨ)   (明治 16年本『交隣須知』)

수령 불너 잡아 오라구 닐너라 (使令ヲ呼ビテ捕ヘテコヨトイヘ)
                                    (寶迫本『交隣須知』・卷一・人品)
수령 불너 잡아오라구 닐너라 (使令　使令ヨビテトラヘテコヨトイヘ)
                                    (明治 14年本『交隣須知』)
수령 불너 잡아오라구 닐너라 (使令　使令ヨビテトラヘテコヨトイヘ)
                                    (明治 16年本『交隣須知』)

이상의 예를 보면 明治 14年本, 明治 16年本, 寶迫本『交隣須知』
는 모두 「こよ」로 되어 있다. 그러나 아스톤本, 서울대학교本, 沈壽官
本『交隣須知』와 같은 사본류에서는 「こい」라는 형태도 볼 수 있
다.[17] 그리고 같은 『交隣須知』라 하더라도 사본에 따라 다른 단어를
사용하고 있는데 『日韓善隣通語』의 보조동사 「來る」의 명령형은 明
治 14年本, 明治 16年本, 寶迫本『交隣須知』와 같은 단어를 사용하

---

17) 齊藤明美(2002), 『交隣須知の日本語』, 至文堂, p.151.

고 있음을 알 수 있다.

○ サ행변격 「する」의 명령형
『日韓善隣通語』에는 サ행변격 「する」의 명령형으로 다음과 같은
예가 있다.

　술 거닝ᄒ야라 (酒ノカンヲセヨ)
　가지 쳑ᄒ라 (茄子ヲデンガクニセヨ)
　진지ᄒ야라 (給仕ヲセヨ)

　「する」의 명령형은 「せよ」임을 알 수 있다. 『交隣須知』제본을 보면
사본류에서는 「せい」, 明治 14年本 『交隣須知』에서는 「せよ」가 많이
사용되었고, 明治 37年本 『交隣須知』부터는 「しろ」가 사용[18]되었기
때문에『日韓善隣通語』에서는 「する」의 명령형이 明治 14年本 『交
隣須知』와 같다고 할 수 있다. 그리고 明治 16年本, 寶迫本 『交隣須
知』도 같은 경향이라고 할 수 있다.

(4) 「日用人事語」와 「商語問答」의 문말 표현

　「日用人事語」와 「商語問答」를 살펴보면 다음과 같다.

日用人事語
　초음 만낫슴니 (初メテオメニカ〻リマシタ)
　대되 평안ᄒ시니 깃브외다 (皆様ゴ平安デヨロコバシウゴザル)
　다시 만나 보옵시다 (重ネテオ目ニカ〻リマセウ)

---

18) 齊藤明美(2002), 『交隣須知の日本語』, 至文堂, p.150.

천천이 가옵소 (ソロソロオ歸リナサレヨ)

나히 멋치나 되옵는가 (年ハイクツニオナリナサルカ)

스므 다숫 쌀이 먹엿습닉 (二十五年ニナリマス)

이후는 단골삼아 홍졍ㅎ옵시다 (此後ハ得意ニシテ商ヒヲイタシマセウ)

모 가져오시닉잇가 (何ヲ持テオ出デナサレタカ)

명쥬를 가져왓습닉 (紬ヲ持テキマシタ)

춤 호플이시다 (眞ニ上品デゴザル)

춤 올흔 말이올시다 (眞ニ尤モナオ咄デゴザル)

商語問答

호쵸 잇소 (胡椒ガゴザルカ)

잇소 (ゴザル)

흔 근 갑시 얼마오 (一斤ノ代ハ何程デゴザルカ)

흔 량 서 돈이오 (百三十文デゴザル)

애고 빗서 (アゝ高イ)

흔량의 ㅎ옵소 (百文ニナサレヨ)

그는 못ㅎ얏소 (サウハナリマセヌ)

흔 돈만 감가ㅎ오리 (十文ホド引マセウ)

그러면 량흔 돈의 ㅎ야주소 (サヤウナラバ百十文にシテ下サレヨ)

그리ㅎ오리 (サウシマセウ)

위의 예문을 보면 『日韓善隣通語』의 문말 표현은 明治 14年本, 明治 16年本, 寶迫本 『交隣須知』와 공통된 경우가 많다.

여기에 한가지 덧붙이자면 명치 25년(1892)에 明治 16年本 『交隣須知』를 참고로 하여 쓰였다는 『日韓英三國對話』와는 다른 부분이 있다는 점이다.

우선 다음은 明治 14年本, 明治 16年本, 寶迫本 『交隣須知』의 卷

二 「賣買」에 공통적으로 나타나는 것들이다.

受取マシタ
취심허엿습네다 (寶迫本『交隣須知』)
推尋 취심허엿습네다 (明治 14年本『交隣須知』)

先キ取リナサレヨ
션봉ᄒ옵소 (寶迫本『交隣須知』)
先捧 션봉ᄒ옵소 (明治 14年本『交隣須知』, 明治 16年本『交隣須知』)

ヒキツギマセウ
이계허셰 (寶迫本『交隣須知』)
移計 이계허셰 (明治 14年本『交隣須知』, 明治 16年本『交隣須知』)

ノコリガ多ゴザル
미슈가 만스외다 (寶迫本『交隣須知』)
未收 미슈가 만스외 (明治 14年本『交隣須知』)
未收 미슈가 만스외다 (明治 16年本『交隣須知』)

이에 대하여 『日韓英三國對話』 第一部 第二十四章에는 다음과 같은 예문이 있다.

갑시 과허오 (値段ガ高ウ御座リマス)
The price is high.

집셰가 일년예 얼마요 (家賃ガ一年ニ何程デスカ)
How much is the house-rent for a year?

집세가 일년에 빅 량이요 (家賃ガ一年ニ十貫文デス)

The house-rent is twenty dollars a year.

요스는 니가 업소 (此頃ハ利ガ無イデス)

Lately there is no profit.

『日韓善隣通語』와 『日韓英三國對話』의 출판 시기는 불과 10년 정도의 차이가 나지만, 위의 예에서 볼 수 있듯이 『日韓英三國對話』의 일본어 문말 표현에는 「です」와 같은 새로운 조동사가 사용되고 있다. 그러나 한어 문말 표현의 경우 「先キ取リナサレヨ(션봉ᄒ옵소)」, 「ヒキツギマセウ(이계허세)」처럼 明治 14年本, 明治 16年本, 寶迫本 『交隣須知』의 세 자료에서 같은 형태를 사용한 예가 있는 반면, 「ノコリガ多ゴザル(미슈가만ᄉ외다, 미슈가만ᄉ외)」와 같이 明治 16年本, 寶迫本 『交隣須知』가 같고 明治 14年本 『交隣須知』만이 다른 형태를 사용하고 있는 예도 있다.

6) 『日韓善隣通語』와 『交隣須知』

명치 13年(1880)에 간행된 호세코 시게카츠의 『日韓善隣通語』에 대한 내용 검토, 곧 한어, 일본어와 한어의 방언, 일본어와 한어의 경어, 일본어의 명령어, 「日用人事語」와 「商語問答」의 문말 표현에 대해서 언급하였다. 그리고 한어의 표기법에 대해서는 「각물의명사」를 분석하였다.

『日韓善隣通語』와 明治 14年本, 서울대학교本, 寶迫本 『交隣須知』를 대조·비교한 결과, 『日韓善隣通語』, 明治 14年本, 寶迫本

『交隣須知』에서 공통으로 보이는 한어 표기가 상당히 많음을 알 수 있다. 그리고 표제어 한자가 다르거나 한어의 표기가 다른 경우도 적지 않은 것 같지만, 『日韓善隣通語』와 서울대학교本의 한어 표기가 같고, 明治 14年本과 寶迫本의 한어 표기가 같은 경우가 많음을 보면 저자인 호세코 시게카츠(寶迫繁勝)가 『日韓善隣通語』를 간행할 때에는 서울대학교本과 같은 자료를 참고하고, 寶迫本 『交隣須知』를 간행할 때에는 明治 14年本과 같은 자료를 참고했을 가능성이 높다고 볼수 있다. 그리고 『日韓善隣通語』, 서울대학교本에 비해 明治 14年本, 寶迫本에서는 몇 가지 새로운 표기법의 특징을 볼 수 있는데 이들은 한어에서 일어난 변화로 해석된다.

당시는 일본어에 '공통어', '표준어'와 같은 개념이 없었지만 저자인 호세코 시게카츠는 방언도 중요시했음을 알 수 있다. 구체적으로는 경어 「ござる」의 경우, 같은 저자의 저술이라 해도 『日韓善隣通語』와 寶迫本 『交隣須知』에서 「ござる」에 해당하는 한어가 달라 일정하지 않은 점 등을 알 수 있었다. 「來る」와 「する」의 명령형에 대해서는 明治 14年本, 16年本 『交隣須知』와 같음이 분명해졌다. 『日韓善隣通語』의 일본어 문말 표현은 明治 14年本, 16年本, 寶迫本 『交隣須知』와 비슷하고, 같은 명치시기에 간행된 『日韓英三國對話』처럼 「です」와 같은 새로운 문말 표현은 사용되지 않았음을 알 수 있었다.

명치시기는 일본어뿐만 아니라 한어에 있어서도 옛말에서 새로운 말로 이항(移項)한 시대였다. 따라서 『日韓善隣通語』에 반영된 일본어와 한어는 과도기적 혼돈 양상을 보이고 있으므로 언어 자료로서의 가치는 오히려 높다고 할 수 있다.

3. 明治 25年(1892) 刊 『日韓英三國對話』(赤峯瀬一郎)

1) 개요와 선행연구

명치 25년(1892)에 간행된 『日韓英三國對話』는 아카미네 세이치로(赤峯瀬一郎)가 저술한 한어 학습서이다. 본서는 그 서명에서도 알 수 있듯이 일본어와 한국어, 영어를 학습하기 위한 회화서이다. 세 가지 언어를 동시에 학습할 수 있는 회화서는 당시로서는 일반적이지 않았던 것으로 보인다. 그러한 의미에서도 본서의 가치는 높다고 할 수 있다. 저자는 이강민(2005)에서 밝히고 있듯이 미국의 사정을 잘 이해하고 있었던 구마모토(熊本)출신의 신문인(新聞人)이었다. 그만큼 그때까지는 주로 츠시마에서 나왔던 한어 학습서가 다른 지역출신의 손에서 만들어지기도 했음을 뜻한다.

여기에서는 『日韓英三國對話』의 구성과 내용에 대해서 고찰함과 동시에 明治 16年本 『交隣須知』와의 관계를 밝혀 보고자 한다. 먼저 음운, 표기, 문법, 어휘에 나타나는 한어에 대해서 살펴보고, 『日韓英三國對話』와 『交隣須知』의 일본어를 대조적으로 비교하면서 그 성격을 살펴봄과 동시에 명치시기 일본어의 특징에 대해서도 고찰해 보고자 한다.

일본어에 대해서는 인칭 대명사와 ナ행변격활용 「死ぬ」의 연체형, カ행변격활용 「來る」와 サ행변격활용 「する」의 명령형에 대해서 설명하고자 한다. 다음으로 문말 표현 「です」, 원인, 이유를 나타내는 조사 「から」, 종조사 「よ」와 「を」에 대해서도 고찰해 보고자 한다. 마지막으로, 아카미네 세이치로가 참고한 것으로 보이는 明治 16年本 『交隣須知』와의 관계를 밝혀 보고자 한다.

선행 연구로서는 사쿠라이 요시유키(櫻井義之)(1974a)와 이강민 (2005a)이 있다. 『日韓英三國對話』의 自序를 보면 이 책의 저술 목적, 체재, 일본어와 한어의 성격, 참고로 한 자료 등을 알 수 있다. 우선 저술 목적은 한일 양 국민이 이웃 나라의 표현과 영어를 간단하고 쉽게 배울 수 있게 하기 위함이며, 내용의 구성은 회화식 체재(体裁)를 택하여 구미 각국의 회화서처럼 편집된 것이다. 구체적인 회화의 예를 들어보면 다음과 같다.

바둑 두어 놉시다
碁ヲウッテ遊ビマセウ

아 승부를 결허시려오
噫嵯勝負ヲ決シマスカ

결헙시다
決シマセウ

바둑이 집기 중에는 읏씀이요
碁ガ慰ミ事ノ中デハ第一デス

너가 쟝긔도 미우 죠아허오
私ハ將棊モ大層好デス

쟝긔도 즈미 잇슴니다
將棊モ面白ウ御座リマス
(『日韓英三國對話』 第二部 第十八章・盛器雜器雜品・對話第十七)

또한 저자가 참고로 한 자료가 『交隣須知』였다는 점도 「日韓英三

國對話自序」에 명기되어 있다.

이강민(2005a)은 『日韓英三國對話』의 성립과 체재, 언어자료로서의 일본어와 한어의 성격에 대해서 논술하고 있다. 일본어에 관해서는 동사의 연용형과 몇 가지의 단어에 대해서 기술하고 있는데 「行く」의 연용형 「ユイテ」에 대해서 설명하고 있는 점에 특색이 있다. 또 한어에 대해서는 발음, 이중모음의 표기, 동사의 활용 등에 대해서 다루고 있어 『日韓英三國對話』에 대해 최초로 쓰여진 훌륭한 논문이다. 그러나 다음과 같은 몇 가지의 문제점도 있다.

○ 선행연구의 문제점
먼저 일본어의 「一緒二」와 한어의 「함께」에 대해서 이강민(2005a)에는 다음과 같은 기술을 하고 있다.

「함께」와 같은 副詞는 보이지 않으며 대신 「한가지」의 형태가 多用되고 있다.

우리 한가지 아침 쟈십시다
(私共ハ一緒二朝飯食ベマセウ 第1部 p.19.)
(「1892年刊『日韓英三國對話』에대하여」:114-115)

이것은 「一緒二」라는 일본어에 「한가지」라는 한어가 대응되는 것이다. 그러나 『日韓英三國對話』의 「一緒二」에는 그밖에도 다른 대응이 더 나타난다. 용례를 보면 다음과 같다.

나와 <u>한가지</u> 일본에 가시요

私ト<u>一緒ニ</u>日本ヘ行シャイ   （『日韓英三國對話』・第1部:37）

나과 <u>안가지</u> 오시요

私ト<u>一緒ニ</u>入ラツシャイ   （『日韓英三國對話』・第1部:39）

비 트구 갑시다

船ニ乘リテ<u>一緒ニ</u>行キマセウ   （『日韓英三國對話』・第1部:44）

육지로 <u>갓지</u> 가지 아니 허시려오

陸地ヲ<u>一緒ニ</u>行カウヂヤアリマセンカ   （『日韓英三國對話』・第1部:49）

하인과 <u>갓치</u> 갓소

下人ト<u>一緒ニ</u>行キマシタ   （『日韓英三國對話』・第1部:57）

<u>한가지</u> 운동헙시다

<u>一緒ニ</u>運動爲マセウ   （『日韓英三國對話』・第1部:81）

죠소、 나와 <u>한가지</u> 오시요

善シ、私ト<u>一緒ニ</u>御來ナサイ   （『日韓英三國對話』・第1部:88）

이처럼 일본어의 「一緒ニ」에는 한어의 「한가지」, 「안가지」, 「갓지」, 「갓치」가 대응되고 있는 경우와 거기에 해당하는 한어가 없는 경우도 있다. 다만 「안가지」는 「한가지」의 오식임이 분명하다. 또 다음과 같이 『日韓英三國對話』에는 한어 '함케'가 사용되었음을 알 수 있다.

손목 쥐고 <u>홈케</u> 갑시다

腕ヲ握リテ<u>共ニ</u>行キマセウ（『日韓英三國對話』第2部 p.68)

이강민(2005a)의 지적대로 「한가지」의 대응이 많이 사용되고 있다
는 점은 옳다. 그러나 「한가지」 외에도 「안가지」, 「갓지」, 「갓치」가 사
용되고 있는 경우도 있고, 대응하는 한어가 없는 경우가 있는 점도 중
요한 사실이라고 할 수 있다. 또 「一緖ニ」가 아니라 「共に」에 대응하
는 한어이지만 『日韓英三國對話』에는 '함께'도 쓰여있기 때문에, ''함
께」와 같은 부사는 볼 수 없다'는 지적은 적절하지 않다고 판단된다.
다만 '함케'는 '함께'의 오식임이 분명하다.

또 일본어의 「オッ母サン」과 한어 「자친(慈親)」에 대해서도 이강민
(2005)에는 다음과 같은 설명이 있다.

敬語에 있어서도 아래의 「私のお母さん」과 같은 표현이 주목되나,
이것은 韓國語의 直譯的인 요소로 해석할 수 있을 것이다.

　　私ノオッ母サンハドコニヲリマスカ(第1部 p.29)
　　너 자친이 어듸 게시오
　　　　　　　　　(「1892年 刊『日韓英三國對話』에 대하여」:112-113)

이것은 본래 「私のお母さん」이라고 정중하게 말해야 하지만 한어를
직역했기 때문에 여기에서는 「オッ母サン」이라고 했을 것으로 보인다
는 것이다. 그러나 이 점에 대해서 『日本語の歷史』(2004)에서는 '부모
의 호칭을 「オカアサン」, 「オトウサン」이라고 한 것은 명치 37년(1904)
4월부터 사용된 국정교과서부터이고 이후 전국으로 퍼졌다.'고 밝히고
있기 때문에 『日韓英三國對話』가 간행된 명치 25년(1892)의 시점에
서는 「オッ母サン」이 일반적으로 널리 사용되었을 가능성이 있다고 볼

수 있다. 그리고 이 회화가 집안에서 사용되었던 회화라는 것도 관계가
없다고는 할 수 없을 것이다. 다음으로 『日韓英三國對話』에 보이는
「お父さん」, 「お母さん」에 대한 용례를 보기로 한다.[19]

어머니를 쫄아 가거라
オッ母サンニ附イテ行ケ　　　　　　　　（『日韓英三國對話』・第1部:2）

너 아버지 잇느냐
汝ノオ父サンハ内ニ居ッテデスカ(並)
　　　　　　　　居ラッシャルか(上)（『日韓英三國對話』・第1部:2）

아버님 직금 어는씨 온잇가
オ父サン今何時デスカ　　　　　　　　（『日韓英三國對話』・第1部:13）

이거슬 당신 으르신네게 보너 쥬시요
是ヲ君ノオ父サンニアゲテ下サイ　　（『日韓英三國對話』・第1部:29)[20]

너 어머니의 일홈 무어시요
汝ノ御母サンノ名ハ何デス　　　　　（『日韓英三國對話』・第1部:85-86）

나의 어머니의 일홈 환니요
私ノ御母サンノ名ハ「フアニ」デス　　（『日韓英三國對話』・第1部:86）

위의 용례를 보면 한어가 어떤 것이든 일본어는 「オッカサン」, 「オ

---

19) 예문의 「オ父サン」에는 「オトッサン」, 「御母サン」에는 「オッカサン」이라
는 표기가 달려 있다.
20) 이 예에는 「너아버님ハ最小サキ子供ニ向ヒテ用フベキ辭ニシテ「汝ノ父
チャン」トモ譯すベシ」라는 주가 달려 있다.

トッサン」이었음을 알 수 있다.21) 이에 의해 이강민(2005)이 들었던 용례에서도 한어의 직역으로 정중한 표현이 되지 않았다기보다 당시로서는 「オッカサン」이라는 표현이 일반적이었다고 볼 수 있다.

또 이강민(2005a)에서는 『日韓英三國對話』와 『交隣須知』를 비교하면서, 明治 14年本 『交隣須知』를 택하고 있으나 아카미네 세이치로가 참고로 한 것은 明治 16年本이라고 밝히고 있기 때문에 『日韓英三國對話』는 明治 16年本 『交隣須知』와 비교되어야 바람직하다. 明治 14年本과 16年本은 매우 비슷한 자료이지만 다른 점도 많기 때문이다.

마지막으로 이강민(2005)은 다음과 같은 인용문을 예로 들었는데 밑줄 친 부분의 「の」는 가타카나의 「ノ」일 것이라고 판단된다.

今度此書ヲ著シタル目的ハ日韓兩國民ニ其燐國の詞ト英語トヲ容易ク學ビ得シメンガ爲ナリ。

2) 구성

이 책의 목차는 다음과 같다.

章前項目
　　　　　　　「日韓言語之關係」、「일본 언문 이로하」、「濁音 對 清音」
　　　　　　　「日本イロハ歌」、「英語並ニ韓語發音考」
　　第一部　　　對話

---

21) 단 『日本語の歷史』(2004:178)에 의하면 「オトッサン」의 발음은 「オトッツアン」이었을 가능성이 높다는 것이다.

第壹章　　　　子供トノ談話(特別ニ追加シタル第二十二章ヲ引証シテ見 ル可シ)

第二章　　　　代名詞夫，此及ビ動詞有，無ナドノ使方並ニ人代名詞 疑問代名詞之表附

第三章　　　　日本ヘ行ク朝鮮官吏トノ談話

第四章　　　　遊學生トノ談話

第五章　　　　學校ヘ行ク子供ト父トノ談話

第六章　　　　商店ニテ又ハ旅行スル時ニ起ルベキ談話

第七章　　　　食事ニ關係シタル談話

第八章　　　　久シブリニ友人ニ逢フテノ談話

第九章　　　　家內ニ住居スル時ニ起ルベキ談話

第十章　　　　前章ノ續

第十一章　　　語學勉强ニ就テノ談話

第十二章　　　遠足ニ行ク時ノ談話

第十三章　　　雨風ニ關シテノ談話

第十四章　　　船ニ乘リテ遊ビニ行ク時ノ談話

第十五章　　　朝鮮內地ヘ商法ノ爲ニ旅行スル時ノ談話

第十六章　　　家內ニテノ雜話

第十七章　　　來客ニ寫眞ナドヲ見スル時ノ談話

第十八章　　　港ニ着シタル時ニ起ルベキ談話

第十九章　　　前章ノ續キ

第二十章　　　病氣ニ就テ病人ト医者トノ談話

第二十一章　　雜件

第二十二章　　子供トノ談話第一章ノ續トシテ追加ス

第二十三章　　人事ニ關シテノ談話

第二十四章　　賣買ニ關シテノ談話

第二部　　　　雜項・單語・對話

第壹章　　　　諺文綴字

第二章　　　　諺文綴字續ト羅馬字，羅馬數字

第三章　　　　數(日韓英三國ノ數ヘ方)

第四章　　　錢目, 升量, 重量, 單獨稱, 月稱, 日稱
第五章　　　(テ)(ニ)(ヲ)(ハ)
第六章　　　天文元行
第七章　　　地理
第八章　　　晝夜, 時節, 方位
第九章　　　官爵
第十章　　　人品
第十一章　　人倫
第十二章　　身軆
第十三章　　樹木, 花草
第十四章　　穀類, 果實
第十五章　　蔬菜, 海草, 藥種
第十六章　　禽類, 獸類, 水族, 昆虫
第十七章　　金屬, 鐵器
第十八章　　盛器, 雜器, 雜品
第十九章　　飮食物, 織物
第二十章　　武器, 戰陣
第二十一章　文書, 民政, 刑罰
第二十二章　彩色, 衣冠
第二十三章　國土, 都邑, 宮宅, 舟楫
第二十四章　疾病
第二十五章　雜語(形容詞ノ略解附)
第二十六章　動詞

　　요컨대 『日韓英三國對話』는 일본어, 한어, 영어의 3개 국어를 대조
시킨 점에서 한어 학습서로서의 가치가 크다. 第一部에서는 회화의 상
대를 구체적으로 설정하여 담화문을 제시하고, 第二部의 第五章까지
는 회화문 없이 문자와 어구를 들어 필요에 따라 설명을 더하고 있으
며, 第六章부터는 관련 있는 단어를 들고 그 다음으로 대화문을 들고

있다. 또「日韓言語之關係」에 대해서 언급하고 있는 점도 주목 할 만하다. 이후에 자세히 설명하겠지만 『日韓英三國對話』의 구성은 明治 16年本 『交隣須知』와 비슷하다.

여기에서 明治 16年本 『交隣須知』의 부문 배열을 살펴보기로 한다.

卷一　天文(天文元行)　時節　晝夜 方位　地理　江湖
　　　水貌　　舟楫　　人品　天倫(人倫)　頭部　身部(身体)
　　　形貌　　羽族

卷二　走獸 水族 昆虫　　禾黍　蔬菜　農圃　果實
　　　樹木 花品 草卉(花草)　宮宅　都邑　味臭　喫貌
　　　熟設 賣買 疾病 行動

卷三　墓寺 金寶　　鋪陳　布帛　彩色　衣冠　女飾
　　　盛器 織器(織物)　鐵器　雜器　風物　視聽　車輪
　　　鞍具 戲物　　政刊　文式　武備　征戰　飮食(飮食物)

卷四　靜止　手運　足使　心動　言語　語辭　心使
　　　四端　太多　範囲　雜語　逍遙　天干　地支
　　　　　　　　　　　　　　(下線은 筆者)

이것을 『日韓英三國對話』와 대조해 보면 제2부에 明治 16年本 『交隣須知』를 참고로 한 부문이 있음을 알 수 있다. 여기에 든 부문 중 밑줄을 그은 것은 『日韓英三國對話』(제2부)에도 중복되는 항목이고, 괄호 안은 『日韓英三國對話』의 항목명이며, 明治 16年本 『交隣須知』에 보이지 않는 것으로는 「穀類・海草・藥種・禽類・獸類・金屬・雜品・武器・戰陣・文書・民政・刑罰・國土・動詞」 등을 들 수 있다.

3) 한어

『日韓英三國對話』의 第二部 第六章부터 第二十五章까지는 처음에 한어 어휘가 제시되어 있는데 이들을, 明治 16年本 『交隣須知』와 비교하면 공통어가 많음을 알 수 있다. 예를 들어 第六章의 「天文元行」을 보면 다음과 같다. 먼저 『日韓英三國對話』의 단어를 들고 ( ) 안에 明治 16年本 『交隣須知』의 단어를 들기로 한다.

표11. 第六章(天文元行)

하늘(하늘)	히(히)	둘(둘)	별(별)	일식(일식)
월식(월식)	ㅂ롬(ㅂ롬)	동풍(동풍)	셔풍(셔풍)	남풍(남풍)
북풍(북풍)	동낭풍 (동남풍)	동북풍 (동북풍)	셔남풍 (셔남풍)	셔북풍 (셔북풍)
역풍(역풍)	순풍(순풍)	급흔ㅂ롬 (급흔ㅂ롬)	구름(구름)	비(비)
눈(눈)	쓸락눈 (쓸락눈)	우박(우박)	소나기 (소나기)	쟝마(쟝마)
셰우(셰우)	서리(서리)	이슬(이슬)	안개(안개)	놀(놀)
우뢰(우레)	번개(번개)	견우(견우)	직녀(직녀)	칠셩(칠셩)
혜셩(혜셩)	남두셩 (남두셩)	북두셩 (북두셩)	텬동(텬동)	디동(디진)
벽락(벽녁)	물	불	빗	년긔

『日韓英三國對話』와 明治 16年本 『交隣須知』에 다르게 나타나는 단어는 겨우 「물 불 빗 년긔」 넷 뿐이다. 그리고 표기법이 다른 단어는 「동낭풍(동남풍)」과 「우뢰(우레)」 두 단어뿐임을 알 수 있다. 이와 같이 공통 어휘가 많이 보여 『日韓英三國對話』는 明治 16年本 『交隣須知』를 참고로 했음을 확실히 알 수 있다.

그러나 각 장마다 다소 변화가 있고 처음 장에는 공통 어휘가 많으나 가면 갈수록 다른 어휘가 많아지는 경향이 있는 것 같다. 그리고 第二十五章의 「잡어(雜語)」에서는 공통 어휘가 거의 보이지 않는데 그 이유는 확실히 알 수 없다. 여기에서는 『日韓英三國對話』와 明治 16年本 『交隣須知』에서 보이는 한어의 문제에 대해서 음운, 표기, 문법, 어휘의 순으로 설명하고자 한다. 『日韓英三國對話』의 단어를 들고 ( ) 안에 明治 16年本 『交隣須知』의 단어를 들기로 한다.

< 음운 >

○ 「 · 」의 소실
　　찹쌀(춥쌀)　참외(춤외)　흔눈먼사람(흔눈먼사롬)

　明治 16年本 『交隣須知』에서 보였던 「 · 」가 『日韓英三國對話』에는 나타나지 않는 예이다.

○ 원순모음 표기
　　복(북)

　明治 16年本 『交隣須知』에 원순모음화(ㅗ＜ㅜ)가 보이는 예인데 어떤 착오일 가능성이 크다.

○ 경음화
　　창쯩(창증)　등쌀(등불)

이들은『日韓英三國對話』에서 어중의 경음화표기가 보이는 예이다.

뵈쟝(뵈쌍)

이것은 반대로 明治 16年本『交隣須知』에 보이는 경음이『日韓英三國對話』에서 형음으로 표기된 예이다.

○ 구개음화
황죠(황됴)

이것은『日韓英三國對話』에서 구개음화(ㅈ<ㄷ)가 보이는 예이다.

○「ㅎ」의 탈락
철환(철안)

이것은 明治 16年本『交隣須知』에서「ㅎ」탈락을 보이는 예인데『日韓英三國對話』에서는 올바르게 표기되었다.

○ 유음화
전립(절립)

이 예는 明治 16年本『交隣須知』의 유음화 표기「ㄹㄹ」이『日韓英三國對話』에서 오히려 원음인「ㄴ ㄹ」로 표기된 예이다.

< 표기 >

○ 표기의 혼란

　　배얌(바얌)

　이것은 어중에서 전이음 「ㅣ」(y)가 표기되기도 하고 표기되지 않기
도 한 예이다.

○ 어간말자음군

　　흙(홀)　진흙(진홀)

　이것은 明治 16年本 『交隣須知』에 어간말자음군의 간소화가 나타
난 반면 『日韓英三國對話』에서는 오히려 기본형 그대로의 표기를 보
이는 예이다.

○ 어두의 「ㄹ」

　　렁(너)

　위의 예는 『日韓英三國對話』에서 「ㄹ」, 明治 16年本 『交隣須知』
에서 「ㄴ」이 보이는 예로 당시는 어두에 「ㄹ」을 사용하지 않는 것이
일반적이었다.

○「ㄴ」과 「ㅇ」의 혼용

　　무명(무면)　면쥬(명쥬)

이것은 음절 말에서 「ㄴ」과 「ㅇ」의 구별의 어려움으로 생긴 오용례이다.

○ 음절의 문제
　　시암(섬)

『日韓英三國對話』에 2음절로 나타나는 단어가 明治 16年本 『交隣須知』에는 1음절로 표기된 예이다.

○ 어말 「ㅅ」의 유무
　　아레(아렛)　동지(동짓)

이것은 明治 16年本 『交隣須知』에 어말 「ㅅ」이 보이는 예이다.

○ 중철표기
　　산니죵(산이죵)　신선노(신션로)

이것은 『日韓英三國對話』에 중철표기가 보이는 예이다.

< 문법 >

○ 「ㄱ」곡용
　　나모(木), 구무(孔), 녀느(他), 불무(冶) 등은 곡용시에 「ㄱ」이 나타나는 특수한 곡용을 한다.22)

────────────

22) 『韓國語 發達史』(1985), 최범훈, p.151.

괴화남(괴화나무)
느름남(느름나무)
춤남(춥나무)
오동남(오동남)
게슈남(게슈나무)
뽕남(뽕나무)
옷남(옷나무)
섭남(섭나무)
팅ᄌ남(팅ᄌ나무)

이것은 『日韓英三國對話』에 「남」, 明治 16年本 『交隣須知』에 「나무」로 표기된 예이다.

< 어휘 >

○ 파생어

얼굴(얼구리)   아리나룻(아리날루시)   구레나룻(구레나룻시)

위의 예는 明治 16年本 『交隣須知』에시 주격의 「이」가 디해진 형태로 나타나는 경우인데 『日韓英三國對話』에서는 올바른 형태로 나타난다.[23]

___

[23] 이와는 달리 明治 16年本 『交隣須知』에는 「허리」, 「톡기」, 「존자리」처럼 올바르게 나타나는 어형들이 『日韓英三國對話』에는 오히려 「헐」, 「톡」, 「존잘」처럼 이상한 어형으로 나타나는 경우도 있다. 그러나 「허리」, 「톡기」, 「존자리」에 나타나는 어말모음 「이」는 주격의 「이」가 아니라 어간의 일부인데도 이를 잘못 분석한 결과 「헐」, 「톡」, 「존잘」까지만을 어간으로 본 것이다. 오분석(誤粉析)의 일례라고 할 수 있다.

○ 한자어와 고유어의 문제

　　우뢰(우레)　　통(구리)　　철(시우쇠)

　위의 예는『日韓英三國對話』에 한자어가 보이고 明治 16年本『交隣須知』에 고유어가 보이는 예이다. 다만 의미는 서로 다르다.

　　술(쥬식)

　위의 예는 明治 16年本『交隣須知』에 한자어가 보이고『日韓英三國對話』에 고유어가 보이는 예이다. 다만 의미는 서로 다르다.

4) 일본어

(1) 대명사

○ 인칭대명사

　명치시기 이후 사회의 변화와 함께 인칭대명사도 변화해 갔다. 예를 들어 무사를 나타내는 말로 사용되었던「それがし」,「貴殿」등이 사라지고 새롭게「君」와「僕」가 사용되었다. 또 번역을 통해「彼女」가 출현하였는데「彼女」는「彼(かれ)→彼女(か(あ)のおんな)→彼女(かのじょ)」처럼 변화한 말로 처음에는 여성에게도 彼(かれ)를 사용하였으며,「わたくし」,「わたし」가 변화한「あたくし」,「あたし」도 쓰이게 되었다. 현재「あたい」는 여성이 사용하는 말이지만 명치시대에서 다이쇼(大正)시대 초에 이르기까지는 남성들도 사용한 듯 하다.[24]

---

24) 山口明穗・鈴木英夫・坂梨隆三・月本雅幸(2004),『日本語の歷史』, 東

『日韓英三國對話』의 인칭 대명사로는 「私(わたくし), 我(われ), あ
なた, 汝(あなた), 君(きみ), 君(あなた), そなた, あんた, おまへ, 彼(あ
れ), 彼女(あれ)」 등이 있는데 「君(きみ)」, 「我(われ)」는 있지만 자신
을 의미하는 「僕」는 보이지 않는다. 또 「彼」가 있기는 하지만 「彼(か
れ)」가 아닌 「彼(あれ)」로 쓰여졌으며, 「彼女」도 「彼女(あれ)(第一
部:30)」는 있지만 「彼女(かのじょ)」는 볼 수 없다. 그리고 이강민
(2005a)이 이미 지적한 것처럼 「オッ母サン(おっかさん)」, 「オッ父サ
ン(おとっさん)」도 볼 수 있다.

　　オッ母サン(어머니)ニ附テ行ケ
　　汝ノオ父ッサン(아버지)ハ内ニ　居ッテデスカ(並)
　　　　　　　　　　　　　　　居ラッシャルカ(上)
　　　　　(『日韓英三國對話』・第一部　第壹章　子供トノ談話)

『日本語の歴史』25)에 의하면 부모의 호칭을 「オカアサン」,「オトウ
サン」이라 한 것은 명치 37년(1904) 4월부터 사용되었던 국정 교과서
를 시작으로, 그 이후 전국으로 퍼졌다고 한다. 한편 明治 16年本『交
隣須知』에서는 다음과 같은 예를 볼 수 있다.

　　君　그디는 집을 짓키고 잇소
　　　　キミハ留守シテ井ラレヨ　(明治 16年本『交隣須知』・卷一・天倫)

　　受　내가 바다 두어쓰니 공의 손에 쥔 게나 다르올가

　　京大學出版會, pp.182-183.
25) 山口明穗・鈴木英・夫坂梨隆・三月本雅幸(2004), 『日本語の歴史』, 東
　　京大學出版會, p.203.

某ガトツテオイタニツキアナタノ手ニニギラレタモノニチガハウカ
(明治 14年本『交隣須知』・卷二・賣買)

受　내가 바다 두어쓰니 공의 손에 쥔 게나 다르올가
私ガトツテオイタニツキアナタノ手ニニギラレタモノニチガハウカ
(明治 16年本『交隣須知』・卷二・賣買)

이것을 보면 明治 14年本 『交隣須知』의 「某」라는 한자가 쓰이기는 했지만 실제로 「それがし」라고 읽혔는지는 분명치 않다. 그러나 「某」에서 「私」로의 변화를 볼 수 있는 점은 주목할 만하다.

(2) 동사

○ ナ행변격활용26)의 「死ぬ」27)

ナ행변격활용의 「死ぬ」, 「往ぬ」는 전기 가미가타어에서 사단화(四段化)된 예를 보이기 시작하고, 후기 에도어에서는 대부분이 사단 활용으로 표현되었다고 전해진다.28) 그러나 『日韓英三國對話』의 다음과 같은 예에서 ナ행동사로서의 「死ぬる」가 남아있음을 알 수 있다. 「往

---

26) 동사 활용 중, 어떤 특정의 行에만 나타나는 활용으로 구어에서는 カ行・サ行의 두 종류가 있고, 문어에서는 カ行・サ行・ナ行・ラ行의 네 종류가 있다.

27) 동사 활용 형식의 하나로 활용은 「な・に・ぬ・ぬる・ぬれ・ね」이다. カ変・サ変과 함께 여섯가지의 활용이 모두 다른 어형(語形)이 되는 동사 활용이다. 단 カ変・サ変은 모두 명령형의 어미 「よ」를 활용 어미로 하지 않고 각각 「こ」, 「せ」만을 명령형으로 한다는 說도 있고 그럴 가능성도 있기 때문에 미연형(未然形), 명령형이 같은 형태가 되어 여섯가지 활용 모두 다른 어형으로 사용되는 것은 ナ変뿐이다.

28) 山口明穗・鈴木英夫・坂梨隆三・月本雅幸(2004), 『日本語の歷史』, 東京大學出版會, p.153.

ぬる」는 에도에서는 거의 사용되고 있지 않았지만 격식을 차린 문맥에 서 「死ぬる」가 표현된 것으로 보인다.

새도 죽울 씨는 슬피 움니다
鳥モ死ヌル時ハ悲ソウニ泣キマス
　　　　(『日韓英三國對話』· 第二部, 第一六章 · 禽類 獸類 族 昆虫)

鳥死　새도 죽을 씨는 슬피 움거니
　　　トリモ死スル時ハ悲シウ鳴ク
　　　　　　　　　　(明治 16年本『交隣須知』· 卷一 · 羽族)

위의 예를 보면 『日韓英三國對話』에는 ナ행변격활용의 연체형 「死 ぬる」로, 明治 16年本 『交隣須知』에서는 サ변동사의 연체형으로 되 어 있음을 알 수 있다.

○ 力행변격활용29) サ행변격활용30)의 명령형
明治 14年本, 明治 16年本 『交隣須知』에서는 「來る」, 「する」의 명령형이 다음의 예문처럼 「こよ」, 「せよ」로 나타나고 있다. 그러나 다

---

29) 동사 활용 형식의 하나로 구어에서는 「くる」, 문어에서는 「く」의 각각 한 단어에만 볼 수 있는 활용형식이다. 활용은 구어에서는 「こ・き・くる・ くる・くれ・こい」, 문어에서는 「こ・き・く・くる・くれ・こ(こよ)」이다. 어간과 활용어미의 구별은 없다, 구어, 문어 각각 한 단어에만 볼 수 있는 특별한 활용으로 오십음도(五十音圖)의 배열과도 맞지 않고 力行에만 있 는 활용이기 때문에 붙여진 이름이다.
30) 동사 활용 형식의 하나로 현대어에서는 「する」, 고어에서는 「す」의 각각 한 단어에만 볼 수 있는 활용 형식이다, 현대어에서는 「せ(し・さ)・し・ する・する・すれ・しろ(せよ)」가 되고, 고어에서는 「せ・し・す・する・ すれ・せよ」가 된다. 어간과 활용어미의 구별은 없다. 현대어, 고어 각각 한 단어에만 볼 수 있는 특별한 활용으로 오십음도(五十音圖)의 배열과도 맞지 않고 サ行에만 있는 활용이기 때문에 붙여진 이름이다.

른『交隣須知』제본에서는「セイ」,「コイ」를 많이 볼 수 있다.

簷 첨하 밋테 그거슬 드려 노하 비를 맛치디 아니케 ᄒᆞ여라
　ノキノ下ニソノ品ヲ入レテオイテ雨ニアタラヌヤウニ<u>セヨ</u>
（明治 16年本『交隣須知』・卷二・宮宅）

空石 뷘 셤 들고 가셔 게가 잇시니 넛거오ᄂᆞ라
　アキ俵ヲサゲテ住テヌカガアルニヨリ入テ<u>コヨ</u>
（明治 16年本『交隣須知』・卷二・農圃）

이에 반하여『日韓英三國對話』에서는「來る」,「する」의 명령형이
다음과 같다.

이리 오나라
茲ヘ<u>來イ</u>　　　（『日韓英三國對話』・第一部, 第一章・子供トノ談話）

실칼 가져오나라
食刀持テ<u>來イ</u>　　（『日韓英三國對話』・第一部, 第十章・前章ノ續）

물 ᄶᅥ오나라
水汲ンデ<u>來イ</u>（『日韓英三國對話』・第一部,第十四章・船ニ乘リテ遊
ビニ行ク時ノ談話）

농ᄉᆞ를 ᄶᅥ히라
農事ニ出精<u>セヨ</u>　　　（『日韓英三國對話』・第二部, 第七章・地理）

김이 나지 아니케 허여라
生氣ノ出又様ニ<u>セヨ</u>
（『日韓英三國對話』・第二部, 第十八章・盛器 雜器 雜品）

위의 예와 같이 명령형은 「來い」, 「せよ」로 표현되고 있음을 알 수 있다.

(3) 조동사

○ 문말표현 「です」

『日本語の歷史』(pp.202-203)에 의하면 '명치 37년(1904) 4월부터 第一回의 국정교과서가 사용되었다. (중략) 그 편집 취의서(趣意書)에는 문장은 구어를 많이 사용하고 용어는 동경의 중류 사회에 상용되고 있는 것을 사용하여 그 방법에 의해 국어의 표준을 알려 그 통일을 도모하려 한다.'고 하였다. 따라서 표준어에 의한 구어문의 확립을 지향하고 있었다는 사실을 잘 알 수 있다. 그런데 『交隣須知』 중에서는 明治 37年本에 처음으로 보이는 「です」도 시대를 반영하고 있음을 알 수 있다. 『日韓英三國對話』의 문말 표현을 보면 다음과 같다.

> 이거슨 흉협소이다
> 此ハ惡ウ御座リマス
> 　　　　　　　　　(『日韓英三國對話』・第一部, 第二章・代名詞夫,
> 　　　此及ビ動詞有, 無ナドノ 使方並ニ人代名詞疑問代名詞之表附)

> 니가 글을 죠아헙니다
> 私ハ學(問)ガ好キデス
> 　　　　　　(『日韓英三國對話』・第一部, 第四章・遊學生トノ談話)

『日韓英三國對話』의 대화 부분에는 「デゴザリマス」, 「デス」가 많이 사용되고 있고 「デアリマス」는 보이지 않는다. 「ダ」, 「デアル」 또한 사용되고 있지 않는 듯 하다. 한편 明治 16年本 『交隣須知』의 문말 표현은 다음의 용례처럼「デアル」,「ゴザル」가 많이 사용되고 있다.

　　福　　사롬의게는 복이 웃씀이오니
　　　　　人ニハ福ガ第一<u>デアル</u>　　　（明治 16年本『交隣須知』・卷一・人品）

　　繁華　동경짱 ᄆ장 번화헌가 시푸외다
　　　　　東京ヘンハモットモ--ナソウニ<u>ゴザル</u>
　　　　　　　　　　　　　　　　　　　（明治 16年本『交隣須知』・卷一・人品）

　이것을 보면『日韓英三國對話』의 문말 표현은 明治 16年本『交隣
須知』보다도 한층 더 정중한 표현이라는 사실을 알 수 있다.

　(4) 조사

○　원인・이유를 나타내는 접속조사「から」

　원인・이유를 나타내는 접속조사로는 에도시대부터「から」가 사용
되었다. 명치시기가 되면「ので」도 쓰이게 되는데『日韓英三國對話』
에는「から」가 많이 사용되고「ので」는 보기 어렵다.「から」와「ので」
의 용법에 대해서는 여러가지 설이 있다. 나가노 마사루(永野賢)(1952)
는「から」와「ので」의 차이에 대하여「から」는 '표현자가 전건(前件)
을 후건(後件)의 원인・이유로서 주관적으로 지정(指定)하여 연결짓
는 화법'인 데에 대하여「ので」는 '전건(前件)과 후건(後件)이 표현자
의 지정(指定)에 의하지 않아도 명확한 사실과 같은 사태(事態)'라고
하였다.『交隣須知』제본을 보면 明治 14年本, 明治 16年本『交隣須
知』에는「ので」가 사용되지 않았고「から」도 겨우 두 예만 있을 뿐이
다. 그리고「から」에 해당하는 한어는「니」였다.『交隣須知』에 있어
서「から」를 많이 사용하였던 것은 寶迫本『交隣須知』(卷一, 二, 三,

四, 호세코 시게카츠 산정 1883년 간)부터이고, 「ので」는 明治 37年本
『交隣須知』에 이르러서야 나타나기 시작하였다.[31]

路程記　노졍긔 가져쓰니 니수는 아느니라
　　　　路程記持テヰルカラ里數ハシレル
　　　　　　　　　　　　　(明治 16年本『交隣須知』・卷一・地理)

鼾　코를 미우 고니 득끼 시려 겻테셔 줌잘 슈 없다
　　鼾ヲキツクカクカラ、キヽトモナクテ側デ子イルコトガデキヌ
　　　　　　　　　　　　　(明治 16年本『交隣須知』・卷一・頭部)

슈핀가 잇서셔 길을 새로 닥갓습니
水災水害があったので道を新しく直ほしました。
　　　　　　　　　　　　　(明治 37年本『交隣須知』・水溶)

『日韓英三國對話』에서 볼 수 있는 「から」의 용례는 다음과 같다.

순풍이 부니 비가 나올까 시푸오
順風ガ吹クカラ船ガ參ロウト思ヒマス
　　　　(『日韓英二國對話』・第　部, 第十三章・雨風ニ關シテノ談話)

벗겻스니 글시 빠겻는가 보와 주시요
寫シマシタカラ字ガ拔ケタカ見テ下サイ
　　　　(『日韓英三國對話』・第二部, 第二十一章・文書民政刑罰)

　여기에 모든 예문을 들 수는 없지만 『日韓英三國對話』의 「から」에
해당하는 한어는 대부분이 「니」였으나, 다음과 같이 「매」에 해당하는

---

31) 齊藤明美(2002), 『『交燐須知』の日本語』(至文堂). pp.161-162.

경우도 있다.

지샹이 정수를 잘 허시매 만민이 숑덕을 허옵니다
宰相ガ政事ヲ能ク致サレマス<u>カラ</u>(「매」)萬民ガ德ヲ仰ギマス
(『日韓英三國對話』第二部第二十一章文書民政刑罰)

○ 종조사「よ」

명치시기 이후 종조사는 남녀가 서로 다른 조사를 사용하게 된다. 예를 들어「の」,「わ」,「よ」는 여성이 많이 사용하였고,「ぞ」,「ぜ」는 남성이 많이 사용한 종조사라고 전해지고 있다.[32] 이 종조사는 회화문에서 많이 사용되었을 것으로 보이는데,『日韓英三國對話』에는「ぞ」,「ぜ」,「の」,「わ」는 보이지 않고「よ」를 사용한 예가 몇 가지 보이며 반드시 여성이 사용했다고 여겨지지 않는 것도 있다.

일곱시요
七時デス<u>ヨ</u>
(『日韓英三國對話』・第一部, 第五章・學校へ行ク子供ト父トノ談話)

너가 과부요
私ハ後家デス<u>ヨ</u>   (『日韓英三國對話』・第一部, 第十章・前章ノ續)

져 냥반은 법을 직희여 졀에 죽은 츙신이요
彼御方ハ法ヲ守テ節ニ死ンダ忠臣デス<u>ヨ</u>
(『日韓英三國對話』・第二部, 第二十一章・文書民政刑罰)

---

32) 山口明穗・鈴木英夫・坂梨隆三・月本雅幸(2004),『日本語の歷史』, 東京大學出版會. p.195.

○ 격조사 「を」의 용법

　漕ぐ舟に妹乗るらむか　　　　　　　　　　　　　　　（万葉集一）

　雲分といふあがり馬を乗られけるに(古今著聞集)

　　　　　　　　　　　　　　　　　　　（『廣辭苑』(第5(版))

　일본어에서는 배나 말을 탈 경우의 표현으로서 예부터 「‐を乗る」와
「‐に乗る」가 모두 사용되었다고 보이는데 『交隣須知』에서도 다음과
같은 용례를 찾을 수 있다.

　馬氈　도둠을 노흐면 먼 길에 물을 트고 가도 볼기가 아니 암푸니라
　　　　馬氈ヲオケバ遠路ニ馬ヲノリテ住テモ井シキガイタマヌ
　　　　　　　　　　　　（明治 16年本『交隣須知』・卷三・鞍具）

　快船　빠른 비 트고 몬져 가쟈
　　　　早ヤ船ニノリテサキニユカウ
　　　　　　　　　　　　（明治 16年本『交隣須知』・卷一・舟楫）

　快船　빠른 비 트고 몬져 가쟈
　　　　足の早い船に乗って先に往かう(明治 37年本『交隣須知』・舟楫)

　明治 14年本, 明治 16年本 『交隣須知』에서는 「‐を乗る」와 「‐に
乗る」의 혼용을 볼 수 있고, 明治 37年本 『交隣須知』에서 「‐に乗る」
로 통일되었는데, 『日韓英三國對話』에서도 明治 37年本 『交隣須知』
와 같이 「‐に乗る」만을 확인할 수 있다. 예문을 들면 다음과 같다.

　호인들이 젹은 비 트구 왓소
　胡人共ガ小舟ニ乗リテ來マシタ

(『日韓英三國對話』・第二部, 第二十三章・國土都邑宮宅)

비틀고 바다를 건너단니면 외국지일도 ㅈ연이 아오
船ニ乗テ海ヲ往來スレバ外國之事モ自然ト知レマス
(『日韓英三國對話』・第二部, 第二十三章・國土都邑宮宅)

니일 일본 가는 죠선공ᄉ도 이 비 틀구 가깃소
明日日本ヘ行ク朝鮮公使モ此船ニ乗テ行キマセウ
(『日韓英三國對話』・第二部, 第二十三章・國土都邑宮宅)

나는 몰를 틀고 가깃소
私ハ馬ニ乗ッテユキマセウ(並)
　　　マ井リマセウ(上)
(『日韓英三國對話』・第一部, 第十五章・朝鮮內地ヘ商法ノ爲ニ旅行スル
時ノ談話) ノ爲ニ旅行スル時ノ談話)

앞에서 지적한 바와 같이 일본어의 경우 말이나 배와 같은 것을 탈 때의 표현으로서 예부터 「－を乗る」와 「－に乗る」의 혼용을 볼 수 있지만 점차 「－に乗る」가 우세하게 되었다. 그러나 「バスを乗り継ぐ」와 같은 용법은 현재도 사용되고 있다. 또 한어의 경우는 「馬に乗る」, 「バスに乗る」의 조사로 「을, 를」을 사용되었고, 「에」가 사용되는 경우는 동작의 이동을 나타내고 있는 듯 하다. 즉 일본어의 조사 「に」와 「を」는 시대와 함께 그 용법 또한 변화해 갔지만 한어의 경우에는 「을, 를」과 「에」의 의미 용법이 다르다고 할 수 있다.

5) 『日韓英三國對話』와 『交隣須知』

『交隣須知』는 『日韓英三國對話』가 참고로 한 대표적인 자료라고 볼 수 있다. 『交隣須知』 중에서도 『日韓英三國對話』에 참고가 된 것은 『交隣須知』의 인쇄자가 「中谷ノ主」, 즉 나카야 도쿠베이(中谷德兵衛)라는 점에서 明治 16年本이라고 볼 수 있다. 그리고 明治 14年本 『交隣須知』와 明治 16年本 『交隣須知』는 매우 비슷하기는 하지만 인쇄자는 각기 다르다. 明治 14年本의 인쇄자는 호세코 시게카츠(寶迫繁勝)이고, 明治 16年本의 인쇄자는 나카야 도쿠베이(中谷德兵衛)로 내용에서도 차이를 보이고 있다.[33]

明治16年本 『交隣須知』와 『日韓英三國對話』의 단어와 대화문에 대하여 살펴본 결과 第六章 「天文元行」의 「長雨」처럼 明治 16年本 『交隣須知』에는 보이지 않지만 『日韓英三國對話』에는 있거나, 「横風・日暈・月暈・明・暗・朗・晴・照・昏・漢」 등과 같이 明治 16年本『交隣須知』에는 있지만 『日韓英三國對話』에는 보이지 않는 단어가 있음을 알 수 있다. 또한 부문 배열의 순서도 다르며 대화의 부분에 있어서도 다음의 예문처럼 비슷하기는 하지만 약간의 차이가 있는 문장이 많다. 그러나 『日韓英三國對話』는 단어의 부분에 있어서도 대화의 부분에 있어서도 明治 16年本 『交隣須知』를 많이 참고했을 것으로 보인다. 그리고 자서(自序)의 "특히 어학에 있어 가장 중요한 점, 즉 간단히 알기 쉬운 말이 적다"에서 알 수 있듯이, 明治 16年本 『交隣須知』의 예문이 간단하고 알기 쉬운 예문으로 바뀐 경우도 있다. 다음과 같은 용례에서 『日韓英三國對話』가 明治 16年本 『交隣須知』를 참고로 하면서도 시대에 따라 새로운 일본어를 사용하고 있음을 알 수 있다.

---

33) 齊藤明美(2002), 『交隣須知の日本語』, 至文堂, pp.88-89.

이 물이 깁기가 얼마요
此河ノ深サガ何程デスカ(『日韓英三國對話』・第二部, 第七章・地理)

河　이 물이 깁기가 얼마나 허릿가
　　コノ河ノ深サカイカホドアラウカ

　　　　　　　　　　　　(明治 16年本『交隣須知』・卷一・江湖)

못세 고기 노는 양을 보시오
池ニ魚ガ遊ンデ居様子ヲ御覽ナサイ

　　　　　　　　　　(『日韓英三國對話』・第二部, 第七章・地理)

池　못세 고기 쒸는 양이 マ장 보기 됴스외다
　　池ニ魚ノオドルヤウスガイコウミルニヨウゴザル

　　　　　　　　　　　(明治 16年本『交隣須知』・卷一・江湖)

돌 우희 안쩌 마시오
石ノ上ニ御座リナサルナ(『日韓英三國對話』・第二部, 第七章・地理)

石　돌이 추니 돌 우희 안쩌 마오
　　石カ寒イニヨリ石ノ上ニスハルナ

　　　　　　　　　　(明治 16年本『交隣須知』・卷一・地理)

　　그리고 『日韓英三國對話』의 한어와 明治 16年本 『交隣須知』의 한어를 대조적으로 비교하면 사용하고 있는 어휘나 표기법에서 상당히 비슷한 경우도 있지만 다른 점도 몇 가지 있다. 표기법에서는 「ㆍ」의 소실, 원순모음화, 경음화, 구개음화, 유음화, 「ㄱ」곡용, 어두의 「ㄹ」, 「ㅎ」의 탈락, 파생어, 한자어와 고유어의 문제, 「ㄴ」과 「ㅇ」의 혼동, 음절의 문제, 어간말자음군, 어말 「ㅅ」의 유무, 연철표기ㆍ중철표기ㆍ분철표기 등의 문제를 볼 수 있었다.

6) 아카미네 세이치로(赤峯瀬一郎)의 「日韓言語之關係」

오구라 신페이(小倉進平)(1964:62-63)를 보면 『日韓英三國對話』의 「日韓言語之關係」는 "그 때까지의 일본에서의 조선어 연구의 한 획을 그은 것"이라고 평가하고 있다. 실제로 「日韓言語之關係」에는 일본어와 한어 중 각 민족 고유어로서 유사한 단어가 정리되어 있는데 이를 정리하면 다음과 같다.

표12. 일본어와 한어의 유사 어휘

일본어	한어
上	우희 우흐 우
ヘ	예
然	예
ナ・ナイ・子・子イ[1]	녜又나
無	아니
無(アルマイノ「マイ」)	마又모
乎	가又고
ガ	가
ヨ(명령적 감탄사)	요
汝	너又네
日	희
鍋	남비
擂盆	술바지
母(オモ)	어머
牛	우
馬	몰
井	우
バッチ	바디
竹	대
時	씨
居又在	잇소又잇다

이들 단어를 보면 유사어가 상당히 많음을 알 수 있다. 게다가 일본어, 조선어에 유구어(琉球語)도 비교하고 있는데 일람표를 정리하면 다음과 같다.

표13. 일본어 · 조선어 · 유구어의 단어 비교

일본어	조선어	유구어
日	히	フィ
火	불	フィ
牛	우	ウシ
上	우又우회	ウフェ
母(オモ)	어머	ウフ(正音オフ)

일본어, 유구어의 관계에 대한 기술(『日韓英三國對話』:12-13)에서는 일본어의 음운도 다루고 있다. 일본어의 ハ행 자음은 P→F→H의 순으로 변화하여 헤이안(平安) 시대에서 무로마치(室町) 시대까지 F음이었던 점을 생각한다면 나라(奈良) 시대나 그 이전에도 F음이었다는 사실을 짐작할 수 있다는 것이다.

『日韓英三國對話』에는 일본어, 한어, 유구어의 문장 비교도 있다. 그 일부를 정리하면 다음과 같다.

표14. 일본어 · 조선어 · 유구어의 문장 비교

	母親ガ有ルカ		母親ガアル
일본어	어머가아루가	일본어	어머가아루
조선어	어머가잇는가	조선어	어머가잇소
유구어	어후가아미	유구어	어후가안

일 · 한 · 유 세 가지의 말을 한글로 표기하고 있는 점은 매우 흥미롭

다. 이 표를 보면 각각의 문장이 비슷한데, 아카미네 세이치로(『日韓英 三國對話』:14-15)는 3개국 언어의 역사를 생각해 이것을 학문적으로 표시하는 것이 천명이라고 한 바 있다. 아카미네 세이치로의 설명 내용에 문제가 없는 것은 아니지만 명치 25년(1892)에 쓰여진 점을 감안한다면 획기적이며 의욕적인 시도였다고 할 수 있을 것이다.

이상의 내용을 요약하자면 『日韓英三國對話』는 일본어, 한국어, 영어의 3개 국어를 대비한 회화서라는 점에서 연구 자료로서의 가치가 있다. 본서는 간단하고 알기 쉬운 대화를 단어와 함께 배울 수 있도록 구성한 한어 교과서로 아카미네 세이치로의 자서(自序)에 의하면 明治 16年本 『交隣須知』를 참고했다고 기술하고 있다. 『交隣須知』는 에도 시대부터 명치시기에 걸쳐 가장 널리 사용된 한어 학습서이므로 새로운 교재를 작성할 때의 참고 자료로 가장 적절한 것이라고 할 수 있다. 따라서 여기에서는 『日韓英三國對話』의 한어 학습서로서의 가치와 위상을 비롯하여 거기에 나타나는 언어 현상을 밝히고, 아카미네 세이지로가 참고했을 것으로 보이는 『交隣須知』와의 관계를 밝혀 보고자 하였디.

먼저 『日韓英三國對話』의 한국어에 대해서 조사하였다. 그 결과 『日韓英三國對話』의 한국어 표기의 대부분은 明治 16年本 『交隣須知』와 비슷하지만 다른 부분도 보였다. 다음으로 『交隣須知』를 대조적으로 비교하면서 『日韓英三國對話』의 일본어를 살펴봄으로써 명치시기 일본어의 특징에 대해서도 살펴보았다.

먼저 인칭대명사에 대하여 살펴보았다. 명치시기에는 사회의 변화에 따라 인칭대명사 「それがし」, 「貴殿」 등이 사라진 대신 「君」, 「僕」, 「彼女」 등이 새롭게 등장하였으나, 『日韓英三國對話』의 경우 「君」는

있으나 자신을 의미하는 「僕」는 아직 사용되고 있지 않았다. 한편 明治 16年本『交隣須知』卷二에서는 「私」라는 한자의 사용을 볼 수 있다. 그러나 14年本『交隣須知』에는 「私」가 아닌 「某」로 되어있다. 실제로 어떻게 읽혔는지는 알 수 없다.

이어서『日韓英三國對話』에는 동사 「死ぬ」가 사단화(四段化)되지 않고 ナ행변격활용의 연체형 「死ぬる」가 사용되고 있는 점과 「來る」, 「する」의 명령형으로 「來い」, 「せよ」가 나타나는 점 등에 대하여 언급하였다. 다음으로 문말 표현에 대하여 조사해 보았는데 明治 16年本『交隣須知』에는 「デアル」, 「ゴザル」가 많이 보이고『日韓英三國對話』에는 「御座ります」, 「です」라는 용례가 많음을 알 수 있었다.

그리고 원인·이유를 나타내는 조사 「から」에 대하여 조사해 보았다.『日韓英三國對話』에서는 「から」를 사용한 예문을 많이 볼 수 있지만 「ので」는 사용되고 있지 않은 듯하다. 明治 16年本『交隣須知』에 있어서는 「から」를 사용한 용례가 두 가지 밖에 없었다.『交隣須知』에 「から」가 많이 사용된 것은 寶迫本『交隣須知』부터이다. 계속해서 종조사 「よ」와 격조사 「を」에 대해서도 살펴보았다. 그 가운데 격조사 「を」의 경우, 明治 16年本『交隣須知』에서는 「-を乘る」, 「-に乘る」의 혼용을 볼 수 있지만『日韓英三國對話』에서는 「-に乘る」만이 사용되었음을 알 수 있었다.

지금까지의 조사를 통하여『日韓英三國對話』는 明治 16年本『交隣須知』를 주된 참고 자료로 삼아 저술된 한어 학습서이지만, 대화 부분에 보이는 일본어는 시대 배경을 반영시킨 明治 16年本『交隣須知』의 일본어보다 좀 더 새로워졌음을 알 수 있었다. 여기에서 다룬 것들 이외에도 경어, 동사활용, 어휘 문제 등 많은 과제가 남아있으나 후일로 남겨둔다. 그리고 아카미네 세이치로의 「日韓言語의 關係」에 대해서도 검토해 보았는데 일본어, 한어, 유구어를 비교하면서 유사성에 대해서 설명하고 있다. 다른 언어를 비교하는 경우의 방법론에 문제점도 있다고 볼 수 있지만 당시로서는 획기적이었다고 할 수 있다.

4. 明治 26年(1893) 刊 『日韓通話』(國分國夫)

1) 개요와 선행연구

『日韓通話』는 명치 26년(1893) 일본에서 간행된 한어 학습서이다. 사쿠라이 요시유키(櫻井義之)(1974a)는 본서의 성립 사정에 대해 자세히 설명하였는데, 이를 통하여 『日韓通話』는 구미의 회화서와 같이 일상의 담화에 필요한 단어 및 연어(連語)를 수집한 것임을 알 수 있다. '회화서를 24章으로 나누어 기술하고 있다'고 하고, 『日韓通話』의 목차도 24章까지 나뉘어 있는데, 실제의 내용을 보면 1章에서 21章까지가 『日韓通話』이고 22章부터 25章까지는 『增補』로 이루어져 있다. 이 책에 대한 선행 연구로는 이강민(2003)이 있다. 이강민(2003)은 '서언(序言)'에 이어 서지적(書誌的)개요, 『交隣須知』와의 관계를 설명하고 일본어의 문제로 2단동사의 1단화, 동사의 연용형, 「カラ」와 「ニヨリ」 등에 대해서 언급하고 있다. 그런데 오구라 신페이(小倉進平)(1940)에서의 인용문 서사(書寫)에는 다음과 같은 문제점이 있다.

> 前編二十四章より成り、諺文の組織・綴字・發音などより説き起し、其數・天然・月日・時期等の項目に關し多數の會話を揚げて居る。明治時代に於ける新式會話の先驅をなすものであらう。
>
> (p.146)

(한국어역)
전편 二十四章으로 이루어져 있고 언문의 조직・철자・발음부터 설명하고 기수・천연・월일・시기 등의 항목에 관해서 다수의 회화를 들고 있다. 명치시대에 있어서 신식 회화의 선구를 이루는 것이다.

오구라 신페이(1964)에는 원문이 다음과 같이 되어있다.34)

> 前篇二十四章より成り、諺文の組織・綴字・發音等より說き起
> し、基數・天然・月日・時期等の項目に關し多數の會話を揚げて
> 居る。明治時代に於ける新式會話書の先驅をなすものであらう。
>
> (p.63)

밑줄로 표시된 네 곳이 이강민(2003)에는 잘못 옮겨져 있으나 인용문은 정화성을 기할 필요가 있을 것이다.

여기에서는 명치시기의『交隣須知』제본과 명치 26년(1893)에 간행된 한어 학습서『日韓通話』의 대역 일본어를 대조, 비교하여 한어 학습서로서의 가치 및 위상 등을 살펴보고 언어 현상에 대해서도 언급하고자 한다. 나아가 명치시기 한어 학습서의 한어 자음과 모음 등의 분류법에 대해서 조사해 보고『交隣須知』와의 관계에 대해서도 밝혀 보고자 한다.

여기에서는 明治 14年本『交隣須知』와 明治 37年本『交隣須知』를 뒤수로 사용하기로 한다. 明治 16年本과 明治 14年本은 유사섬이 많기 때문에 용례가 다른 경우 明治 14年本『交隣須知』만 지적하기로 하고 寶迫本에 대해서는 필요에 따라 언급하기로 한다.

『日韓通話』와『增補』1章부터 25章까지의 각 부문과『交隣須知』(明治 14年本・明治 16年本) 卷一부터 卷四의 각 부문을 살펴보면

---

34) 오구라 신페이(1964)는 오구라 신페이(1940)의 권미(卷尾)에 보주를 첨부한 것이다.

다음과 같다.

○ 『日韓通話』와 明治 14年本 『交隣須知』, 明治 16年本 『交隣須知』의 구성

　　第一章. 朝鮮諺文幷日本假名
　　第二章. 朝鮮諺文組成區別
　　第三章. 綴字發音法
　　第四章. 基數
　　第五章. 天然
　　第六章. 月日
　　第七章. 時期
　　第八章. 身體
　　第九章. 人族
　　第十章. 國土及都邑
　　第十一章. 文藝及遊技
　　第十二章. 官位
　　第十三章. 職業
　　第十四章. 商業
　　第十五章. 旅行
　　第十六章. 家宅
　　第十七章. 家具及日用品
　　第十八章. 衣服
　　第十九章. 飮食
　　第二十章. 草木及果實
　　第二十一章. 家禽獸
　　『增補』
　　第二十二章. 政治(政治及軍隊)
　　第二十三章. 敎育(學校)

第二十四章. 船車
第二十五章. (刑罰)(괄호 안에는 실제항, 괄호 밖에는 목차에 쓰여진
　　　　　　항목을 부기하였다)
　　　　　　(付錄)日韓訓點千字文

『交隣須知』(明治 14年本·明治 16年本)

卷一

| 天文 | 時節 | 晝夜 | 方位 | 地理 | 江湖 | 水貌 | 舟楫 |
| 人品 | 官爵 | 天倫 | 頭部 | 身部 | 形貌 | 羽族 | |

卷二

走獸	水族	昆虫	禾黍	蔬菜	農圃	果實	樹木
花品	草卉	都邑	宮宅	味臭	喫貌	熟設	買賣
疾病	行動						

卷三

墓寺	金寶	鋪陳	布帛	彩色	衣冠	女飾	盛器
織器	鐵器	雜器	風物	視聽	車輪	鞍具	戲物
政刑	文式	武備	征戰	飮食			

卷四

| 靜止 | 手運 | 足使 | 心動 | 言語 | 語辭 | 心使 | 四端 |
| 太多 | 範圍 | 雜語 | 逍遙 | 天干 | 地支 | 時刻 | |

이 목차로 볼 때『日韓通話』는 상업·여행·가구 및 일용품 등의
항목에서『交隣須知』에 비하여 실용적인 내용으로 이루어져 있음을
알 수 있다.『日韓通話』의 저술 목적을 생각한다면 당연하다고 할 수
있다. 이 책의 저자인 고쿠분 구니오(國分國夫)의 '서언(緒言)'을 보면

명치 9년(1876) 수호조규(條規) 및 통상장정(章程)의 체결 이후 일본
과 조선의 무역, 통상이 왕성해져 조선어를 배울 필요가 있는데, 조선
어를 배우기 위한 서적이 부족한 것은 아니었으나 간단하고 신속하게
일상 담화를 공부하기 위한 서적이 없었으므로『日韓通話』를 저술하
였다고 밝히고 있다. 한편『日韓通話』의 가치에 대해서 오구라 신페이
(小倉進平) (1940:63)는 '명치시대에 있어서 신식 회화서의 선구를 이
루는 것'이라고 하여 언어 자료로서의 가치가 높다고 평가하였다.

   2) 한어

   여기에서는『日韓通話』의 한어와 明治 14年本『交隣須知』의 공
통어휘를 비교하여『日韓通話』의 한어의 특색에 대해서 각 장별로 살
펴보고자 한다. 먼저『日韓通話』의 한어를 예로 쓰고 ( )안에 明治 14
年本『交隣須知』의 한어를 쓰기도 한다.

第五章　天然
<음운>

○ 원순모음화
　　무지개(므지개) (현대어 무지개)

   明治 14年本『交隣須知』에서는「一」라고 되어 있고『日韓通話』
에서는「ㅜ」로 되어 있는데 순음 뒤에서 일어난 원순모음화를 보여준
다.35)

○「ㄴ」의 탈락
　　연긔(년긔) (현대어 연기)

　明治 14年本『交隣須知』에서는「년긔」로 되어 있고『日韓通話』에서는「연긔」로 되어 있는데, 이는「n → ȵ → ø」고 같은 변화한 결과라고 할 수 있다.

○ 음절말자음군의 간소화
　　진흑(진흘기) (현대어 진흙) 둑(둙) (현대어 닭)

　明治 14年本『交隣須知』에서는 기본형으로 되어 있으나『日韓通話』에서는「ㄹ」이 탈락하여 음절말자음군의 간소화를 보여주는 예라고 할 수 있다.

第六章 月日 (交隣須知 時節 晝夜)
<표기>

○ 표기의 혼란
　　초잇튼날(초잇든날) (현대어 초이튼날)

　明治 14年本『交隣須知』와『日韓通話』가 서로 다른 표기를 보여준다.

---

35) 외형상으로는 이와 비슷한 예로「마눌(마느를)」(현대어 마늘)이 있다. 그러나 이때의「ㅜ」는 순음 뒤에서 일어나는 변화가 아니기 때문에 원순모음화가 아니라 일종의 우발적 변이를 나타낸다. 현대국어의「바늘」,「하늘」이「바눌」,「하눌」처럼 발음되는 수도 있는 경우와 마찬가지인 셈이다.

○ 방언표기

  셰(셔) (현대어 혀)

明治 14年本『交隣須知』의「셔」나『日韓通話』의「셰」는 모두 남부 방언을 표기한 예라고 할 수 있다.

第二十章　草木及果實 (交隣須知 樹木 花品 草卉)
<표기>

○ 음절말에 자음의 중화

  닙(닙 닢)(닙 현대어 잎)

『日韓通話』의「ㅂ」은 음절 말에서「ㅍ」이 중화된 예라고 할 수 있다.

<음운>

○ 「·」의 소실

  힝화·살구숫(술구)(현대어 살구)

『日韓通話』의「살구」는「·」의 소실을 보여주는 예이다.

第二十一章　家禽獸 (交隣須知)
<표기>

○ 중철표기

  톡끼(톡기) (현대어 토끼)

『日韓通話』의 「톡씨」는 중철표기의 예라고 할 수 있다.

이상으로『日韓通話』와 明治 14年本『交隣須知』의 한어를 대조한 결과,『日韓通話』에는 원순모음화, 음절말자음군의 간소화, 「·」의 소실 등 새로운 양상이 반영되어 있음을 알 수 있다.

3) 대역 일본어와『交隣須知』

여기에서는『日韓通話』와『交隣須知』의 대역 일본어에 반영된 가미가타어, 에도어, 동경어 등 일본어의 특징을 대조적으로 살펴보고자 한다.

(1) 대명사

○ 인칭대명사「私」,「汝」

네 일홈이 무엇시며 쏘 몃쑬 먹엇느냐

汝ノ名ハ何ト云ヒ又何歳ニナルカ　　　　　　　(『日韓通話』·人族:57)

내 죵이 고집이 세여 식이는 일을 아니 허니 못부릴 놈이외다

私ノ僕ガカタイヂニシテ命ズルㄱヲセヌカラ使ハレヌヤツデゴザリマス

(『日韓通話』·人族:67)

汝　　너는 먼져 가거라
　　　汝ハサキニタテ　　　　　(明治 14年本『交隣須知』·天倫)

君　　그디는 집을 짓키고 잇소
　　　キミハ留守シテヰラレヨ　　(明治 14年本『交隣須知』·天倫)

我　　내게는 아들이 다섯시요 손ᄌ가 여러시오니
　　　私方ハ子共ガ五人デアリ孫ガ多ウゴザル

(明治 14年本『交隣須知』・天倫)

汝　　너는 압셔 가거라
　　　お前は先にゆけ　　　　　　(明治 37年本『交隣須知』・稱呼)

君　　자네는 집을 직히고 잇게
　　　お前は留守をして居ておくれ　　(明治 37年本『交隣須知』・稱呼)

我　　나는 아들이 오형뎨에 손ᄌ가 여러시외다
　　　わたくしは子供が五人に孫が澤山居ります

(明治 37年『交隣須知』・稱呼)

僕　　종놈이 무샹ᄒ여셔 밋지 못ᄒ옵니다
　　　召使ひが心の知れない奴だからあてにすることが出來ませぬ.

(明治 37年本『交隣須知』・天倫)

　『日韓通話』에는 1인칭 대명사로「私」, 2인칭 대명사로「汝」가 사용되었다.「ぼく」,「きみ」는 보이지 않지만『交隣須知』에는「きみ」가 보인다. 明治 37年本『交隣須知』에는「僕」가 사용되었지만「召使ひ (하인)」의 의미로 사용되었다고 판단된다.

(2) 동사

○　ハ행사단동사의 음편형
　　모리 글픠씀 필연 무슨 긔별이 잇ᄉ오리다
　　明後日明々後日頃カナラズ何カ云テマイリマセウ

(『日韓通話』・時期:36)

가게에 나가 능금 열기만 사오느라

町二出テ林檎十バカリ買テコイ　　　　（『日韓通話』・草木及花實:179）

株　흔 쥬 두 쥬라 ㅎ고 나무를 셰느니라

一ト株二タ株と云フテ木ヲカゾヘ　　　（明治 14年本『交隣須知』・樹木）

株　흔 쥬 두 쥬라 ㅎ고 나무를 셰느니라

一本二本といって木を算える　　　　（明治 37年本『交隣須知』・樹林）

　『日韓通話』의 ハ행사단동사 음편에 대해서는 이미 이강민(2003)에
서도 지적하고 있으며, ウ음편형이 중심이지만 위에 보이는 용례의 촉
음편형처럼 새로운 용례도 보인다. 특히 『交隣須知』의 경우에는 明治
37年本에 이르러서야 촉음편형이 보인다.

○ 수동형으로 쓰인 동사

　그 사람이 무슨 죄로 잡혀왓다 ㅎ옵드닛가

　アノ人ガ何ノ罪デ捕ヘラレテ來タノデスカ　（『日韓通話增補』・刑罰:17）

　北　북으로 오는 기럭이 소리는 긱회를 돕는고나

　北から來る雁の聲で內のことが思ひ出られる

　　　　　　　　　　　　　　　　　（明治 37年本『交隣須知』・方位）

　동사가 흔히 수동형으로 사용되고 있는 것도 동경어 특색 중의 하나
인데 『日韓通話』, 明治 37年本 『交隣須知』에 그러한 용례가 나타난다.

○ カ행변격활용의 명령형

　편지를 써서 줄거시니 답장 맛타오느라

手紙ヲ書テヤルカラ返事ヲ取テ<u>來イ</u>　　　(『日韓通話』・文藝及遊技:86)

낫 가지고 가셔 벼를 뷔여셔 져오느라
鎌持テ行テ稻ヲ苅テセオウテ<u>來ヨ</u>　　　(『日韓通話』・家具及日用品:148)

화져싸락으로 불집어 오느라
火箸デ火ヲハサンデ<u>コヒ</u>　　　　　　(『日韓通話』・家具及日用品:150)

空石　뷘셤 들고 가셔 게가 잇시니 넛거오느라
アキ俵ヲ提げて住テヌカガアルニヨリ入テ<u>コヨ</u>
　　　　　　　　　　　　　　　(明治 14年本『交隣須知』・農圃)

鎌　　늣츨 가지고 나무 뷔여 오느라
鎌をもっていって柴を刈って<u>來い</u>

　　　　　　　　　　　　　　　(明治 37年本『交隣須知』・農圃)

『日韓通話』에는「こい」,「こよ」,「こひ」가 사용되었고, 明治 14年
本『交隣須知』에는 대부분「こよ」가 사용되었는데 이것은 간본이 작
성될 때에 의도적으로 통일시킨 것인 듯하다. 그 외의 명령형으로서「-
나사이」가 많이 사용되고 있는데 예를 들면 다음과 같다.

그거슬 셰여 보시요
ソレヲ數エテゴ覽<u>ナサイ</u>　　　　　　　(『日韓通話』・基數:12)

그 음셩은 셰로내지 말고 입쑬노 내시요
ソノ音ハ舌デ出サズシテ唇デ出<u>シナサイ</u>　　(『日韓通話』・身體:46)

(3) 형용사

○ 형용사의 연용형

오늘은 일긔가 미우 좃亽외다

今日ハ天氣ガタイサウ<u>ヨロシウ</u>ゴザリマス   (『日韓通話』·時期:35)

번개와 우레소리가 대단허여 무셥亽외다

雷卜雷ノ音ガ烈シクシテ<u>恐ロシク</u>ゴザリマス   (『日韓通話』·天然:17)

낫후가 되면 이침보담 더 덥亽외다

午後ニナレバ朝ヨリモモット<u>暑ク</u>ゴザリマス   (『日韓通話』·時期:34)

フ루부는 ㅂ롬은 덜부러야 비 가기 됴겟소

橫風   ヨコニ吹ク風ハウチバニ吹テコソ船ノ往ニ<u>ヨウ</u>ゴザル

            (明治 14年本『交隣須知』·天門)

날이 흐려셔 미오 침침ㅎ오

陰   天氣が曇って大へん<u>暗う</u>ございます.

            (明治 37年本『交隣須知』·天文)

일반적으로는 에도어에서 「ございます」, 「存じます」로 이어질 때 형용사의 연용형은 「う」가 된다. 『日韓通話』의 경우도 위의 예처럼 「う＋ございます」가 중심이지만, 「く＋ございます」의 형태도 보여 주목할 만하다.

(4) 조동사

○ 부정의 조동사

ㅂ롬이 긋쳐 몬지가 눌니지 아니허니 둇亽외다

風ガ止ミゴミガ立ヌカラヨウゴザリマス （『日韓通話』・天然:23）

초사혼날씨지 기드려 볼 밧게 업수외다
三日マデ待テミル外ハナイデス （『日韓通話』・月日:27）

온돌은 죠션밧게는 업는가보오
クツロハチャウセンのホカハナカリサウダ （『日韓通話』・家宅:132）

알을 안겼더니 골아서 씨지 못허엿소
卵ヲカヘサセタニ不調ビデカヘリマセナンダ （『日韓通話』・家禽獸:183）

足掌　밦바당이 슬쎄면 거름을 못 것고 여위면 잘 것습너니
　　　足ノウラガコユレバアルカレマセズヤセレバヨクアユミマス
　　　　　　　　　　　　　　　（明治 14年本『交隣須知』・身部）

足掌　발바당에 술이 만흐면 거름을 잘 못 것는다 ㅎ오
　　　足のうらに肉が多いとよくあるけないといひます
　　　　　　　　　　　　　　　（明治 37年本『交隣須知』・手足）

明紬　명쥬가 귀흐니 올에 잠농이 잘 못되엿나 보다
　　　紬がたしないから今年は盃がよく出來なかったのらしい
　　　　　　　　　　　　　　　（明治 37年本『交隣須知』・布帛）

『日韓通話』의 「ぬ」, 「ない」, 「なんだ」, 「なかり」 등은 『交隣須知』
의 경우 明治 37年本이 되어서야 「ない」계의 예문이나 「なかった」를
볼 수 있다.

○ 지정(指定)의 조동사

샹놈이라 허고 업수이 넉여 그리 죠롱 마시요
輕輩ジャと云フテ經蔑シテアノヤウニ嘲弄ナサレマスナ

(『日韓通話』・人族:66)

웃둑흔 바위모양이 묘허오
峙チタル岩のモヤウガ妙デス　　　　　(『日韓通話』・天然:21)

뉴월 넘회간에 쏘 나오실 터이오닛가
六月卅日晦ノ間ニ又オ出ナサル積リデスカ　(『日韓通話』・月日:25)

초사흔날까지 기드려 볼 밧게 업수외다
三日マデ待テミル外ハナイデス　　　　(『日韓通話』・月日:27)

이전은 혼허더니마는 이제는 아조 업서졋습네다
イゼンハ多イデシタケレトモ今ハ全クナクナリマシタ

(『日韓通話』・時期:32)

안질이 대단허여 눈이 북소
眼病ガヒドクシテ目ガ赤イデス　　　　(『日韓通話』・身體:44)

안히 셩식이 슌량허니 집안이 화목허오
妻ノ性質ガ順良ダカラ家ノ内が睦マシイデス　(『日韓通話』・人族:64)

네가 쌔쎄린 그릇슨 네가 무러노와야 올타
汝ガコワシタ器ハ汝ガツグノウテ置テコソ尤モダ

(『日韓通話』・家具及日用品:143)

쏫봉우리 픠는 거슬 보니 즈지빗치로구나
蕾ノサイタノヲ見ルニムラサキイロダ　(『日韓通話』・草木及花實:177)

秋 ㄱ을의는 날이 서늘허고 츄슈도 ᄒ고 신물이 나옴네다
　　秋ハ日ガスゝシクシテ秋收モシ新物ガデマス
　　　（明治 14年本『交隣須知』・時節）

秋 가을은 날이 서늘ᄒ고 온갖 신물이 다 나닛가 미오 됴흔 째오
　　秋は涼しくて色々の初物が出ますから大へんにいゝ時候です.
　　　　　　　　　　　　　（明治 37年本『交隣須知』・時節）

老少木 노승나무는 철을 모르ᄂ 거시다
　　　　「老少木」は常磐木だ.　　（明治 37年本『交隣須知』・樹木）

여기에 제시된 용례를 보면 『日韓通話』에서는 「じゃ」와 같은 고형 (古形)과 함께 「です」나 「だ」가 함께 사용되고 있다. 특히 「です」가 명사만이 아닌 형용사에도 같이 쓰인 점에 주목할 만하다. 『交隣須知』의 경우 「です」나 「だ」는 明治 37年本에서부터 사용되고 「です」는 「명사＋です」형태로 많이 사용되었다.

그러나 「형용사＋です」는 「체언(또는, 그에 준하는 것)+です」보다 늦게 일반화하였다. 거기다가 형용사에 접속하는 것은 쇼와(昭和) 10년대까지는 유서(由緒)가 없는 일이라고 생각되었으므로 『日韓通話』에 보이는 「형용사＋です」의 형태 또한 그렇게 보였을 것이다. 그런데도 실제로는 「형용사＋です」의 용례를 볼 수 있다.

○ 추량의 조동사 「だろう」

ㄱ장 잘 허는 톄허고 씸질허다가 넘어지리라 뎨기를 일슈 잘 ᄎ옵늬다
　一番上手ナフリシテ飛ツコヲシテ倒レルタローケマリヲ一番ヨク蹴リマス
　　　　　　　　　　　　　　（『日韓通話』・文芸及遊技:92）

龍　농이 오르니 비-오게따
　　龍ガアガッタニヨリ雨ガフラウ　　　　（明治 14年本『交隣須知』・水族）

龍　농이 오르니 비가 오겟다
　　龍が登るから雨が降るだろう　　　　（明治 37年本『交隣須知』・魚介）

　『日韓通話』에서는 추량 조동사 「だろう」가 사용되었으나 『交隣須知』의 경우는 明治 37年本에서 그 예를 볼 수 있다.

(5) 조사

○ 원인・이유를 나타내는 접속조사

　　ᄇ롬이 잔잔허니 히변에 헤염치라 갑시다
　　風ガナイダニヨリ海邊ニオヨギニ往キマセウ　　　（『日韓通話』・天然:20）

　　술이 더러우니 목욕이나 감아라
　　ハダガキタナイカラ湯ニデモ入レ　　　　（『日韓通話』・身體:50）

　　냥반은 권셰가 만혼고로 아러사롬이 부러워허웁늬다
　　紳士ハ權勢ガ多イユヘ下々ノ人ガ羨ミマス　　　（『日韓通話』.人族:66）

　　동풍이 부러쓰니 응당 비가 오개따
　　コチガ吹クカラ極メテ船ガマ井ラウ　　　　（寶迫本『交隣須知』・天文）

雨　비 오다가 개이니 초목이 빗나갯소
　　雨ガフリテ晴タニツキ草木ガカガヤキマス
　　　　　　　　　　　　　　　　（明治 14年本『交隣須知』・天文）

雨　비 오다가 개이니 초목이 무셩ᄒ겟소

雨が降って上がった<u>ので</u>草や木が榮ゑましょう

(明治 37年本『交隣須知』・天文)

이미 이강민(2003)에서도 지적하고 있지만, 『日韓通話』에서는 원인・이유를 나타내는 접속사로 「により」, 「ゆえ」, 「から」 등을 볼 수 있는데, 그 중 「から」가 가장 많이 사용되고 있다. 고형(古形)인 「ほどに」나 「から」보다 좀 더 새로운 형태인 「ので」는 사용되지 않았다. 『交隣須知』의 경우, 명치 16년(1883)에 작성된 寶迫本에는 「から」가 많이 사용되었으므로 이미 정착되었음을 알 수 있다. 그리고 「ので」는 明治 37年本이 되어서야 사용되었다. 원인・이유를 나타내는 접속사에 있어서도 『日韓通話』에서는 오래된 어휘와 새로운 어휘와의 혼용이 보이며, 이러한 부분에서 이 자료의 특징을 알 수 있다.

○ 조사 「は」와 「が」의 용법

하늘이 놉고 푸고 짱은 너르외다
天<u>ガ</u>(이)高ク地<u>ハ</u>(은)廣ウゴザリマス　　　　(『日韓通話』・基數:16)

그 늘그니가 니가 빠지고 머리가 셰엿소
ソノトシヨリ<u>カ</u>(가)齒がヌケテ頭ガ白ラガデ　　　(『日韓通話』・身体:46)

이 셔당에서 공부허는 학도들이 얼마나 되오
此學校デ稽古スル生徒共<u>ガ</u>(이)何人バカリアリマスカ

(『日韓通話』・文芸及遊技:81)

요스이 쟝스시세가 엇덧소
此頃商賣ノ景氣<u>ガ</u>(가)如何デスカ　　　　(『日韓通話』・商業:108)

河 이 물이 깊기가 얼마나 허릿가

　　コノ河ノ深サ*ガ*(가)イカホドアラウカ

(明治 14年本『交隣須知』·江湖)

『日韓通話』, 『交隣須知』에서 위와 같은 용례를 볼 수 있는데, 다섯 예(天*ガ*, トシヨリ*カ*, 生徒共*ガ*, 景氣*ガ*, 深サ*ガ*) 모두 「が」가 아닌 「は」로 하는 쪽이 자연스럽다고 할 수 있다. 이것은 본서 제3장에서 지적한 것처럼, 일본어 조사 「は」와 「が」의 용법과 한국어의 「이(가)」, 「은(는)」의 용법이 다름에도 불구하고 한어를 일본어로 직역하고 있기 때문이라고 생각된다. 하마다 아츠시(濱田敦)(1970)에서도 이미 지적된 것처럼 일본어 「が」가 대립격을 나타내는 데 대하여 한어 「이(가)」는 대립격으로서의 기능만이 아닌 주격적 제시격으로도 사용되기 때문에, 일본어에는 없는 한어 「이(가)」의 의미용법을 일본어 「が」로 직역할 경우 잘못을 범하게 되는 것이다.

또 일본어 「は」는 주격적 제시격과 대립격을 나타내는데 비해 한어 「은(는)」은 대립적 기능이 강하고 제시적 기능이 비교적 약하다는 차이도 있다. 그러나 한어 「은(는)」보다 일본어 「は」의 의미 영역이 넓기 때문에 「は」가 오류인 것처럼 보이는 용례는 거의 나타나지 않는다.

4) 한어의 모음과 자음의 분류법

본 연구에서 대상 자료로 삼은 한어 학습서의 모음과 자음 분류법이나 발음법은 책에 따라 서로 다른 경우가 많다. 여기에서도 그러한 내용에 대해서 고찰해 보고자 한다.

○『日韓善隣通語』(1880)

이 책의 卷之上 第一篇 第一章 처음부분의 「發音」에서는 다음과 같이 기술하고 있다.

「發音」
問　凡ソ朝鮮人ノモノイフコエニイカナル種類ノタガヒアリヤ
答　音の數ニ九十九ノ種類アリ次ニアラハスヲ熟視シテ其序次ヲ記臆オクベシ

(한국어 역)
問　대체로 조선인의 목소리에는 어떤 종류가 있는지?
答　소리에는 99개의 종류가 있으므로 아래에 쓰는 것을 잘 보고 그 순서를 기억해 두어야 한다.

이와 같이 「九十九音之圖」를 들고 있는데 모음의 란에 「ㄱ ㄴ ㄷ ㄹ ㅁ ㅂ ㅅ ㅇ ㅣ」, 자음의 란에 「ㅏ ㅑ ㅓ ㅕ ㅗ ㅛ ㅜ ㅠ ㅡ ㅣ ㆍ」를 들고 있다. 이어서 第二章에서는 「子母音之別圖」라 하여 다음과 같이 설명하고 있다.

子母音之別圖

가 갸 거 겨 고 교 구 규 그 기 マ

가ハ母音「ㄱ」ト子音「ㅏ」ト合シテ「가」トナリ
갸ハ母音「ㄱ」ト子音「ㅑ」ト合シテ「갸」トナリタルモノナリ
以下皆此例ニナラヘ然レドモ「사」行十一音「ㅈ」行十一音此二十二音ハ他ノ行トハ少シ異ルナリ
「사」ハモト「ㅈ」ヨリヒキオコス音ナリ「ㅅ」ト「ㅏ」ト合シテ「사」則チ

「사」トナレルナリ「ㅅ」ハ「ツ」ト云ヘドモ「ツ」ノ約マリテ「ㅅ」トナリタ
ルナリ

「자」ハモト「ㅅ」ニ一点ヲ加ヘ「ツ」則チ「ㅈ」トナレルナリ

之ヲ「ㅏ」ト合シテ「자」トナリタルナリ

故ニ「사」行十一音ハ「ㅅ」ヨリウマレ「자」行十一音ハ「ㅈ」ヨリウマレ
タル音ナリ

他ノ七行ハ皆正格ト知ルベシ

(한국어 역)

가는 모음 「ㄱ」과 자음 「ㅏ」를 합쳐서 「가」기 되고,

갸는 모음 「ㄱ」과 자음 「ㅑ」를 합쳐서 「갸」가 된 것이다.

아래의 예는 모두 이와 같은 예이나 「사」행의 열 한개의 음, 「ㅈ」행의
열 한개의 음의 스물 두개의 음은 다른 행과는 약간 차이가 있다.

「사」는 원래 「ㅈ」에서 발생한 소리이다. 「ㅅ」과 「ㅏ」를 합쳐서 「사」
가 되었다. 「ㅅ」는 「ツ」라고 말하나 「ツ」가 축약 형태로 되어 「ㅅ」이
된 것이다.

「자」는 원래 「ㅅ」에 하나의 점을 덧붙여서 「ツ」 즉 「ㅈ」이 된 것이다.
이것을 「ㅏ」와 합쳐서 「자」가 되게 된다.

따라서 「사」행의 열 한음은 「ㅅ」에서 발생하였고 「자」행의 열 한음은
「ㅈ」에서 발생한 소리가 된다.

다른 일곱 행은 모두 正格으로 이해해야 한다.

현재와는 달리 모음과 자음의 의미가 바뀌어 있음을 알 수 있다. 또
각각의 문자의 읽는 법을 다음과 같이 기술하고 있다.

ㄱ(ク)ㄴ(ン)ㄷ(ツ)ㄹ(ル)ㅁ(ム)ㅂ(プ)ㅅ(ツ)ㅇ(グ)ㅣ(イー)

ㅏ(アー)ㅑ(ヤー)ㅓ(オー)ㅕ(ヨー)ㅗ(ヲ)ㅛ(ヨー)ㅜ(ウー)

ㅠ(ユー)ㅡ(ウー)ㅣ(イー)・(ア)

○ 『日韓英三國對話』(1892)

이 책의 第二部 第一章은 다음과 같다.

子音

ㄱ(キョク)ㄴ(イウン)ㄷ(ツィクツ)ㄹ(イウル)ㅁ(ミオム)ㅂ(ピオプ)
ㅅ(シオツ)ㅇ(ハイング)ㅎ(ハフ)ㅈ(チ)

右十子音ノ内ニテ終二字ニハ呼名ヲ與ズシテ韓人等ハ今日マデ過シヌ
然ルニ「ㅎ」ハ我ガ(ハ)(ヒ)(フ)(ヘ)(ホ)ヲ爲ス子音ナレバ(ハフ)則チ
「하・후」ト名付タリ又「ㅈ」ハ(タ)(チ)(ツ)(テ)(ト)ノ(チ)ニ當ル音ニシ
テ英語ノCH soft ナレバ(チ)則チ「지」ナル名稱ヲ與ヘタリ

(한국어 역)

오른쪽의 열 개의 자음 중에서 마지막 두 자에는 통칭을 부여하지 않고
한국인들은 현재까지 지내고 있다.

그런데 「ㅎ」는 우리가 (ハ)(ヒ)(フ)(ヘ)(ホ)를 형성하는 자음으로(ハフ)
즉 「하・후」라고 이름 붙이거나 또는 「ㅈ」는(タ)(チ)(ツ)(テ)(ト)의
(チ)에 해당하는 음으로써 영어 CH의 soft한 발음이기에 (チ) 즉 「지」라
는 명칭을 부여했다.

「ㅎ・ㅈ」에는 이름이 없었기 때문에 「ハフ」와 「チ」라고 부는 것임
을 알 수 있다. 또 「ㅋ・ㅌ・ㅍ・ㅊ」에 대해서는 다음과 같다.

ㅋ(キョク強) ㅌ(ツィクツ強) ㅍ(ピオプ強) ㅊ(チ強)

右ハ「ㄱ ㄷ ㅂ ㅈ」ノ一層强キ音ナリ此等ハ「ㄱ」强(キョクキョウ)「ㄷ」
强(ツィクツキョウ「ㅂ」强(ピオプキョウ)「ㅈ」强(チキョウ)ト呼ブ可シ
此名モ今回新タニ餘ガ與ヘシ物ナリ

(한국어 역)

오른쪽은 「ㄱ ㄷ ㅂ ㅈ」의 한층 강한 소리이다. 이것들은 「ㄱ」의 강(キョクキョウ), 「ㄷ」의 강(ツィクツキョウ), 「ㅂ」의 강(ピオプキョウ), 「ㅈ」의 강(チキョウ)이라고 불러야 한다. 이러한 명칭도 이번에 내가 새로 부여한 것이다.

이들의 명칭도 저자 아카미네 세이치로(赤峯瀨一郎)가 스스로 생각한 것임을 알 수 있다. 모음에 대해서는 다음과 같다.

ㅏ(ア)ㅑ(イヤ)ㅓ(ア、オ)ㅕ(ヤヨウ、イヨウ)ㅗ(オ)ㅛ(ヨー)ㅜ(ウ)ㅠ(イウ)ㅡ(ウ)ㅣ(イ)・(ア)

右ハ母音ナリ併シ「ㅑ ㅕ ㅛ ㅠ」ハ半子音半母音ト云フベシ斯ク示シタル子音ト母音トヲ合ハセテ左ノ通ノ音聲ハ皆出サルル物ナリ

(한국어 역)

오른쪽은 모음이다. 단 「ㅑ ㅕ ㅛ ㅠ」는 반자음 반모음이라고 해야 한다. 이와 같이 표시한 자음과 모음을 합쳐서 왼쪽과 같은 음성을 모두 낼 수 있다.

이상의 설명을 보면 저자 아카미네 시이치로가 시행착오를 범한 점도 잘 알 수 있다.

○『日韓通話』(1893)

이 책의 第一章 '조선언문(朝鮮諺文)'은 다음과 같다.

ㄱ(キョク)ㄴ(ニウン)ㄷ(チツクツ)ㄹ(リウル)ㅁ(ミユム)ㅂ(ピウプ)ㅅ(シヲツ)ㅣ(イー)ㅇ(ハイグ)

第二章 '조선언문(朝鮮諺文) 구별(區別)'에는 모음과 자음의 구별이 다음과 같이 되어 있다.

母音

ㅏ ㅑ ㅓ ㅕ ㅗ ㅛ ㅜ ㅠ ㅡ ㅣ ·

子音

ㄱ ㄴ ㄷ ㄹ ㅁ ㅂ ㅅ ㅈ ㅇ ㅎ ㅕ ㅌ ㅍ ㅊ

○ 『韓語會話』(1904)

이 책의 第一編 第一 '언문(諺文)'은 다음과 같다.

父音

ㄱ ㄴ ㄷ ㄹ ㅁ ㅂ ㅅ ㅣ ㅇ ㅈ ㅊ ㅋ ㅌ ㅍ ㅎ

母音

ㅏ ㅑ ㅓ ㅕ ㅗ ㅛ ㅜ ㅠ ㅡ ㅣ ·

子音

가 갸 거 겨 고 교 구 규 그 기 ᄀ
나 냐 너 녀 노 뇨 누 뉴 느 니 ᄂ
다 댜 더 뎌 도 됴 두 듀 드 디 ᄃ
라 랴 러 려 로 료 루 류 르 리 ᄅ
마 먀 머 며 모 묘 무 뮤 므 미 ᄆ
바 뱌 버 벼 보 뵤 부 뷰 브 비 ᄇ
사 샤 서 셔 소 쇼 수 슈 스 시 ᄉ
아 야 어 여 오 요 우 유 으 이 ᄋ
자 쟈 저 져 조 죠 주 쥬 즈 지 ᄌ
차 챠 처 쳐 초 쵸 추 츄 츠 치 ᄎ
카 캬 커 켜 코 쿄 쿠 큐 크 키 ᄏ

타 탸 터 텨 토 툐 투 튜 트 티 튿
파 퍄 퍼 펴 포 표 푸 퓨 프 피 픈
하 햐 허 혀 호 효 후 휴 흐 히 흔

　모음, 자음 외에 부음(父音)이 있음은 흥미 있는 일이지만, 정광(鄭 光)에 의하면 이와 같은 분류 방법은 중국의 영향을 받은 것이라고 한 다. 저자 무라카미 미츠오(村上三男)는 이들의 문자 읽는 법을 다음과 같이 기술하고 있다.

　　ㄱ(キヨク)　ㄴ(ニウヌ)　ㄷ(ティクッ、チィクッ)　ㄹ(リウル)　ㅁ(ミオ ム、ミウム)　ㅂ(ピオプ、ピウプ)　ㅅ(シオッ)　ㅣ(イー)　ㅇ(ヘング、ハイ ング)　ㅈ(チ)　ㅊ(ヂ)　ㅋ(ギ)　ㅌ(ディ、ヂ)　ㅍ(ビ)　ㅎ(ヒ)

　　ㅏ(アー)　ㅑ(ヤー)　ㅓ(オー、アー)　ㅕ(ヨー、ヤー)　ㅗ(オー)　ㅛ(ヨー) ㅜ(ウー)　ㅠ(ユー)　ㅡ(ウー、オー)　ㅣ(イ)・(ア)

○ 『韓語通』(1903)
　이 책의 第一篇 '성음(聲音)'에서는 모음과 자음을 다음과 같이 규 정하고 있다.

母音
　조선어의 모음은 보통 모음을 이루는 「ア」, 「イ」, 「ウ」, 「エ」, 「オ」 외에 중간음이라고도 해야 하는 모음 「ㅓ」, 「ㅡ」, 「・」의 세 개가 있 고, 복모음 「ㅐ」, 「ㅟ」, 「ㅚ」, 「ㅔ」, 「ㅢ」, 「ㅣ」, 「ㅘ」, 「ㅝ」, 「ㅙ」, 「ㅞ」

　　拗母音 「ㅑ」, 「ㅕ」, 「ㅠ」

子音

「ㄱ」, 「ㄷ」, 「ㅂ」, 「ㅈ」, 「ㅅ」, 「ㄴ」, 「ㅁ」, 「ㅇ」, 「ㄹ」, 「ㅎ」의 보통 자음과 「ㅋ」, 「ㅌ」, 「ㅍ」, 「ㅊ」 네 개의 기음(氣音)(aspirate)과 「ㅺ」, 「ㅼ」, 「ㅽ」, 「ㅾ」, 「ㅆ」 다섯 개의 힐음(詰音)과 합하여 이십 개가 된다.

이들의 분류법을 보면 한어 학습서의 저자에 따라 다양하게 나타나기 때문에 일정한 기준은 없었던 것으로 보인다. 다음으로 현재의 분류법을 살펴보기로 한다.

(『朝鮮語辭典』共同編集小學舘,韓國金星出版社KOREAN－JAPANESE DICTIONARY SHOGAKUKAN)

1. 모음

1) 단모음

「ㅣ」「ㅔ」「ㅐ」「ㅏ」「ㅓ」「ㅗ」「ㅜ」「ㅡ」

2) 이중모음

「ㅢ」

3) 반모음＋단모음

① 평순반모음계

「ㅖ」「ㅑ」「ㅛ」「ㅒ」「ㅕ」「ㅠ」

② 원순반모음계

「ㅟ」「ㅙ」「ㅝ」「ㅞ」「ㅚ」「ㅘ」

2. 자음

「ㅂ」「ㅃ」「ㅍ」「ㄷ」「ㄸ」「ㅌ」「ㄱ」「ㄲ」「ㅋ」「ㅈ」「ㅉ」「ㅊ」「ㅅ」「ㅆ」

「ㅎ」「ㅁ」「ㄴ」「ㅇ」「ㄹ」

　본서에서 다룬 한어 학습서를 통하여 한어의 모음과 자음 분류법에 대해서 조사하였다. 그 결과 현재의 분류 방법과 같은 것도 있고 반대되는 것도 있으며 모음·부음·자음처럼 저자에 따라 다양한 방식으로 나타나 일정한 기준이 없었음을 알 수 있었다.

5)『日韓通話』와『交隣須知』

　『日韓通話』와『交隣須知』는 일본에서 널리 사용되었던 한어 학습서이지만 두 책의 형식과 내용에는 다음과 같은 차이가 있다. 먼저『交隣須知』는 표제어 밑에 한어 본문, 한어 본문의 오른쪽에 대역 일본어가 부기(附記)되어 있지만,『日韓通話』는 표제어 한자가 나타나는 것이 아니라, 각 부문의 처음에 학습해야 할 어휘를 열거하여 어휘를 먼저 학습한 후, 회화 학습을 할 수 있도록 일본어에 한어 회화문이 부기되어 있다. 또『交隣須知』의 표제어 한자가 쓰인 곳에 해당단어와 관련이 있는 사항을 예시한 경우도 있다.

　고쿠분 구니오(國分國夫)의 '서언(緖言)'을 보면 학생이 단어나 회화를 학습한 후에 증보 부분을 보고 활용시켜 여러 가지 담화를 할 수 있도록 하기 위한 의도가 담겨 있음을 알 수 있다.

　『交隣須知』와『日韓通話』는 형식만이 아니고 내용에서도 차이가 있다. 그것은『交隣須知』에 비해『日韓通話』가 보다 실용적으로 이루어졌음을 뜻한다.『日韓通話』의 第十四章「商業」의 회화를 예를 들면 다음과 같다.36)

딕은 무슨 싱이 허시요
アナタハ何ノ營業ヲナサレマスカ

나는 쟝스를 허오
私ハ商賣ヲイタシマス

요스이 쟝스 시세가 엇덧소
此頃商賣ノ景氣ガ如何デスカ

쟝스가 변변치 못허오
商賣ハ不景氣デス

쟝스란 거슨 미샹불 밋쳔이 만코 미덥게 허는 거시 뎨일이요
商賣ト云フモノハドウシテモ資本ガ多クテ信用ガ第一デス

쟝스를 허다가 본젼ᄭᅴ지 업새버리니 이런 원통코 싹흔 일이 업소
商賣ヲシテ本金マデナクシタニヨリ其樣ナ殘念デツマラヌ事ハアリマセヌ

이 회화문을 보면 실용적인 교재임을 알 수 있다. 그리고 『交隣須知』의 대역 일본어 한자에는 후리가나(振り仮名)가 부기되어 있지 않지만 『日韓通話』에는 부기되어 있는데 '서언(緒言)'을 보면 『日韓通話』가 일본인의 한어 학습에 도움을 주는 교재임과 동시에 한국인의 일본어 학습을 위해 작성된 교재이므로 한자 읽는 법이 달려 있다고 한 것을 볼 수 있다. 앞서 설명했듯이 『日韓通話』의 한어 어휘는 明治 14年本, 16年本 『交隣須知』보다 새로운 양상을 보이고 있다. 또한 일본어의 인칭대명사, 동사, 형용사, 조동사, 조사 등에 대해서 조사해 본

---

36) 『日韓通話』(1893), pp.108-109.

결과 『日韓通話』의 일본어는 명치 14년(1881), 명치 16년(1883)에 간행된 『交隣須知』보다 새로운 일본어의 양상을 나타내고 있음을 볼 수 있었다. 그리고 같은 『交隣須知』중에서도 명치 16년에 작성된 寶迫本이나 明治 37年本의 대역 일본어에 보다 가깝고 새로운 일본어가 부기(付記)되어 있는 부분이 많음을 알 수 있었다. 또 『交隣須知』에 비해 보다 실용적으로 간결한 회화가 많아서 분명히 '신식회화(新式會話)'의 선구를 이루는 한어 학습서였다고 할 수 있다.

5. 明治 37年(1904) 刊 『韓語會話』(村上三男)

1) 출판 경위와 선행연구

『韓語會話』는 명치 37년(1904년)에 대일본도서주식회사(동경)에서 출판된 한어 학습서이다. 저자는 당시 경부(京釜) 철도 주식회사의 사원이었던 무라카미 미츠오(村上三男)이고 야마자 엔지로(山座円次郞)가 교열(校閱)하고 있다. '머리말'을 보면 이 책의 저술목적은 원래 한국의 철도에 종사하는 일본인의 생활에 도움을 주기 위한 것이지만 일반 회화에서도 쓸 수 있도록 하려고 했다고 한다.

이에 대한 선행 연구는 극히 일부로 일본에는 사쿠라이 요시유키(櫻井義之)(1974)에 의한 간단한 소개가 있고, 한국에는 이강민(2005b)이 있다.

사쿠라이 요시유키(1974)는 이 책의 第一編에 조선어의 기초를 서술하였고 第二編에는 회화가 쓰여 있다는 점을 들고 있다. 이강민(2005b)은 이 책의 성립과 체재에 대해서 설명한 후, ハ행5단동사의 연용형, ラ행오단동사의 음편형, 동사「行く」의 연용형에 대해서 논하고 있다. 또한『韓語會話』과『交隣須知』의 관계에 대해서도 다루고 있어『韓語會話』에 대한 본격적인 논문으로서 가치가 있다고 할 수 있다. 그러나 다음과 같은 문제도 있다. 먼저 ハ행오단동사의 음편에 관한 문제로 이강민(2005b)에는 다음과 같은 기술이 있다.

> 결과적으로 本書에서는 對話文에 등장하는 ハ行5段動詞의 ウ音便形의 確例는 보이지 않으며 이 점에 있어서 前時期의 學習書와는 차이를 보이고 있다고 말할 수 있을 것이다.37)

『韓語會話』의 대화문에는 ハ행오단동사의 ウ음편형의 확실한 예는 보이지 않는다. 그러나 같은 구어체로 쓰인 설명문에는 다음과 같은 예문을 볼 수 있다.

(前略)行カウト思フテ居ルカラト云フ意味ヲ含ンデイマス (『韓語會話』:55)

이 용례를 보면 본서에 「思ふ」의 ウ음편형이 있었음을 알 수 있다.
다음으로 「行く・往く」의 연용형 「ユイテ」의 문제로 이강민(2005b)에는 다음과 같은 기술이 있다.

> 本書의 日本語에 있어서 가장 주목할 수 있는 현상으로서 動詞 「行く」의 連用形을 들 수 있을 것이다. 즉 本書에서는 動詞 「行く」의 連用形이 促音便形인 「行って」와 함께 イ音便形인 「ユイテ」로 나타나는 文例가 散見되는데, 이와 같은 現象은 本書보다 앞서 刊行된 明治刊本 『交隣須知』(1881, 1883), 『日韓英三國對話』(1892), 『日韓通話』(1893), 『日淸韓三國會話』(1894) 등에도 보이고 있어 開化期 韓國語 學習書에 보이는 日本語의 가장 큰 特徵이라고 할 수 있을 것이다.(p.81)

이 문제에 대해서는 다시 설명하겠지만 「行く・往く」의 연용형 「ユイテ」는 명치시기 모리 오가이(森鷗外)의 일기나 작품에도 보여, "개화기의 한국어 학습서에 보이는 일본어의 가장 큰 특징이라고 할 수 있을 것이다."라는 지적은 단정하기는 어렵다고 할 수 있다.
여기에서는 『韓語會話』의 내용을 검토하면서 생생한 회화체로 쓰인

---

37) 이강민(2005b), 「1904年刊 『韓語會話』에 대하여」, 『日本語文學』 第 27 輯 韓國日本語文學會. p.80.

『韓語會話』의 한어와 일본어의 문제에 대하여 용례를 들어가면서 언급하고자 한다. 한어의 문제로는 『韓語會話』와 『交隣須知』의 표기, 어휘, 「-に乘る」에 대응되는 한어에 대해서 설명하고자 한다. 일본어의 문제로는 인칭대명사, ハ행사단동사의 연용형, 그 밖에 동사의 연용형, 力행변격활용의 명령형, 형용사의 연용형, 원인·이유를 나타내는 접속조사, 귀착을 나타내는 조사 「に」, 「へ」, 부정의 조동사, 지정(단정)의 조동사, 추량의 조동사, 외래어에 대해서 살펴보고자 한다.

명치시기 후기 일본어의 특색이 반영되어 있는 이 책은 한어 및 일본어의 역사, 한어와 일본어의 대조 연구에도 가치 있는 언어 자료라고 할 수 있다. 또한 마지막으로 『韓語會話』와 『交隣須知』와의 관계에 대해 서술하고자 한다.

2) 구성

이 책의 목차는 다음과 같다.

第一編　韓國ノ文字
　第一, 諺文
　第二, 綴字卜發音
　　(1)父音
　　(2)母音
　　(3)子音
　　(4)綴字ノ變化
　　(5)接續詞
第二編　會話
　第一, 停車場用語

第二, 驛名
 (1)京釜線
 (2)京仁線
第三, 汽車旅行
第四, 雜談
 (1)起臥
 (2)日月及時刻
 (3)天氣
 (4)散步
 (5)食事
 (6)訪問
 (7)年齡
 (8)乘船卜稅關
 (9)旅館
 (10)通信
 (11)新聞
 (12)業務
 (13)勸工場
 (14)書籍文房具店
 (15)銀行
 (16)雜語
第五, 數量
 (1)數
 (2)日本錢稱
 (3)韓國錢稱
 (4)權衡ノ稱
 (5)尺度ノ數人
 (6)個數ノ數人
 (7)度量ノ稱
  付錄

鐵道用語
千字文

第四의「잡담(雜談)」과 같은 항목으로 볼 때 철도와 관계없는 일상
회화도 학습할 수 있도록 되어있음을 알 수 있다. 그리고「鐵道用語」
에는 명치시기에 사용되었던 단어가 많이 보여 언어 자료로서의 가치
가 높다고 할 수 있다.

3) 한어

(1)『韓語會話』과『交隣須知』의 한어 표기

이강민(2005b)에서 이미 지적했지만『韓語會話』의「日月及時刻」,
「天氣」,「乘船卜稅關」과『交隣須知』의「天文」,「晝夜」,「飮食」에
는 다음과 같이 매우 비슷한 용례가 있다.

초나훗날에는、아마도、다되겟소
四日ニハ、多分、皆出來ルデセウ   (「日月及時刻」:94)

초나흔날노 뎡허게 허옵소
初四日 四日ニキハメルヤウニナサレヨ

                    (明治 14年本『交隣須知』・卷一・晝夜)

슌풍에、돗달고、가는 양이、됴구나
順風ニ、帆ヲ揚ゲテ、行ク樣ガ、イヽネ-   (「乘船卜稅關」:150)

슌풍이 년허여 부니 비 나올까 시푸외다

順風 －カツヽイテ吹ニヨリ船ガマ井ラウトオモヒマス

(明治 14年本『交隣須知』・卷一・天文)

바다가 춤 편안히요
海ガ、眞ニ穩カデス (「乘船卜稅關」:150)

ㅂ롬이 긋치니 죵용허외다
風止 風ガ止ミテシヅカニゴザル

(明治 14年本『交隣須知』・卷一・天文)

번끼가、빗치옵니다
雷ガ、ヒカリマス (「天氣」:112)

번개허니 어둔 데 잇스면 번쩍번쩍허여 무셥스외다
雷 イナビカリガシテ暗イ處ニヲレバピカピカトシテオソロシウゴザル

(明治 14年本『交隣須知』・卷一・天文)

슐 부어라
酒ヲツゲ (「食事」:134)

슐 부어라 손님쎄 권하쟈
酌酒 サケツゲオ客ニ勸メウ (明治 14年本『交隣須知』・卷三・飮食)

위의 용례 이외에도 매우 비슷한 예문을 볼 수 있어 『韓語會話』의 저자가 『交隣須知』를 참고로 했을 가능성이 있지만, 한어 표기를 보면 초나홋날(『韓語會話』)과 초나흔날(『交隣須知』), 번끼(『韓語會話』)와 번개(『交隣須知』)처럼 각기 다른 것도 있다. 이와 같이 『韓語會話』의 저자는 『交隣須知』와 같은 자료를 참고하면서도 한어의 표기를 그대로 모사(模寫)한 것만은 아니었다고 할 수 있다. 당시는 한어의 표기법이 일정하지 않았기 때문에 저자가 비교적 자유롭게 쓴 것으로 보인다.

(2) 『韓語會話』의 한어의 어휘

이강민(2005b)은 汽車(화륜거), 汽船(화륜션)에 대해서 이미 지적했지만, 『韓語會話』에는 다음과 같은 한어 단어가 나타나고 있어 현재는 쓰이지 않는 한어 어형이 있었음을 알 수 있다.

표15. 철도용어

일본어	『韓語會話』의 韓語	현대한국어
案內者	뫼셔가는스롬	안내인 안내자 가이도
運賃	운금	운임 요금
模範	모견	모델 모범 본보기
機關手	긔관슈	긔관사
記号	긔표	표시 표지 마크
軌條	긔조	레일
貨物庫	화물고	화물창고
齒輪	치륜	기어
直線	즉션	직선
貨物車	가츠	하물차
望遠鏡	천리경	망원경
用水工事	용슈역스	용수공사
羅針儀	라침의	나침반

이들의 용례 중 '긔조(軌條)'와 같은 한자어가 나중에는 '레일'처럼 영어식으로 바뀌게 된 예도 적지 않다. '치륜(齒輪)'도 같은 예로 현재는 '기어'이다. 여기에는 물론 '톱니바퀴'라는 번역어형도 있다.

(3) 「-に乗る」의 한어

현대 일본어에서는 「-乗る」의 앞에 와야 하는 조사가 「-に乗る」와 같이 「に」이다. 그러나 고전 자료에는 「-を乗る」와 같이 「-を」의 용례도 볼 수 있어 「-を乗る」와 「-に乗る」가 혼용 시대를 거쳐 「-に乗る」로 통일되었다고 볼 수 있다. 그러나 『韓語會話』에 보이는 「-乗る」의 용례는 다음과 같이 「-に乗る」로 되어 있음을 알 수 있다. 다만 일본어 「に」에 해당하는 한어에는 조사가 없는 경우가 대부분이고 「를」을 보이고 있는 예는 하나 뿐이다.

류거를, 못 밋첫습니다 엇더ㄱ헤 ㅎ면, 졸고,
汽車ニ、乗リ後レマシタ、ドウシタラ、宜イカネー   (『韓語會話』:45)

이류거、 타랴 ㅎ고 그러ㅎ오,
コノ汽車ニ、乗ラネバナリマセンカラデス   (『韓語會話』:59)

그런지라도、아무쏘록 이류거、 퇴여 쥬시요,
サウデセウケレドモ、ドーゾ、此ノ汽車ニ、乗セテ下サイ
                                          (『韓語會話』:60)

인력거、타고、갈가
人力車ニ、乗ッテ、行カウカ   (『韓語會話』:86)

4) 일본어

(1) 대명사

○ 인칭대명사
  『韓語會話』에는 다음과 같은 인칭대명사의 용례를 볼 수 있다.

공은、화륜거、보셧소
<u>アナタ</u>ハ、汽車ヲ、御覽ナサイマシタカ　　　　　　　　(『韓語會話』:30)

느고리는、져 함밋헤、잇습니다、
<u>私</u>ノ行李ハ、アノ箱ノ下ニ、アリマス　　　　　　　　(『韓語會話』:65)

져 계집 일음、무엇시요
<u>アノ女</u>ノ名ハ、何ト云ヒマス　　　　　　　　　　　　(『韓語會話』:141)

져 사람은、공과、흔동갑이시셋소
<u>彼ノ人</u>ハ、アナタト、才同年デセウ　　　　　　　　　(『韓語會話』:145)

　이들의 용례를 보면「私」,「あなた」,「アノ女」,「彼ノ人」는 쓰였으나
「君」,「僕」,「彼」,「彼女」는 나타나지 않는다. 일반적으로「君」와「僕」,
「彼」와「彼女」는 한 쌍의 대립어처럼 보이지만, 명치시기의 한어 학습
서에 보이는 회화체의 용례를 보면 실제의 회화에서는「君」보다「僕」
가 상당히 나중에 사용되었음을 알 수 있다.

(2) 동사

○ ハ행사단동사의 연용형
　용례를 보면 다음과 같이 되어 있다.

짐은、먼졈、승표를 <u>사셔</u>、밋기시요 、
荷物ハ、先ヅ、乘票ヲ<u>買</u>テカラ、才預ケナサイ　　　　(『韓語會話』:43)

공은 어느날 써나려 흐시요?
アナタハ、何日ニ、立タウト<u>思</u>テイラツシヤイマスカ　(『韓語會話』:75)

(前略)行カウト思フテ居ルカラト云フ意味ヲ含ンデイマス

(『韓語會話』:55)

『韓語會話』 55쪽의 용례는 회화의 부분이 아닌 설명의 부분에 보이지만 「思テ」와 「思フテ」 두 가지의 형태가 있었음을 알 수 있다. 또 「買テ」, 「思テ」 같은 예문은 「買ッテ」, 「思ッテ」처럼 촉음편이라고도 볼 수 있지만, 읽는 방법이 표기되어 있지 않아 실제 발음을 명확히 알 수는 없는 것 같다.

○ 그 밖의 동사의 연용형
「行く」의 연용형에는 「行って·行いて」의 두 가지가 있다. 이것은 『交隣須知』에서도 같은 형태였다.[38]

안이요、 이길을 가셔、 져、 부랏더호옴(승강쟝)으로、 나가시요、
イイエ、 此ノ道ヲ行イテ、 彼ノプラットホームニ、 出テ御行キナサイ

(『韓語會話』:53)

져 길을 가셔、 왼편축을、 올으시요、
彼ノ道ヲ行イテ、 左ノ石段ヲ、 オ上リナサイ

(『韓語會話』:54)

가봅시다
行イテ見マセウ

(『韓語會話』:87)

가셔、 인력거를、 불너쥬시요

---

38) 일본어의 동사활용으로 에도시대까지 사단활용이라고 불리던 것이 명치시기가 되면 일반적으로 오단활용이라고 부르게 되었지만, 『韓語會話』의 「行く」는 「行カウ」(p.114)와 같은 용례로 볼 때 명치시기의 자료이지만 오단활용이 아닌 사단활용이었음을 알 수 있다.

行ッテ、人力車ヲ、呼テ下サイ　　　　　　　　　（『韓語會話』:120）

슈원 갓다 왓습니다
水原ニ、行ッテキマシタ　　　　　　　　　　　　（『韓語會話』:121）

『交隣須知』의 「行いて・住いて」의 용례를 보면 다음과 같다.

袍　　도포 내요라 관가에 든녀오쟈
道－ヲ出セ官家ニユイテコウ　（明治 14年本『交隣須知』・卷三・衣冠）

袍　　도포 내요라 관가에 둔여오쟈
道－ヲ出セ官家ニユイテコウ　（明治 16年本『交隣須知』・卷三・衣冠）

다음은 「入る」의 연용형으로 「入って」와 같은 촉음편이 나타나며,
「送る」의 연용형은 「送って」와 「送りて」의 두 가지를 볼 수 있다.

항구에、 들어왓소
港ニ、入ッテ來マシタ　　　　　　　　　　　　　（『韓語會話』:151）

이 물건을 다 －닉계로 보니 쥬시지、 못 보니 듸리오리다
コノ品物ヲ、皆私ノ所ニ送ッテ下サルコトハ、出來マセンカ
　　　　　　　　　　　　　　　　　　　　　　　（『韓語會話』:168）

곳、 보니 듸리오리다
スグ、送リテ差上ゲマセウ　　　　　　　　　　　（『韓語會話』:168）

이상의 용례를 보면 동사에 따라 촉음편만을 보이는 것, 그리고 촉음
편과 그렇지 않은 것의 혼용이 있다. 또 「行く」와 같은 촉음편과 「行

いて」와 같은 형태의 혼용을 볼 수 있어 명치시기의 일본어가 유동적
인 상태에 있었음을 알 수 있다. 동사 「いく」와 「ゆく」 중, 어느 쪽이
오래된 것인가의 논의(論議)도 있으나 여기에서는 신구(新舊)에 대해
서 문제삼지 않는다. 단 「いく」에는 「イッテ・イッタ」라는 형태가 있
는데 「ゆく」에는 「ユッテ・ユッタ」라는 형태가 없이 「テ」에 접속하는
경우에는 「ユイテ」라는 형태만 나타난다. 「行いて」, 「往いて」는 대체
로 훈점(訓点) 자료나 쇼모노(抄物)에서 볼 수 있었지만[39] 『韓語會
話』나 『交隣須知』와 같은 명치시기의 한어 학습서에서도 많이 볼 수
있다. 이강민(2005b)의 지적은 주목할 만하지만 모리 오가이(森鷗外)
의 작품이나 일기 등에 다음과 같은 용례도 보이기 때문에 「行いて」,
「往いて」가 '개화기의 한어 학습서에 보이는 일본어의 가장 큰 특징이
다.'라고 단정하기는 어렵다고 생각된다.

명치 19년(1886)에 쓰인 모리 오가이의 일기
劇ギヨオテの「フアウスト」を演ず。<u>住いて</u>觀る。
　　　　　　(「獨逸日記」13卷『森鷗外全集』第35卷 1885 筑摩書房)

「悲壯劇의 第一部」
靈
生の流に、事業の暴風に
身を委ねて降りては昇るる
かなたこなたへ<u>住いて</u>は返る
　　　　　　(『ファウスト』ゲーテ作 森鷗外譯 1862-1922)

　必ず<u>住いて</u>十和田湖を見よ。
(『十和田湖』大町桂月 1908 一五 十和田湖の特色 日本ペンクラブ電子

39)『日本國語大辭典』第二版(2002), 小學館, p.400.

文芸舘)

　それから帳場に<u>行いて</u>宿屋の主人に勘定を
(「流刑者」齋藤野の人譯　トルストイ作　1909『太陽』太陽コーパス『ひまわり』國立國語研究所)

六疊、ばさ～と<u>行いて</u>、向ふの角へ。
(「貸家一覽」泉鏡花『太陽』　1909　太陽コーパス『ひまわり』國立國語研究所)

更に汽車に投ず<u>行いて</u>妙義の山を看んと欲す
(「上毛の三山」遲塚麗水　1895　太陽コーパス『ひまわり』國立國語研究所)

人は各々好惡する所に<u>ゆいて</u>僻するもの、
(「漢字利道說」三宅雪嶺　1895　太陽コーパス『ひまわり』國立國語研究所)

　이들의 용례 외에도 太陽코―파스『ひまわり』(2005, 國立國語研究所)에서는「イイテ」,「ユイテ」의 용례를 20례 이상 볼 수 있다.

○　カ행변격 활용의 명령형
　カ행변격 활용의 명령형은「こい」로 통일되어 있다.

슈건, ᄒᆞ나 가져오나라
手拭、一ツ持テ<u>コイ</u>　　　　　　　　　　　　　　　(『韓語會話』:154)

넝슈 ᄒᆞᆫ 그릇, 써 오나라
水一杯、汲ンデ<u>コイ</u>　　　　　　　　　　　　　　　(『韓語會話』:154)

(3) 형용사

○ 형용사의 연용형

형용사의 연용형은 「-ク」가 일반적이지만 「ございます」의 앞에서는 ウ음편이 된다. 이것은 명치시기 후반의 자료로서 일반적인 것이라고 볼 수 있다.

너무 더워、약약ᄒ오
餘リ暑<u>クテ</u>、暑ツ苦シイ   (『韓語會話』:109)

고소ᄒ고、돗소
香<u>バシクテ</u>、宜シイ   (『韓語會話』:128)

미우、반갑소이다
大層、悅<u>バシウ</u>ゴザイマス   (『韓語會話』:136)

(4) 조동사

○ 부정의 조동사

부정의 조동사는 「ぬ」와 「ん」의 혼용을 볼 수 있다.

달어가지 아니ᄒ면、못 밋지요、
走ッテ往カ<u>ヌ</u>ト、間ニ合ヒマセ<u>ン</u>   (『韓語會話』:39)

이 돈네루는 기지안소
此トンネルハ長クアリマセ<u>ヌ</u>   (『韓語會話』:84)

○ 지정(指定)의 조동사

「です」가 많이 사용되었지만 그 외의 문말 표현으로서「-ます」, 「-
でございます」도 많이 볼 수 있다.

나가는 데가、 어듸요、
出口ハ何處<u>デス</u>   (『韓語會話』:55)

여ㄱ에가、 연기뎡거쟝이올시다、
コヽハ、燕岐停車場<u>デゴザイマス</u>   (『韓語會話』:63)

곳、 오옵니다、
スグ、 參リ<u>マス</u>   (『韓語會話』:65)

○ 추량의 조동사

『交隣須知』에 추량의 조동사「だろう」가 나타나는 것은 明治 37年
本에서였다. 『韓語會話』의 간행도 명치 37년(1904)이므로 이 책에도
역시「だろう」가 많이 사용되었다.

도젹놈이、 집어간나보다、
スリガ、 取ッタン<u>ダロウ</u>   (『韓語會話』:68)

엇더ㄱ헤면、 올흔고、
ドウシタラ、 イヽ<u>ダロウ</u>   (『韓語會話』:68)

(5) 조사

○ 원인·이유를 나타내는 접속조사

원인·이유를 나타내는 접속조사에 대해서 "에도어에는「から」가

많이 사용되었지만 명치시기가 되면 「ので」도 많이 사용되었다"[40]고 한다. 그러나 명치 16년(1883)의 寶迫本에서는 접속조사 「から」가 많이 사용된 것을 알 수 있다. 또한 『韓語會話』에서도 「から」가 많이 사용되었음을 볼 수 있는데, 이것은 「から」와 「ので」의 어법을 생각할 때 『韓語會話』는 회화서이고 주관적인 의지 표시를 할 필요가 많은 회화문으로 이루어져 있어 「から」가 많이 쓰였음은 당연한 일이라고 생각된다.

이뮨거、타랴ᄒ고 그러ᄒ오、
コノ汽車ニ、乗ラネバナリマセン<u>カラ</u>デス　　　　　　　(『韓語會話』:59)

그러면、오원줏게、남겨지、쥬시요、
ソレデハ、五圓ヤル<u>カラ</u>、ツリヲ下サイ　　　　　　　(『韓語會話』:66-67)

셔울ᄭ지、가시니、삼원쥬여야、ᄒ겟소、
京城マデ、オ行キデス<u>カラ</u>、三圓下サラネバ、ナリマセン
　　　　　　　　　　　　　　　　　　　　　　　(『韓語會話』:70)

○ 귀착을 나타내는 조사 「に」, 「へ」

마츠무라 아키라(1957)에 의하면 동경어의 특색으로서 "이른바 귀착을 나타내는 「に」를 대신해서 「へ」가 많이 사용된 것 같다."고 한다. 그러나 『韓語會話』에 있어서는 「-ニ」가 중심이고 「-ヘ」를 사용한 용례는 하나 뿐이다.

어듸셔、공쥬가는、륜거가、쩌남닛가、
何處から、公州<u>ニ</u>行ク、汽車ガ、出マスカ　　　　　　(『韓語會話』:54)

---

40) 山口明穗、他(2004)『日本語の歷史』東京大學出版會, p.194.

그레도、나는、불가불 이륜거로、온양을 가야ㅎ겟소、
ソレデモ、私ハ、ゼヒトモ、コノ汽車デ、溫陽二行カネバナリマセン
(『韓語會話』:59)

공은、인천、가시요、
アナタハ、仁川へ、オ行キデスカ
(『韓語會話』:62)

부산뎡거쟝、가는 길은 어느 길이요
釜山停車場二、行ク道ハドノ道デスカ
(『韓語會話』:78)

○ 그 밖의 일본어 문제

プラットフォーム(부랏더호옴), シグナル(표쥬), インキ(인키, 인구),
ビスケット(비스겟도), ステッキ(집힝) 등 외래어의 가타카나 표기를
볼 수 있는 점은 주목할 만하다.

5)『韓語會話』와『交隣須知』

『韓語會話』와『交隣須知』는 비슷한 용례를 자주 보여주므로『韓
語會話』에는『交隣須知』를 참고했을 가능성이 있다고도 할 수 있다.
그러나 한어 표기를 보면 각각 다른 표기법이 많이 보여『交隣須知』
와 같은 자료를 참고했다고 하더라도 그 표기를 그대로 서사(書寫)했
을 가능성은 낮다고 볼 수 있다.

『韓語會話』에 대해서 검토한 결과를 요약하면 다음과 같다. 먼저
한어에 대해서는『韓語會話』와『交隣須知』의 한어 표기와『韓語會
話』의 한어 어휘, 그리고「-に乘る」에 대응하는 한어에 대해서 살펴보

았다. '부록'의 '철도용어'나 본문에서는 현재 사용되지 않는 어휘를 많이 발견할 수 있었고, 이들 어휘 대부분이 처음에는 한자어였으나 그 후 영어식 외래어로 바뀐 경우가 있음을 알 수 있었다.

일본어에 대해서는 우선 인칭대명사로서 「わたし・あなた・彼の人・あの女」가 보였으나 「ぼく・きみ」, 「かれ・かのじょ」는 사용되지 않았음을 알 수 있었다. 일본어 개론서에는 "명치시기가 되면 「僕」나 「君」가 사용된 것 같다."고 되어 있지만, 회화서 경우는 「僕」는 「君」보다도 상당히 늦게 일반화한 것으로 보인다.

다음으로 동사의 연용형에는 촉음편만을 보이는 경우가 있는가 하면 ウ음편과 촉음편의 혼용을 보이는 경우도 있어 현대어가 생기기 이전의 혼돈된 양상을 볼 수 있었다. 그 중에서도 훈점자료(訓点資料)나 쇼모노(抄物)에서 볼 수 있는 「行く」, 「往く」의 연용형 「行いて・往いて」가 「行って」, 「往って」와 함께 사용되고 있는 점은 흥미로운 일이다. カ행변격 활용의 명령형은 「こい」이고 「こよ」의 형태는 볼 수 없었다. 형용사의 연용형은 「-ク」가 많이 사용되고 있음을 알 수 있었다.

원인・이유를 나타내는 접속조사는 「から」가 중심이고, 귀착을 나타내는 조사는 「に」와 「へ」의 혼용을 볼 수 있었는데 여기에서도 일본어의 혼돈된 양상을 볼 수 있었다. 또 지정(指定)을 나타내는 조동사에 「です」가 많이 사용되기도 하고, 추량의 조동사에 「だろう」가 보이는 점은 명치시기 후반이 되어 볼 수 있는 새로운 양상이라고 하겠다. 특히 외래어의 가타카나 표기는 주목할 만하다.

6. 明治 42年(1909) 刊 『韓語通』(前間恭作)

1) 출판경위와 선행연구

이 책은 명치 42년(1909)에 마에마 쿄사쿠(前間恭作)가 일본인을 위하여 저술한 한어 학습서이다. 언더우드, 게일 등 외국인에 의한 한국어 연구에 촉발(觸發)된 저자가 특히 고어와의 관계에서 어근을 설명하려고 한 점이 주목할 만하다.

이 책에 대한 선행 연구로서 일본에서는 오구라 신페이(小倉進平)(1964), 사쿠라이 요시유키(櫻井義之)(1974b) 등에 본서의 소개가 있고, 한국에는 『歷代韓國文法大系』의 해설과 齊藤明美(2006d) 등이 있지만 본격적인 연구는 지금부터라고 할 수 있다.

여기에서는 『韓語通』의 내용과 성격 등을 명확히 함과 동시에 이 책에 보이는 일본어와 한어를 분석하고, 마지막으로 마에마 쿄사쿠의 「韓國語의 歷史的 変化」에 대해서 언급하고자 한다. 그렇게 함으로써 명치시기 말엽의 일본어와 한어에 나타나는 특징을 파악할 수 있고, 저자인 마에마 쿄사쿠가 한어의 역사적 변화에 대해서 학습자에게 어떻게 전달하려고 했던가를 명확히 할 수 있기 때문이다. 또 마에마 쿄사쿠와 『交隣須知』와의 관계도 명확히 하고자 한다.

사쿠라이 요시유키(1974)에는 다음과 같은 소개가 있다.

韓語通　前間恭作　明治四二年
菊判 東京　丸善株式會社
三六四頁

저자는 나가사키현(長崎縣) 출신으로 명치 24년(1891) 게이오 기주쿠 (慶應義塾)를 졸업하고 외무성 유학생으로 도한(渡韓)하여 영사관 서 기관, 시드니 영사를 역임, 명치 35년(1902) 경성(京城) 공사관 통역 관으로 지내다 명치 44년(1911) 퇴관(退官)하여 후쿠오카에서 조선어 학 연구에 전념하였다. 쇼와(昭和) 17년 1월2일 서거, 75세. 저서로는 후지나미 기칸(藤波義貫)과 공정(共訂)한 「校訂交隣須知」명치 37년 (1904)(제30참조) 외에 「龍歌故語箋」東洋文庫叢書第二(다이쇼(大 正) 13년), 「鷄林類似麗言攷」東洋文庫叢書第三(다이쇼 14년), 「朝 鮮の校本」쇼와 12년 간행, 「半島上代の人文」쇼와 13年(1938) 刊, 몰후(沒後) 간행된 「古鮮冊府」上中下(三冊)는 쇼와 19년, 31년, 32 년에 東洋文庫叢刊 第十一로 간행되었다.

위의 내용에서 마에마 쿄사쿠가 明治 37年本 『校訂交隣須知』의 저자라는 사실과 『韓語通』이 간행된 명치 42년(1909)에는 경성(京城) 공사관(公使館)의 통역관으로서 경성에 살고 있었음을 알 수 있다. 그 리고 『韓語通』의 출판 경위에 대하여 마에마 쿄사쿠의 '서언(緖言)'을 보면 『韓語通』이 수년에 걸쳐 완성되었다는 점과 학습원 교수인 시라 토리(白鳥) 박사의 권유가 있었던 사실도 알 수 있다.

이 책에 내하여 오구라 신페이(1964)는 "조신어의 역사직 연구로서 매우 귀중한 것이다"고 평가하고 있어 『韓語通』이 한어의 역사적 연 구로서 가치 있는 저작임을 알 수 있다.

2) 구성

『韓語通』의 목차는 다음과 같다.

緒論

第一篇 　聲音

第二篇 　語辭 　語原

　第一 　名詞

　第二 　數詞 　名詞數詞語彙

　第三 　弓爾乎波

　第四 　代名詞 　代名詞語彙

　第五 　動詞 　動詞に用ゐる熟字 　動詞の語根と助動詞の添加 　自動
　　　　他動 　相 　稱 　直接法 　疑問法 　命令法 　連用法 　接續
　　　　法 　連體法 　挿入法 　不定法 　否定法 　語尾によりてなさる
　　　　ゝ各種の表情法 　動詞語彙

　第六 　形容詞 　形容詞に用ゐる熟字 　形容詞の語根と助動詞の添加
　　　　稱 　直接法 　疑問法 　連用法 　接續法 　連體法 　挿入法 　不定
　　　　法 　否定法 　語尾によりてなさるゝ各種の表情法 　動詞と形容
　　　　詞との中間にある詞 　名詞を說明語に用ゐる法 　形容詞語彙

　第七 　副詞

　第八 　接續詞 　副詞接續詞語彙 　感動詞語彙

第三篇 會話例

　이 책은 한어의 역사적 연구뿐만 아니라 당시로서는 새로운 일본어
와 한국어로 쓰인 문법, 회화 등, 한어를 종합적으로 학습할 수 있는 가
치 있는 언어 자료라고 할 수 있다.

　김민수 · 하동호 · 고영근(1977-1985)의 『歷代韓國文法大系』에는
다음과 같이 기술되어 있다.

　　(「韓語通」解說)
　　第一篇 聲音에서는 發音爲主로 로마字를 곁들여 字母와 合字 方法
　　을 說明하고 第二篇 語辭에서는 名詞, 數詞, 代名詞, 動詞, 形容詞,

副詞, 接續詞, 感動詞로 弖爾乎波(助詞), 助動詞(語尾)로 나누었다.
이 文法 體系는 日本의 大槻 文法을 準據한 것인데, 특히 名詞, 動
詞, 形容詞의 語根에 대한 論說은 오늘의 맞춤법을 방불케 하며, 數
冠形詞를 數詞에, 指示冠形詞를 代名詞에 각각 넣은 處理도 색다르
게 보인다. 그리고, 이른바 存在詞를 動作과 形容詞의 中間에 있는
詞라 하여 따로 說明하였다. 끝으로 第三篇 會話例 에에서는 아무
解說도 없이 例文을 十五類로 나누어 對譯만을 보였다.

위의 내용으로 보아 『韓語通』의 문법 체계는 오츠키(大槻) 문법에
준거하고 있음을 알 수 있다.

3) 한어

필자는 지금까지의 연구에서 서울대학교本, 明治 14年本, 明治 16
年本, 明治 37年本 『交隣須知』를 대상으로 하여 어두합용병서의 표
기, 연철·중철·분철의 표기, 종성 「ㅅ」, 「ㄷ」의 표기, 어간말자음군
의 표기 등에 대해서 조사한 바 있다.[41] 여기에서는 그 결과를 통하여
『韓語通』의 한어에 대해서 언급해 보고자 한다.

근대 한어에 대한 이기문(2000:202-214)의 설명을 정리하면 다음과
같다.

○ 근대 한어의 시기와 문법적 특징

근대 한어의 시기는 서구 문물의 도입과 사회변화가 일어나는 사이

---

41) 齊藤明美(2000), 漢陽大學校日語日文學科博士論文, 『「交隣須知」の系
譜と言語』, pp.223-247.

에 언어가 변화한 시대로 임진·정유왜란(1592~1597) 직후부터 19세기말까지의 약 300년 간에 해당한다. 이 시기를 17세기, 18세기, 19세기로 분류하고 전기, 중기, 후기로 나누는 경우도 있지만 문법의 변화를 문제로 하고자 한다면 전기, 후기의 두 시기로 분류하는 것이 일반적이다. 즉 18세기 중, 후기까지의 전기 근대 한어와 18세기말부터 19세기말까지의 후기 근대 한어로 분류하는 방법이다. 그리고 그 후를 현대 한국어라 한다.

근대 한어의 언어적 특성을 세기마다 살펴보면 17세기의 한어는 16세기말의 반치음 「ㅿ」의 소실, 성조의 소멸, 어두폐쇄음의 경음화, 또는 유기음화 등의 음운변화를 볼 수 있지만 기본적으로는 중세 한어의 전통을 지키고 있었다. 그리고 18세기가 되면 구개음화, 「ㆍ」의 소실, 움라우트(Umlaut) 등의 변화가 있고 음운체계는 현대 한국어와 거의 같았다고 한다. 그리고 19세기 말의 한어는 현대어의 제특징이 형성된 시대였다.

○ 어두합용병서의 표기
중세의 문헌에 있어서는 「ㅼ·ㅽ·ㅾ」, 「ㅲ·ㅳ·ㅄ·ㅶ」, 「ㅴ·ㅵ」의 「ㅅ」계, 「ㅂ」계, 「ㅄ」계의 합용병서가 있었는데 17세기가 되면 「ㅴ·ㅵ」 등이 사라지고 그 대신에 「ㅴ」의 이체로서 「ㅲ」과 「ㅵ」의 이체로서의 「ㅳ」가 등장한다. 이것에 의해 이 시기에는 「ㅳ」, 「ㅲ」, 「ㅄ」, 「ㅆ」이 병존하게 된다. 또 18세기가 되면 점차 혼동의 정도가 늘어나고 19세기가 되면 경음표기는 「ㅅ」계(ㅼ·ㅽ·ㅾ·ㅆ 등) 음으로 통일되는 경향이 강해진다.

○ 연철·중철·분철의 표기

중세 한어의 정서법(正書法)은 형태소를 중시하는 표의적 표기법이 아닌 표음적 표기법이었다고 할 수 있다. 그러나 16세기가 되어 형태를 주로 하는 표기법이 정착하게 된다. 또한 연철에서 분철로 이항하는 사이에 이중표기의 방법인 중철의 표기법이 출현하였다.

○ 종성 「ㅅ」, 「ㄷ」의 표기

15세기에 있어서는 「ㅅ」과 「ㄷ」의 음절말음(音節末音)은 구별되었는데 16세기 후반에는 이 구별이 소멸했다고 한다. 그리고 17세기가 되면 「ㅅ」과 「ㄷ」의 선택은 자의적이고 18세기가 되면 「ㄷ」은 점점 사라져 「ㅅ」으로 통일되게 된다. 이것은 근대 한어의 어말자음(語末子音)의 표기는 음운론적으로 「ㅅ」과 「ㄷ」이 어간으로 중화되어 「ㄱ·ㄴ·ㄷ·ㅁ·ㅂ·ㅅ·ㅇ」의 7자음으로 제한되고 대략 18세기 중반 이후는 「ㅅ」계로 통일되게 된다.

○ 어간말자음군

근대 한어의 어간말자음군은 모음 앞에서는 연철표기가 되고 자음 앞에서는 분철표기가 되든지 혹은 자음 중의 하나가 탈락하여 표기된다는 원칙을 토대로 하고 있다.

○ 『韓語通』의 경음표기

『韓語通』에는 경음표기에 대해 다음과 같이 설명하고 있다.

(『韓語通』:19-21)
「ㅅㄱ」,「ㅅㄷ」,「ㅅㅂ」,「ㅅㅈ」,「ㅅㅅ」다섯개의 경음(일본어 詰音)는 당국어(當國語) 및 지나어(支那語)에 있는 일종의 자음으로, 발음할 때 음기

(音機)를 특히 강하게 밀폐한 후 발음하는 것이다.(後略)

「ᄭᅵ」는 「ㄱ」의 경음(硬音)이다.
ᄭᅢ(胡麻) 꿈(夢) 꿀(密) 꽂(花) 꺽거(折りて) 꾸어(借りて)

「ᄯᅵ」는 「ㄷ」의 경음(硬音)이다.
ᄯᅡᆼ(地) 떡(餠) ᄯᅩ(又) ᄯᅡᆷ(汗) ᄯᅮ에(蓋) ᄯᅳᆯ(庭)

「ᄲᅢ」는 「ㅂ」의 경음(硬音)이다.
ᄲᅩᆼ(桑) 뿌리(根) ᄲᅧ(骨) 뺨(頰) ᄲᅡ져소(拔けました) ᄲᅡᆯ니(洗濯)

「ᄶᅳ」는 「ㅈ」의 경음(硬音)이다.
ᄶᅳ(織りて) ᄶᅵ져(裂いて) ᄶᅵᆨ거리지 마라(騒ぐな)

「ᄽᅳ」는 「ㅅ」의 경음(硬音)이다.
ᄡᅳᆯ(米) ᄡᅵ(種) ᄡᅡᆷ지(煙草入) 섯소(書きました) 쓰러라(掃け) 싸흠
(喧嘩)(『韓語通』20-21)

경음표기는 「ㅅ」계로 되어 있음을 알 수 있다. 1933년에 「한글맞춤법통일안」이 발표되어 「ᅌᅳ」가 없어지고, 경음(硬音) 표기가 「ᄭᅵ·ᄯᅵ·ᄲᅢ·ᄡᅵ·ᄶᅳ」에서 「ㄲ·ㅃ·ㅆ·ㅉ·ㄸ」로 바뀌게 되었는데, 1909년에 간행된 『韓語通』에서는 이미 「ㅆ」으로 되어 있었다.[42]

○ 『韓語通』의 종성 「ㅅ」, 「ㄷ」의 발음
종성 표기 「ㅅ」은 환경에 따라 달라짐을 알 수 있다.(『韓語通』:11)

---

42) 다만 「ㅆ」만은 중세 한어 시대부터 각자 병서로서의 경음과 합용병서라는 두 가지 표기를 도시에 나타냈기 때문에 표면상으로는 구별이 되지 않는다.

종성의 「ㅅ」은 「夕」, 「テ」, 「ト」의 발성(發聲)과 같음.

닷되(五升) 왓다(來た)

종성의 「ㅅ」은 「ㅅ」s音 그 후에 오면 「s」로 발음하는 것.

닷시(五日) 갓소(往きました) 잇스면(あれば) 엿시(六日)
헛소문(訛伝)

○ 『韓語通』의 연철・중철・분철의 표기

　연철・중철・분철의 표기에 대해서는 『韓語通』과 『交隣須知』를 비교하면서 살펴보고자 한다.

明　볼근데셔 일흐게 허옵소 (明治 14年本・卷一・晝夜) : 連綴
明　볼근데셔 일허게 허옵소 (明治 16年本・卷一・晝夜) : 連綴
明　동이 터셔 창이 밝아 오오 (明治 37年本・晝夜) : 分綴
　　방이 볼그냐 (韓語通:270) : 連綴
　　部屋が明いか

顔　얼구리 곱스외 (明治 14年本・卷一・頭部) : 連綴
顔　얼구리 곱스외다 (明治 16年本・卷一・頭部) : 連綴
顔　얼골이 어엿부외다 (明治 37年本・頭部) : 分綴
　　얼굴을 보면 알겟소 (韓語通:91) : 分綴
　　顔を見たら分かります

深　깁픈 ᄆ음을 뉘알니 (明治 14年本・卷一・水貌) : 重綴
深　깁픈 ᄆ음을 뉘알니 (明治 16年本・卷一・水貌) : 重綴
深　깁흔 마음을 누가 알겟ᄂ냐 (明治 37年本・水容) : 分綴
　　물이 깁허 건너 갈 슈 업다 (韓語通:276) : 分綴
　　水が深くて渡れない

脚　다리 <u>압푸니</u> 두두러 주어라 (明治 14年本·卷一·身部)：重綴
脚　다리 <u>압푸니</u> 두두러 주어라 (明治 16年本·卷一·身部)：重綴
脚　다리가 <u>압흐다</u> ᄒ니 두드려 주어라 (明治 37年本·手足)：分綴
　　어듸가 <u>압흐시오</u> (韓語通:267)：分綴
　　どこが御痛みですか
講　강을 잘 ᄒ면 사슬을 <u>놉피</u> 엇느니라 (明治 14年本·卷三·文武)：
　　重綴
講　강을 잘 ᄒ면 사슬을 <u>놉피</u> 엇느니라 (明治 16年本·卷三·文武)：
　　重綴
講　강을 잘 ᄒ면 사슬을 <u>놉히</u> 엇느니 (明治 37年本·文武)：分綴
　　<u>놉흔</u> 산ᄒ고 깁흔 물 (韓語通:284)：分綴
　　高い山と深い川

　이들의 용례를 보면 『韓語通』의 「볼그냐」는 연철표기이지만, 그 외
에는 明治 37年本 『交隣須知』와 같은 분철표기로 되어 있어 明治 14
年本이나 明治 16年本 『交隣須知』보다도 새로운 표기임을 알 수 있다.

4) 일본어

　여기에서는 『韓語通』의 일본어에 대해서 야마구치 아키호(山口明
穗) 등 (2004)을 참고하면서 인칭대명사, 가능을 나타내는 동사, サ행
변격 「する」, カ행변격 「來る」의 명령형, 형용사, 지정(指定)의 조동
사, 부정의 조동사, 추량의 조동사, 원인·이유를 나타내는 접속조사,
종조사에 대해서 살펴보기로 한다.

(1) 대명사

○ 인칭대명사

　우선 명치시기의 대명사에 대하여 『日本語の歷史』(2004:180‐183)를 정리해 보면 다음과 같다.

　　대명사의 종류와 용법은 사회구조의 변화와 함께 변화하였다. 예로 무사 계급의 소멸과 더불어 「拙者・みども・それがし・貴殿・その方」 등외 무사 언어가 사용되지 않았다. 그리고 명치시기가 되면서 새롭게 사용된 듯한 대명사의 하나로 「僕」와 「君」가 있는데 「僕」와 「君」는 서생어(書生語)(학생들 사이에서 쓰이는 단어)의 대표적인 예이다. 그리고 「我輩」의 사용은 지금의 「僕」와 별 차이가 없었던 것으로 보인다. 그러나 그 후에 「我輩」가 가지는 거만함이 극대화되어 명치 후기가 되면서 「我輩」는 일상어로 사용되지 않았다. 또 현재 일상적으로 사용되고 있는 「彼女(かのじょ)」는 번역을 통해 생겨난 말로 문학 작품 속에서 처음 나타난 것은 『当世書生氣質』(1885‐1886)부터이다. 그 외에 새롭게 사용된 대명사로 「わたくし・わたし」가 변화한 「あたくし・あたし」 등이 있다. 그리고 에도시대부터 사용되어 왔던 「おいら・お前さん」은 사용되지 않게 되었다.

　다음으로 『韓語通』에서 볼 수 있는 인칭대명사를 정리하면 다음과 같다.

표16. 『韓語通』의 인칭대명사

私(나)	おれ(나)	我(나)	自分(즈긔)	おまへ(너 네))
貴樣(너)	あなた (딕 노형 당신)	おまへさん(즈내)	君(즈내 자니)	そなた(자니)
汝(너)	彼の人(그사람)	彼れ(그)		

1인칭이나 대명사로는「私(나)·おれ(나)·我(나)·自分(즈긔)」등이 있고「僕」는 보이지 않는다.「僕」라는 단어가 있기는 하지만 다음과 같은 용례에서 보이는「下人」이라는 의미로 사용되었다. 이것은 明治 37年本『交隣須知』의 경우와도 같다.

하인을 삼아 부리시오
僕にして御使いなさい。　　　　　　　　　　　　　(『韓語通』:156)

여기에 대하여 2인칭 대명사로는「おまへ(너·네)·貴樣(너)·あなた(딕·노형·당신)·おまへさん(즈내)·君(즈내·자니)·そなた(자니)·汝(너)」등이 있다.

즈내도 가려나
君も往くのか　　　　　　　　　　　　　　　　　(『韓語通』:125)

자신을 나타내는 단어로는「私」, 상대를 나타내는 단어로는「おまへ」가 많이 사용되었던 것으로 보인다.

네 동싱이냐
おまへの兄弟か　　　　　　　　　　　　　　　　(『韓語通』:123)

널노 욕 보왔다
貴樣の爲めに恥をかいた　　　　　　　　　　　　(『韓語通』:123)

동등 이상의 사람에 대해서는 다소의 경의를 포함하는「あなた(딕)」를, 동등한 사이나 자신보다는 손아래라고 생각되는 사람에 대해서는「あなた(노형)」를 사용하였으며(『韓語通』:124),「彼女」라는 대명사는 보이지 않는다. 「彼女(かのじょ)」는 『當世書生氣質』(1885-1886)에서 사용되었다고 하지만 아직 일반적이라고는 할 수 없다. 한편 「彼れ」는 다음과 같은 예에서 찾아볼 수 있다.

그는 모양이 아마도 시굴 녀편네오.
彼れは姿がどうしても田舍の女です。　　　　　　　　(『韓語通』:348)

(2) 동사

○ 가능을 나타내는 동사

『日本語の歷史』(2004:183-184)에 다음과 같은 설명이 있다.

이른바 가능동사는 무로마치(室町)경이 발생 시기라고 생각되는데 명치시기 이후 더욱 활발하게 사용되었다. 쇼와(昭和) 시기가 되면 오단활용 이외의 동사에도 가능동사화가 되어 「見れる」, 「食べれる」, 「起きれる」라는 화법이 일반화 되었다. 이러한 화법은 방언으로서 명치시기부터 사용되었던 것 같다. 『靜岡縣方言辭典』(명치 43년(1910))에 이 지방에서 「見れる」라는 화법이 있었던 것이 보고되어있다.

결국 가능동사는 명치 이후에 한층 왕성하게 사용되었던 것으로 보인다. 『韓語通』에서는 다음과 같은 용례를 찾아 볼 수 있다.

잘 봐요
よく見えます　　　　　　　　　　　　　　　　　　　(『韓語通』:159)

신 신고도 ᄂᆞ리겟소
靴をはいてゐても降りられます　　　　　　　　　　　(『韓語通』:159)

이거시 먹을 슈가 잇다고 그리 ᄒᄂ냐
これが食はれるといふのか   (『韓語通』:161)

『韓語通』에서는 「見える」, 「降りられる」, 「食はれる」라고 되어 있고 「見れる」, 「降りれる」와 같은 형태는 볼 수 없다. 이것은 『韓語通』의 일본어가 방언일 확률이 적기 때문이라고 볼 수도 있다. 이른바 'ラ抜き言葉(라누키고토바)'[43] 형태의 가능은 보이지 않지만 명치시기 말엽에 5단활용 이외의 동사에도 가능동사화가 보인다는 사실을 알 수 있다.

○ サ행변격 「する」와 カ행변격 「來る」의 명령형
　이들의 명령형은 다음과 같다.

　물 기러 오ᄂ라
　水汲んで來い   (『韓語通』:174)

　아희야 디 뷔여 오너라
　童よ竹刈りて來よ   (『韓語通』:107)

　명함을 드려 갓더니 사랑을로 뫼셔 오라십데다
　名刺を差上げましたら客室にご案内しろと仰いました   (『韓語通』:361)

　져르게 말고 길게 ᄒ여라 쓰게 파오
　みじかくせずに長くしろ   (『韓語通』:291)

---

43) 'ラ抜き言葉(라누키고토바)'는 본래 「起きられる」, 「來られる」라고 써야하는데도 「ら」를 뺀 결과 「起きれる」, 「來れる」로 쓰일 때를 말한다.

カ행변격 「來る」의 명령형은 「來い·來よ」 두 종류인데 「來い」가 중심이다. 또한 サ행변격 「する」의 명령형은 「しろ」로 되어 있다. 그 외의 동사의 명령형에도 「‐ろ」의 형태가 많다.

> 당나귀 안장 지여라. 문밧게 좀 나가겟다
> 驢馬に鞍かけろ、城外に一寸往くから　　　　　　（『韓語通』:362）

(3) 형용사

연용형은 「ウ」음편이 아닌 「く」의 형태가 일반적이다.

> 미워서 못먹겟다
> 辛くて食はれない　　　　　　　　　　　　　　（『韓語通』:275）

> 부러워 못견디겟다
> 羨ましくてたまらぬ　　　　　　　　　　　　　（『韓語通』:275）

> 물이 깁허 건너 갈 슈 업다
> 水が深くて渡れない　　　　　　　　　　　　　（『韓語通』:276）

(4) 조동사

○ 지정(指定)의 조동사

여기에는 「です」, 「ます」의 사용이 일반적이다.

> 쉬 오리다
> 又直に上ります　　　　　　　　　　　　　　　（『韓語通』:338）

붓 일허 버렷소
筆をなくしたんです   (『韓語通』:340)

○ 부정의 조동사
여기에는 「ない」, 「なかった」가 주로 쓰였지만 가끔 「ぬ」의 형태도
찾아볼 수 있다.

그사룸만(을) 남을랄 슈 업소
あの人だけを責める譯にやいかぬ   (『韓語通』:112)

밥도(를) 먹을 슈 업다
飯も食はれない   (『韓語通』:111)

잠도(을) 잘 슈 업더라
眠ることも出來なかった   (『韓語通』:111)

「부정의 추량」이나 「부정의 의지」를 나타내는 「まい」의 경우, 현재
는 그다지 사용되지 않지만 『韓語通』에는 다음과 같은 예가 있다.

けふ返事は來まい
(甲)오늘 답쟝은 아니 오겟다
(乙)오늘 답쟝은 오지 아니ᄒ겟다   (『韓語通』:205)

○ 추량 조동사
『日本語の歷史』(2004)에 의하면 「らしい」의 경우 에도시대에는 체
언에 붙는 것이 일반적이었으나, 명치시기가 되면서 체언뿐만 아니라 용
언에도 붙게 된다. 『韓語通』에서의 용례를 살펴보면 다음과 같다.

사람 건너 가는 걸 보니까 깁흐나 보다

人の渉るのを見ると深いらしい   (『韓語通』:288)

쇄 무거운가 보다

大ぶ重いらしい   (『韓語通』:288)

그사롬은 요스이 일이 밧분가 보다

あの人は近頃忙しいらしい   (『韓語通』:288)

어석긔는 보여셔 무엇 의논을 ᄒᆞᆼ엿나 보다

昨日は集って何か評議をしたらしい   (『韓語通』:197)

위의 용례를 보면 「深い・重い・忙しい」와 같은 형용사나 「する」
와 같은 동사에도 접속하고 있음을 알 수 있다.

이어서 「だろう」에 대해 살펴보고자 한다. 『日本語の歴史』(2004:
189)는 다음과 같이 설명하고 있다.

> 무로마치(室町)시대 이후 전체적인 경향으로 조동사는 하나의 조동사
> 기 하나의 의미, 용법만을 가지게 되었다. 에를 들면 「う」, 「よう」는
> 에도시대는 추량과 의지의 두 가지를 나타내고 있었지만 명치시기 이
> 후 「う」, 「よう」는 오로지 의지나 권유를 나타내게 되어 추량은 「だろ
> う」가 되었다.(中略) 단지 명치 이전 시기에는 「だろう」가 완전한 추
> 량의 의미가 아니라 동사의 경우는 대부분이 「だろう」를 붙여 추량 표
> 현을 했지만 형용사나 조동사는 「う」, 「よう」를 붙여 추량을 나타내는
> 경향이 강했다. 특히 「た」의 경우는 「~たろう」가 명치시기 이후도 일
> 관적으로 추량을 나타내는데 사용되어 「~ただろう」라는 추량 표현이
> 일반화된 것은 쇼와(昭和) 후기부터이다.

눈이 오겟다

雪が降るだろう　　　　　　　　　　　　　　　（『韓語通』:166)

이 둘 안에 오겟느냐

此月中に來るだろうか　　　　　　　　　　　（『韓語通』:171)

그걸 드럿스면 오련마는 아직 모르나 보오

それを聞いたら來るんだろうけれど未だ知らないのだろう

　　　　　　　　　　　　　　　　　　　　　　（『韓語通』:184)

이처럼 『韓語通』에서는 주로 「동사＋だろう」의 형태로 사용되었다. 그 외에 「だろう」의 정중한 형태인 「でしょう」도 보이지만 이것 또한 명치 후기에 일반화되었다.

외국셔 드러오는 물화로는 셔양목과 석유가 뎨일 만켓소

外國からの輸入品では金巾と石油が一番多いでしょう　（『韓語通』:360)

(5) 조사

○ 원인·이유를 나타내는 조사

이들 조사에 대하여 『日本語の歷史』(2004:194- 195)에서는 다음과 같이 설명하고 있다.

원인이나 이유를 나타내는 접속 조사로는 에도어에서는 「から」가 많이 사용되었는데 명치시기가 되면 「ので」도 많이 사용된 것 같다.(중략) 「から」와 「ので」의 사용 구별에 대해서는 여러 가지 방법이 나왔는데 일반적으로는 객관적인 인과관계에는 「ので」를, 주관적으로 두 가지를 연결할 때에는 「から」를 사용하게 되었다.

명치시기에는「ので」가 많이 사용되었지만 『韓語通』에서는 「から」
가 많이 사용되고 있는 것으로 보인다. 『韓語通』에는 「から」와 「ので」
에 관한 (い), (ろ)의 설명이 있는데 (ろ)의 설명 뒤에 제시한 용례 중
에서도 「ので」를 사용한 예문은 찾아 볼 수 없다. 그리고 『韓語通』의
용례에서 「から」의 사용이 눈에 띄는 것은 주관적인 자신의 의견을 표
현하는 경우가 많은 회화문임을 감안한다면 당연한 것이라고 할 수 있다.

『韓語通』의 설명(pp.274-275)

(い)「好いから」의 「から」에 해당하는 의미를 나타내는 접속법은 「니」(자
　　음에 접속할 때는 「으」를 넣는다)의 조동사를 사용하고 구어에서는
　　여기에 「까」, 「썬」, 「싼드러」 등의 췌사(贅辭)를 붙이는 것은 동사와
　　같다.

(ろ)「好いので」의 「ので」에 해당하는 원인·이유의 관계 「い」보다도 가
　　볍게 말할 경우에는 연용법을 응용하고 또는 여기에 「셔」를 더하여
　　사용하는 것은 동사와 같다.

○ 「から」의 용례

　뮈우니싸 부러 그렷소
　憎らしいからわざとそういった　　　　　　　　　　　　(『韓語通』:274)

　오늘은 일이 밧부니싸 갈 슈 업소
　今日は忙しいから住けませぬ　　　　　　　　　　　　　(『韓語通』:274)

　원통하기에 말슴ᄒ옵니다
　口惜しいから申しあげます　　　　　　　　　　　　　　(『韓語通』:276)

○ 종조사

종조사에 대하여『日本語의 歷史』(2004:195)에는 다음과 같이 설명하고 있다.

> 종조사는 명치시기 이후 남녀가 사용하는 말이 확실히 다른 경향을 보인다.「ぜ」,「ぞ」는 오직 남성이 사용하게 된다.「ぞ」는 에도시대와는 달리「ぞよ」와 같이 다른 조동사와 접속하는 것은 사라지고「ぜ」와 같이 단독으로 사용하게 되었다. 여성의 종조사로는「わ」,「の」,「よ」가 명치 후기부터 일반화되었다.

이어서『韓語通』의 용례를 살펴보기로 한다.

무얼 구경하러 가
何を見に往くの　　　　　　　　　　　　　　　　　　　　（『韓語通』:219）

치운데 어듸 갓서
寒いのに何處に往ったの　　　　　　　　　　　　　　　　（『韓語通』:219）

병은 다 나앗습지오
病氣はすっかりよくなりましたよ　　　　　　　　　　　　（『韓語通』:220）

잘 오셧구려
よく御出なさいましたね　　　　　　　　　　　　　　　　（『韓語通』:222）

용호게 되엿고나
綺麗に出來て居るな　　　　　　　　　　　　　　　　　　（『韓語通』:222）

『韓語通』의 회화문에 사용된 종조사는 반드시 남성어, 여성어로 구별할 수 있는 것이 아님을 알 수 있다.

　5)『韓語通』의 일본어와『交隣須知』

　마에마 쿄사쿠(前間恭作)가 明治 37年本『校訂交隣須知』의 저자
라는 사실은 앞에서 이미 언급한 바 있다. 따라서 여기에서는『韓語
通』과 明治 37年本『校訂交隣須知』의 언어가 어떠한 관련이 있는지
에 대하여 살펴보고자 한다. 일본어에 대해서는 이미 설명하였으나 明
治 37年本『校訂交隣須知』의 일본어를 다른 명치시기『交隣須知』
의 일본어와 비교해 보면 같은 명치시기 자료이지만 새로운 양상을 보
이고 있다. 구체적인 예를 들면 다음과 같다.

　① 문말표현「です」,「ます」를 볼 수 있다.
　② 동사의 촉음편을 볼 수 있다.
　③ 원인·이유를 나타내는 접속조사「から」외에「ので」도 쓰였다.
　④ 부정 표현「なかった」가 쓰였다.
　⑤ 추량의 조동사「だろう」를 볼 수 있다.
　⑥ 무생물을 주어로 한 수동 표현을 볼 수 있다.
　⑦ 귀착을 나타내는「へ」가 쓰였다.
　⑧ 명령형에「－ろ」의 형태가 보인다.

　이상 ①~⑧ 중에서 ①, ②, ④, ⑤, ⑧은『韓語通』에서도 볼 수 있
다. 이것은 明治 37年本『校訂交隣須知』처럼 명치시기 후반의 새로
운 일본어가 많이 사용되고 있음을 나타낸다.
　한어에 대해서는 이미 설명한대로 경음표기는「ㅅ」계로 되어 있고,

종성 표기도 「ㅅ」이었다. 연철, 중철, 분철 표기의 경우 「불그나」는 明治 37年本과 같이 연철 표기이지만 그 외는 분철 표기로 되어 있어 明治 14年本이나 明治 16年本 『交隣須知』보다도 새로운 표기를 보여 준다. 『韓語通』의 경우는 일본어뿐만 아니라 한어에서도 明治 37年本 『校訂交隣須知』와 같은 모습으로 나타나, 당시로서는 새로운 언어현 실이 반영되었음을 알 수 있었다.

6) 마에마 쿄사쿠(前間恭作)의 「한어의 역사적 변화」

마에마 쿄사쿠는 이미 사용하지 않게 된 「△ · ㅸ · ㆁ · ㆆ」에 대해 서 새로운 단어와 고어를 비교하면서 설명을 하고 있다. 명치 42년 (1909)에 이미 이와 같은 설명이 있었다는 점은 주목할 만하다. 예를 들어 『韓語通』(1909:25-28)에서는 「ㅸ」에 대하여 「β」음에서 「w」음 으로 변화했음을 지적하고 있다.[44] 또 「이다」의 품사적 성격에 대해서 는 지금까지 한국어문법에서도 논의가 많은데, 마에마 쿄사쿠는 이를 '조동사'라고 보고 있다. 이것은 일본어의 품사 분류에 따른 결과로 판 단된다.

결론적으로 명치 42년(1909)에 마에마 쿄사쿠에 의해 간행된 한어 학습서 『韓語通』에 대해서 검토한 결과 이 책의 한어는 明治 14年,

---

44) 「ㅸ」에 대해서 이기문(2000:141-142)은 『訓民正音解例』(制字解)에 '脣 乍合而喉聲多也'라고 되어 있는 점을 근거로 당시에는 「β」음이었고, 훈민 정음이 창제된 15세기 중엽이 음소 「β」가 존재한 마지막 시기이며, 1450 년대까지 존속한 「β」는 일반적으로는 「w」로 바뀌었다고 보았다. 이에 대 하여 쿄사쿠는 「β」>「w」와 같은 변화를 한발 앞서 지적하고 있는 것이다.

明治 16年 『交隣須知』보다 새로운 모습을 보여주고 있다는 사실을 알 수 있었다. 일본어의 문제로는 인칭대명사, 동사, 형용사에 대해서 다루고, 조동사의 문제로서 부정의 조동사, 추량의 조동사에 대해서 고찰하였다. 조사의 문제로서는 원인·이유를 나타내는 접속조사, 종조사 등에 대해서 언급하였다.

다음으로 『韓語通』은 오츠키 후미히코(大槻文彦)의 문법체계에 따라 쓰여졌으며 『交隣須知』와의 관계에 대해서 살펴본 결과, 이 책은 후지나미 기칸(藤波義貫)과 협력하여 편찬한 明治 37年本 『校訂交隣須知』와 매우 비슷함을 알 수 있었다. 또 이 책의 第三篇 회화례를 비롯하여 전체에서 볼 수 있는 생생한 회화문에는 명치 말엽 일본어의 새로운 현실적 양상이 나타나 있음을 알 수 있었다.

마지막으로 마에마 쿄사쿠의 「한어의 역사적 변화」에 대해서도 언급하였다. 이처럼 명치 42년(1909)에 간행된 『韓語通』에는 일본어와 한어 두 언어의 새로운 언어현실이 반영되어 있으며, 한어의 역사까지 이해시켜 주는 뛰어난 학습서였다고 할 수 있다.

제 5 장
결 론

　본서는 명치시기에 간행된 많은 한어 학습서 중에서 명치시기의『交隣須知』와 관계가 깊을 뿐 아니라, 생생한 회화체로 쓰여진 자료 6종에 대한 연구보고이다. 이 연구에서 이용한 자료는 明治 14年本『交隣須知』, 明治 16年本『再刊交隣須知』, 寶迫本『交隣須知』, 明治 37年本『交隣須知』, 明治 13年 刊『韓語入門』, 明治 13年 刊『日韓善隣通語』, 明治 25年 刊『日韓英三國對話』, 明治 26年 刊『日韓通話』, 明治 37年 刊『韓語會話』, 明治 42年 刊『韓語通』이며, 필요할 경우『交隣須知』의 사본류도 이용하였다.

　이들 자료는 일본어와 한어의 역사적 연구뿐만 아니라 두 언어의 대조 연구에도 귀중한 언어 자료가 된다. 그 가치는 오구라 신페이(小倉進平), 사쿠라이 요시유키(櫻井義之), 이강민 등에 의해 소개된 바 있다. 그러나 언어의 역사적인 면에서나 한어 교육의 입장에서의 연구는 지금까지 충분히 이루어졌다고 말하기 어렵다. 따라서 본서에서는 이들 한어 학습서의 언어 조사를 통하여 명치시기 10년대에서 20년대, 그리고 30년대, 40년대로 시대가 변화해 감에 따라 새로워지는 한어의 여러 양상과 생생한 일본어의 흐름을 명확히 밝혀보고자 하였다. 아울러 당시에 간행된 한어 학습서 제본의 가치와 위상에 대해서 살펴봄과 동시에 에도시대부터 명치시기에 걸쳐 한어 학습서의 주류였던『交隣須知』와의 관계도 고찰해 보고자 하였다. 그 결과 다음과 같은 결론을 얻을 수 있었다.

명치시기의『交隣須知』간본을 통해서는 문말 표현「です」,「ます」의 용법에 대해서 용례를 들어가면서 언급하였다. 그 결과 쇼모노(抄物)에 보이는「です」의 원류는 문자의 근사성(近似性)에 의해「で候」일 가능성이 높다고 볼 수 있지만,『交隣須知』의 예문을 보거나「형용사+です」에 대한 용례만으로 보면「で候」가 원류라고 단정짓기는 어렵다. 또「ございます・ございます」와 같은 말이 원류였을 가능성도 부정할 수 없다. 다음으로 明治 37年本『交隣須知』에 보이는 새로운 일본어에 대해 조사해 보았다. 동사의 촉음편, 원인・이유를 나타내는 접속조사「ので」와「から」, 부정 표현인「なかった」, 추량을 나타내는「だろう」, 동사의 수동 표현, 무생물을 문장의 주어로 하여 사람이 그 영향을 받은 표현, 그리고 귀착을 나타내는「に」를 대신하여「へ」가 많이 사용된 용례 등에 대해서 언급하였다. 또한 明治 37年本『交隣須知』에는 특히 그 이전까지의『交隣須知』에 보이지 않던 새로운 일본어의 현실이 많이 나타난다는 점에 대하여 기술하였다.

『交隣須知』에 보이는 일본어「は」,「が」와 한어「은(는)」,「이(가)」에 대해서 조사해 보았다. 그 결과 하마다 아츠시(濱田敦)(1970)의 지적처럼 일본어의「が」가 대립격을 나타내는 것에 반해서, 한어의「이(가)」는 일본어의「が」보다 의미가 넓고 대립 기능뿐만 아니라 주격적 제시격도 나타내기 때문에 이를 벗어난「이(가)」가 일본어「が」의 잘못된 용법으로 나타남을 볼 수 있었다. 이와는 대조적으로 일본어의「は」가 주격적 제시격을 나타내지만, 한어「은(는)」은 대립적 기능이 강하고 제시적 기능이 비교적 적기 때문에 어색한 표현의「は」는 거의

볼 수 없었다. 그리고 일본어 쪽에 조사가 사용되고 있으나, 한어 쪽의 대역에 그것이 존재하지 않는 것은 알타이제어에 원래 주격 조사가 없었던 것과 관계가 있을지도 모른다고 보았다.

『交隣須知』에 보이는 「を」, 「に」와 「을(를)」, 「에」에 대해서 조사하였다. 그 결과 『交隣須知』 제본에 「を＋乗る」와 「に＋乗る」의 혼용이 보이고, 그와 같은 혼용의 시대가 에도시대, 명치시기로 이어지면서 점차 「を＋乗る」가 쓰이지 않게 되어 「に＋乗る」로 통일되었다는 결론을 얻었다. 또한 일본어의 「に」, 「を」에 해당하는 한어는 모두 「을(를)」이었음도 알 수 있었다.

명치기의 간행된 한어학습서에 대해서도 검토하였다. 여기에 그 내용을 요약한다.

明治 13年(1880) 刊 『韓語入門』은 당시로서는 초기의 문법서로서 가치가 있다고 할 수 있다. 『韓語入門』 「체언」의 한어 어휘와 『交隣須知』의 한어 어휘를 비교한 결과 『韓語入門』에 수록된 어휘를 선택할 때에는 明治 14年本 『交隣須知』를 참고했을 가능성도 있지만 이강민(2004)도 지적한 깃처럼 시울대학교本 『交隣須知』와 같은 시본을 참고로 하였을 가능성도 높다고 보았다. 그리고 寶迫本 『交隣須知』의 한어 표기는 明治 14年本 『交隣須知』의 한어 표기에 상당히 가까운 것도 알 수 있었다. 즉 호세코 시게카츠(寶迫繁勝)는 『韓語入門』을 편찬할 때에 서울대학교本 『交隣須知』와 같은 사본류의 자료를 참고하면서 썼고 3년 후의 寶迫本 『交隣須知』를 편찬할 때에는 明治 14年本 『交隣須知』와 같은 자료를 참고로 했을 가능성이 높다고 보았다.

明治 13年(1880) 刊 『日韓善隣通語』는 한어의 음운 구조와 발음
이 구체적으로 해설되어 있을 뿐 아니라 당시 부산에 있었던 2천 명의
일본인에게 매우 도움이 되었던 한어 학습서이다. 그리고 일본어와 한
어의 방언을 다루었다는 점에서 호세코 시게카츠의 언어에 대한 폭넓
은 관심을 이해할 수 있는 저서이다. 그러나 본 연구에서는 일본어의
문말 표현으로서 「です」와 같은 새로운 형태는 찾아볼 수 없었다. 또한
경어를 「上等」, 「中等」, 「下等」의 3단계로 나누어 설명하고 있는데
그 분류법은 독특한 방식이었다고 할 수 있다. 「來る」, 「する」의 명령
형은 「コキ」, 「セキ」로서 明治 14年本 『交隣須知』와 같다. 그리고
'各物之名詞'에 있는 단어류가 어떤 자료를 근거로 한 것인가를 밝혀
보고자 하였는데, 이미 이강민(2004)에서도 지적했지만, 서울대학교本
『交隣須知』와 같은 자료를 참고로 했을 것이다. 그러나 어느 하나로
한정하기는 어렵고 여러 자료를 참고하였다고 판단된다.

明治 25年(1892) 刊 『日韓英三國對話』는 일본어, 한어, 영어회화
를 대비시킨 점과 일본어와 한어의 관계에 대해서 설명하고 있다는 점
에서 귀중한 언어 자료라 할 수 있다. 이 자료에는 明治 16年本 『交隣
須知』를 참고로 하였다고 명기되어 있다. 먼저 『日韓英三國對話』의
한어 표기에 대해서 조사하였다. 그 결과 이 책의 한어 표기법은 明治
16年本 『交隣須知』의 한어의 표기법과 상당히 비슷하지만 다른 점도
있음을 알 수 있었다. 다음으로 일본어의 인칭대명사에 대해서 조사하
였는데 「君」는 있었지만 1인칭을 나타내는 「僕」는 볼 수 없었다. 또
『日韓英三國對話』에는 동사 「死ぬ」가 4단화(四段化)하지 않고 ナ행
변격활용의 연체형 「死ぬる」의 형태로 사용되고 있는 점, 「來る」, 「す
る」의 명령형이 「來い」, 「せよ」로 나타나고 있는 점에 대하여 언급하

였다. 다음으로 문말 표현에 대해서 조사하였는데 明治 16年本 『交隣
須知』에는 「デアル」, 「ゴザル」가 많이 보이는 반면 『日韓英三國對
話』에서는 「ございます」, 「です」가 많이 보였다. 이러한 부분에서 새
로운 일본어를 볼 수 있다. 그리고 원인·이유를 나타내는 접속조사는
「から」의 사용이 많이 보이지만 『交隣須知』에 「から」가 많이 보이는
것은 寶迫本 『交隣須知』부터이고, 明治 16年本 『交隣須知』에는 겨
우 두 개 뿐이었다. 이러한 부분에서도 일본어의 새로움을 볼 수 있다.
이어서 「-を乗る」, 「-に乗る」에 대해서 조사하였다. 明治 16년 『交
隣須知』에는 「-を乗る」, 「-に乗る」의 혼용을 볼 수 있었지만 『日韓
英三國對話』에는 「-に乗る」만이 보였다. 이상의 결론에서 『日韓英三
國對話』는 明治 16年本 『交隣須知』를 주된 참고자료로 하여 저술된
것이지만 거기에 사용되고 있는 일본어는 확실히 明治 16년 『交隣須
知』보다 새로워진 것임을 알 수 있었다.

明治 26年(1893) 刊 『日韓通話』는 오구라 신페이의 평가처럼 명
치시대에 있어 신식 회화서의 선구를 이루는 문헌으로서 가치 있는 한
어 학습서이다. 본서는 체제 등에 있어 『交隣須知』와의 유사점도 많이
보인다. 이 책의 한어와 明治 14年本 『交隣須知』의 한어에 대해 조사
한 결과, 『日韓通話』의 한어는 明治 14年本 『交隣須知』의 한어보다
새로운 한어표기의 용례가 많이 있다는 사실을 알 수 있었다. 한어의
문제로서는 원순모음화, 음절말자음군의 간소화, 모음조화의 붕괴, 「·」
의 소실의 문제 등이 있었다. 일본어의 문제로는 인칭대명사 「私」와
「汝」, ハ행사단동사의 음편형, 수동을 나타내는 동사, カ행변격활용의
명령형, 형용사의 연용형, 부정의 조동사, 지정(指定)의 조동사, 추량의
조동사 「だろう」, 원인·이유를 나타내는 접속 조사 등에 대해서 조사

해 보았다. 그 결과『日韓通話』의 일본어는 明治 14년, 明治 16년에 간행된『交隣須知』에 비해 새로운 일본어의 양상을 나타내고 있음을 알 수 있었다. 그리고 같은『交隣須知』에 있어서도 明治 16년에 간행된 寶迫本『交隣須知』나 明治 37年本『交隣須知』의 일본어에 보다 가깝고 새로운 일본어가 부기되어 있음을 알 수 있었다. 그러나 인칭대명사의「君」는 볼 수 없고, ハ행사단동사의 음편형과 촉음편형의 혼용은 볼 수 있으며,「來る」의 명령형인「こい, こよ, こひ」의 혼용도 볼 수 있다. 또한 부정의 조동사의「ぬ, ない, なんだ, なかり」등을 볼 수 있었고, 단정의 조동사에「です」와 함께「じゃ」라는 오래된 형태를 볼 수 있었다. 그리고 원인·이유를 나타내는 접속조사에「から」와 함께「により、ゆえ」가 사용되는 등 새로운 일본어와 오래된 일본어의 혼용이 많다는 사실을 알 수 있었다. 마지막으로 명치시기의 한어 학습서가 한어의 모음과 자음을 어떻게 분류하고 있는가에 대해서 설명하였다.

明治 37年(1904) 刊『韓語會話』는 철도에 종사하는 일본인의 실용에 편리하도록 하기 위해 편찬되었는데, 일반 학습자에게도 유용한 한어 학습서이다. 그리고 외래어의 가타카나 표기나 현재는 사라진 어휘를 많이 볼 수 있다는 점에서 언어 자료로서 가치가 있다고 할 수 있다. 먼저『韓語會話』와『交隣須知』와의 관계에 대해서 조사하였는데,『韓語會話』를 편찬할 때『交隣須知』를 참고로 했을 가능성도 있다고 생각되지만, 한어를 보면 각각 다른 표기법이 보여『交隣須知』와 같은 자료를 참고로 했다고 해도 한어 표기를 그대로 서사했을 가능성은 낮다고 생각된다. 또한「鐵道用語」에서는 현재 그다지 사용하지 않는 많은 한어의 어휘를 발견할 수 있었는데, 이들 어휘의 몇 가지가 처음에는 한자어였다가 나중에는 영어식 외래어로 바뀐 점에 주목하였다.

다음은 일본어의 문제로서 인칭대명사에 대해서 조사하였는데, 「わたし・あなた・彼の人・あの女」는 보이지만 「ぼく・きみ」, 「かれ・かのじょ」는 사용되고 있지 않음을 알 수 있었다. 때때로 일본어 개론서에는 명치시기가 되면 「僕」나 「君」가 사용된다고 기술하고 있지만, 회화서에서 「僕」는 「君」보다도 상당히 늦게 일반화된 것으로 보인다. 다음으로 동사의 연용형에 대해서 조사하였는데 촉음편만 보이는 동사도 있고 ウ음편과 촉음편의 혼용이 보이는 동사도 있어서 확실히 현대어가 생기기 전의 혼돈된 양상이 보였다. 그 중에서도 훈점자료(訓点資料)나 쇼모노(抄物)에 보인다고 하는 「行く」, 「住く」의 연용형 「行いて・住いて」가 「行って・住って」와 함께 보이는 점은 흥미로운 일이다. 그러나 이 말은 모리 오가이(森鷗外)의 소설이나 일기 등에도 가끔 보이는 것으로 한어 학습서의 언어의 특색이라고 말하기는 어렵다고 판단된다. 또한 力행 변격활용의 명령형은 「こい」로 「こよ」는 볼 수 없으며, 형용사의 연용형은 「－ク」가 많이 사용되고 있었던 것으로 보인다. 또 원인・이유를 나타내는 접속조사는 「から」가 중심이고, 귀착을 나타내는 조사는 「に」와 「へ」의 혼용을 볼 수 있었다. 지정(指定)을 나타내는 조동사에 「です」가 많이 사용된다거나 추량의 조동사에 「だろう」가 보이는 점은 명치시기 후반의 새로운 양상이라고 할 수 있을 것이다. 특히 외래어의 가타카나 표기는 특기할 만하다.

明治 42年(1909) 刊 『韓語通』은 게일 등의 외국인의 연구에 촉발되어 저술된 한어 학습서이고, 고어와의 관계를 밝히고자 한 점에서 특색이 있다. 먼저 출판 경위, 자료의 구성에 대해서 설명하고, 이어서 한어의 표기에 대해서도 조사해 보았는데, 明治 14年本, 明治 16年本 『交隣須知』보다 明治 37年本 『交隣須知』에 가까워 새로운 한어의 현실이 반영되어 있음을 알 수 있었다. 다음으로 일본어의 문제에 대해 언급하였다. 문제점으로 인칭대명사, 부정의 조동사, 추량의 조동사에 대해서 고찰하였다. 조사의 문제점으로는 원인·이유를 나타내는 접속 조사, 종조사 등에 대해서 언급하였다. 다음으로 『韓語通』과 『交隣須知』의 관계에 대해서 고찰해 보았다. 그 결과 오츠키 후미히코(大槻文彦)의 문법체계에 따라 쓰인 것으로 보이는 『韓語通』은 전체적으로 생생한 회화문으로 쓰여 명치 말기 일본어의 언어 양상이 명확히 나타나고 있음을 알 수 있었다. 마지막으로 마에마 쿄사쿠에 의한 「韓語의 歷史的 變化」에 대해서도 언급하였다. 명치 42년에 간행된 『韓語通』은 한어에 있어서도 일본어에 있어서도 새로운 언어 현실을 보여주는 뛰어난 한어 학습서였다고 할 수 있다.

이상의 고찰을 통해서 명치시기 10년대, 20년대, 30년대, 40년대로 시대의 변화에 따라 일본어가 새로워지는 양상을 구체적으로 볼 수 있었다. 한어의 표기법에 대해서는 명치 30년대 후반의 자료는 명치 10년대의 자료와는 달리 새로운 표기법으로 되어 있음을 알 수 있다. 그리고 이후 1933년에 '한글맞춤법통일안'이 발표되어 새로운 표기법이 등장하게 된다. 일본어에 대해서는 마츠무라 아키라(松村明)(1957)와 같이 명치시기를 명치 10년대(동경어의 형성기)와 그 이후(확립기)의 두 가지로 분류하는 방법도 있다. 그리고 明治 14年本 『交隣須知』, 明治 16年本 『交隣須知』에 반영된 언어의 보수성에 관해서도 고찰해야 하겠지만, 명치시기의 회화체를 중심으로 하는 한어 학습서의 일본어를 보는 것만으로 명치 10년대를 '에도 시대 언어의 온존(溫存) 시기', 20년대에서 30년대 중반까지를 '동경어의 맹아기', 그리고 30년대 후반부터 40년대를 '동경어의 형성기'라고 하여 조금 더 세분 할 수도 있을 것 같다.

　또한 본 연구를 통해서 명치시기의 일본인이 한어를 어떻게 이해하고 어떠한 교육을 하고자 했는가를 부분적이지만 명확히 알 수 있었다. 모음, 자음, 부음(父音) 분류의 문제, 일본어와 한어의 기원의 문제, 한어의 역사 문제 등 많은 과제에 대해서 적극적이고 의욕적으로 학습서에 기술하고 있는 일본인의 진지한 태도를 볼 수 있었다. 이들 한어 연구의 기술 내용에 대해서는 시비가 남아 있다고 할 수 있으나 명치시기에 이루어진 이들의 업적을 제외한다면 이후 한어 연구의 발전은 있을 수 없을 것이다.

　이상의 조사 이외에도 상세한 한어의 조사와 명치시기의 한어와 일본어의 문법 체계와 어휘에 관한 문제 등 아직 해결해야 하는 문제가 많이 있으나 그것은 이후의 연구 과제로 삼고자 한다.

■ 인용문헌 · 참고문헌 ─────────────────────────

< 韓國 > * 가나다 順

강희숙(1999), 「'오>우'변화의 수행과 확산」, 『國語學』33.

郭忠求(1980), 「十八世紀 國語의 音韻論的 研究」, 『國語研究』43. 국립국어연구원(1997),
　　　　　『국어의 시대별 변천 연구2-근대 국어-』.

金京勳(1982), 「近代國語에 대한 一考察」, 『개신어문연구』2, 충북대학교 개신어문연구회.

金東彦(1988), 「17세기 國語의 表記法」, 『홍익어문』7.

金文雄(1984), 「近代國語의 語彙變遷 -老乞大諺解와 重刊老乞大諺解의 比較를 통하
　　　　　여-」, 『목천 유창균박사 환갑기념논문집』.

金美先(1998), 「接續副詞研究(Ⅱ) - '그래서, 그러니까, 그러므로'를 中心으로-」, 『語文
　　　　　研究』97 , 韓國語文教育研究會.

金敏洙 · 河東鎬 · 高永根(1979), 『歷代韓國文法大系』, 塔出版社.

金重鎮(1986), 「近代國語 表記法研究」, 圓光大博士論文.

_____(1992), 「Ⅱ近代國語表記法의 展開와 檢討」, 『국어표기법의 전개와 검토』, 한국
　　　　　정신문화연구원.

김영옥(1999), 「『日韓善隣通語』序文의 판독과 해설」, 『문형과 해석』, 통권7호.

남기심(1978), 「"-어서"의 화용론」, 『말』3, 연세대학교 한국어학당.

남기심 · 루코프(1983), 「論理的形式으로서의 '-니까' 구문과 '-어서'구문」, 『국어의 통
　　　　　사 · 의미론』,탑출판사.

박병채(1989), 『국어발달사』, 世英社.

朴昌遠(1990), 「立書」, 『국어연구 어디까지 왔나』, 서울대학교대학원, 국어연구회, 동아출
　　　　　판사.

성낙수(1978), 「이유, 원인을 나타내는 접속문 연구」, 『한글』162.

宋 敏(1986), 『前期近代國語音韻論研究』, 塔出版社.

_____(1999), 『韓國語と日本語のあいだ』, 草風舘.

오 만(2002), 「교토대학본 『交隣須知』의 어휘연구」, 경상대학교 박사논문.

유목상(1970), 「접속어에 대한 고찰」, 『한글』146, 한글학회.

李康民(1990), 「薩摩苗代川に伝わる『漂民對話』について」, 『國語國文』59-9.

_____(1992), 「『方言集釋』と『倭語類解』」, 『國語國文』61-9.

_____(1993), 「對馬宗家文庫所藏의『物名』에 대하여」, 『朝鮮學報』148.

_____(1996), 「朝鮮資料의 一系譜-苗代川本의 背景-」, 『日本學報』36, 韓國日本學會.

_____(1998), 「아스톤본 『交隣須知』의 日本語」, 『日本學報』41, 韓國日本學會.

_____(2003), 「1893年刊 『日韓通話』의日本語」, 『日本語文學』17, 韓國日本語文學會.

_____(2004), 「『韓語入門』과『善隣通語』」, 『日本語文學』第23輯, 韓國日本語文學會.

_____(2005a), 「1892年刊『日韓英三國對話』에 대하여」, 『日本學報』 第63輯, 韓國日本學會.

_____(2005b), 「1904年刊『韓語會話』에대하여」, 『日本語文學』27, 韓國日本語文學會.

李基文(1972), 『國語表記法의 歷史的硏究』, 韓國硏究院.

_____(2000), 『國語史槪說』(改訂版), 太學社.

李基文著 村山七郎監修 藤本幸夫譯(1975), 『韓國語의 歷史』, 大修館書店.

李翊燮(1985), 「近代韓國語文獻의 表記法硏究 -特히 分綴表記의 發達을 中心으로-」, 『朝鮮學報』114.

_____(1987), 「音節末表記 'ㅅ'과 'ㄷ'의 史的考察」, 『성곡논총』18.

_____(1992), 『國語表記法研究』, 서울大學校出版部.

李鍾徹(1982), 「沈壽官所藏本 『交隣須知』에 대하여」, 『백영 정병욱선생 還甲紀念論叢』, 新丘文化社.

鄭　光(1988), 「司譯院倭學硏究」, 태학사.

_____(1996), 「일본對馬島宗家文庫 소장의 韓語 '物名'에 대하여」, 『李基文敎授停年退任紀念論叢』.

鄭然粲(1981), 「近代國語 音韻論의 몇가지 問題」, 『東洋學』11, 단국대학교.

鄭昌鎬(1990), 「『捷解新語』原刊本改修本における「ほどに」「により」「ゆえ」の交替現象について」, 『論文集』9, 聖心外國語專門大學.

趙義淵・井田勤衛(1968), 『日韓・韓日言語集』, 日韓交友會出版所.

최범훈(1985), 『韓國語 發達史』, 太學社.

崔彰完(2004), 「『交隣須知』와 敬語」, 대구대학교출판부.

片茂鎭(2005), 「『交隣須知』의基礎的研究』, J&C.

洪允杓(1987), 「近代國語의 語幹末子音群表記에 대하여」, 『국어학』16.

_____(1987), 「近代國語의 表記法」, 『국어생활』9.

_____(1994), 『근대국어연구(1)』, 태학사.

< 日本 > ＊ アイウエオ順

泉澄一(1997), 『對馬藩藩儒雨森芳洲の基礎的研究』, 關西大學出版部.

井上史雄(1998), 『日本語ウォッチング』, 岩波書店.

大塚忠藏(2003), 「『交隣須知』에 나타난 韓國語」, ソウル大學校碩士論文.

大野晋柴田武(編)(1977), 『岩波講座日本語4 敬語』, 岩波書店.

大曲美太郎(1935), 「釜山に於ける日本の朝鮮語學所と『交隣須知』の刊行」, 『ドルメン』4-3(岡書院).

_____(1936), 「釜山港日本居留地に於ける朝鮮語教育附朝鮮語學習書の槪評」, 『靑丘學叢』24.

小倉進平(1916), 「朝鮮語に於ける日本語學」, 『國學院雜誌』22-10.

_____(1934),「釜山に於ける日本の語學所」,『歷史地理』63-2.

_____(1936),「『交隣須知』に就いて」,『國語と國文學』13-6.

_____(1940),『增訂朝鮮語學史』, 刀江書院

_____(1964),『增訂補注朝鮮語學史』, 刀江書院.

小田切良知(1943),「明和期江戸語について」,『國語と國文學』20-8・9・11.

金澤庄三郎(1910),『國語の研究』東京同文舘藏版

上垣外憲一(1994),『雨森芳洲元祿享保の國際人』, 中公新書.

岸田文隆(1997),「W.G.Aston 旧藏江戸期・明治初期 朝鮮語學書 寫本類에 대하여」, (第5回朝鮮學國際學術討論會發表論文).

_____(1997),「『漂民對話』のアストン文庫本について」,『朝鮮學報』164.

_____(1998),「アストン旧藏の『交隣須知』關係資料について」,『朝鮮學報』167.

京極興一(1986),「接續助詞「から」と「ので」の史的考察-小學校國語敎科書を對象として-」,『國語と國文學』6月号.

京都大學文學部國語學國文學研究室(1966),『交隣須知』, 中村印刷.

_____(1968),『異本隣語大方・交隣須知』, オフセット 印刷本.

_____(1969),『異本隣語大方・交隣須知補』, オフセット印刷本.

小松壽雄(1987),「近代語の文法-江戸時代語-」,『國文法講座5時代と文法 -近代語-』, 山口明穗編集, 明治書院.

齊藤明美(1995a),「交隣須知の研究-ソウル大學本と濟州本の卷二を中心に-」,『論輯』 23, 駒澤大學大學院.

_____(1995b),「『交隣須知』の增補本に關する一考察」,『南鶴李鍾徹先生回甲紀念 韓日語學論叢』, 國學資料院.

_____(1997a),「『交隣須知』의 전본(伝本)에 대하여-서울대학본과 東京大學舊南葵 文庫藏本卷四에대하여」,『인문학연구』4, 翰林大學校人文學研究所.

_____(1997b),「『交隣須知』の沈壽官本について」,『日本文化學報』3, 韓國日本文 化學會.

_____(1998a),「明治 14年版『交隣須知』について」,『日本語文學』4, 韓國日本語 文學會.

_____(1998b),「明治 16年版『交隣須知』について」,『日本文化學報』5, 韓國日本 文化學會.

_____(1998c),「『交隣須知』の系譜」,『北東アジア文化研究』7, 鳥取女子短期大學北 東アジア文化總合研究所.

_____(1999a),「『交隣須知』研究의 意義」,『日本의 言語와 文學』4, 檀國日本研 究學會.

_____(1999b),「『交隣須知』の先行研究について」『北東アジア文化研究』9, 鳥取女子 短期大學北東アジア文化總合研究所.

_____(1999c), 「『交隣須知』の日本語について」, 『北東アジア文化研究』10, 鳥取女子短期大學北東アジア文化總合研究所.

_____(1999d), 「『交隣須知』の副詞語彙」, 『日本學研究』1, 韓國日本語學會.

_____(2000a), 「『交隣須知』의 어휘」, 『인문학연구』7, 한림대학교 인문학연구소.

_____(2000b), 「『交隣須知』の接續助詞-原因理由を表わす接續助詞を中心にして-」 『日本文化學報』8, 韓國日本文化學會.

_____(2000c), 「『交隣須知』の音韻表記について」, 『北東アジア文化研究』11, 鳥取女子短期大學北東アジア文化總合研究所.

_____(2001a), 『『交隣須知』의 系譜와 言語』, J&C.

_____(2001b), 「夏目漱石の文体」, 『國文學解釋と鑑賞』第66卷3号.

_____(2001c), 「『交隣須知』の刊本三種の表記法」, 『漢陽日本學』9, 漢陽日本學會.

_____(2001d), 「增補本系『交隣須知』の卷一について」, 『日本語學研究』3, 韓國日本語學會.

_____(2001e), 「ソウル大學本『交隣須知』と明治 14年本『交隣須知』の韓國語表記法について」, 『東アジア日本語教育日本文化研究』3, 東アジア日本語教育日本文化研究學會.

_____(2001f), 「아스톤本『交隣須知』卷一과白水本『交隣須知』의 韓國語表記」, 『인문학연구』8, 한림대학교 인문학연구소.

_____(2001g), 「『交隣須知』の日本語の地域性について」, 『日本學報』47, 韓國日本學會.

_____(2002a), 『『交隣須知』の日本語』, 至文堂.

_____(2002b), 「『交隣須知』に見られる「は」と「が」と「은(는)」「이(가)」について」, 『漢陽日本學』10, 漢陽日本學會.

_____(2002c), 「『交隣須知』의 漢字語研究」, 『인문학연구』9, 한림대학교 인문학 연구소.

_____(2004a), 『改訂版『交隣須知』의 系譜와 言語』, J&C.

_____(2004b), 「日本語の文体の変化について-江戸時代から明治期の『交隣須知』の會話文を中心にして-」, 『日本言語文化』4, 日本言語文化學會.

_____(2004c), On Korean Textbooks Used in Japan-Meiji Period case, Inquiries Into Korean LinguisticsⅠ -ICKL-.

_____(2005a), 「『日韓通話』と『交隣須知』の對譯日本語について」, 『日本學報』63, 韓國日本學會.

_____(2005b), 「「交隣須知」에 나타난 日本語와 韓國語의 助詞에 대하여-「を(를, 을)+乘る(타다)」用法을 中心으로-」, 2005년 여름 한국언어학회 학술대회 발표 논문집 한국언어학회.

_____(2005c), 「『日韓善隣通語』の研究」, 『日本語學研究』14, 韓國日本語學會

_____(2006a), 「1880年刊 「韓語入門」의 韓語表記에 대하여-「체언」의 어휘를 중심으로-」, 『역학서와 국어사연구』, 정광외, 대학사.

_____(2006b), 「『日韓英三國對話』の日本語と韓國語-明治 16年本『交隣須知』との
　　　　關係を中心に-」, 『日本學報』68, 韓國日本學會

_____(2006c), 「明治37年刊『韓語會話』の言語について」, 『日本學研究』檀國大學校
　　　　日本研究所

_____(2006d), 「1909년 刊『韓語通』의 일본어와 한국어『인문학 연구』12, 한림대학교
　　　　인문학연구소

_____(2006e), 「일본에 있어서의 한어 학습서의 언어 연구」-메이지 시기를 중심으로,
　　　　Inquiries Into Korean Linguistics Ⅱ-ICKL-

阪倉篤義・佐藤喜代治・築島裕・辻村敏樹・中田祝夫・松村明編(1982), 『講座國語
　　　　史4　文法史』, 大修館書店.

坂梨隆三(1983), 「第五章近代の文法Ⅱ(上方編)」, 『講座國語史4 文法史』, 大修館書店

_____(1987), 『國語學叢書6 江戸時代の國語Ⅰ上方編』, 東京堂.

櫻井義之(1956), 「寶迫繁勝の朝鮮語學書について-附朝鮮語學書目-」, 『朝鮮學報』9.

_____(1974a), 「日本人の朝鮮語學研究(一)-明治期における業績の解題-」, 『韓』
　　　　3-8.

_____(1974b), 「日本人の朝鮮語學研究(二)-明治期における業績の解題-」, 『韓』
　　　　3-9.

_____(1974c), 「日本人の朝鮮語學研究(二)-明治期における業績の解題-」, 『韓』
　　　　3-12.

迫野虔德(1989), 「文獻方言史總論」, 奥村三雄編, 『九州方言の史的研究』, 櫻楓社.

滋賀縣教育委員會編集 (1994), 『雨森芳洲關係資料調査報告書』.

白藤禮幸(1967), 「京都大學文學部國語學國文學研究室編『交隣須知』複製・解題・索
　　　　引」(書評), 『國語學』70.

高橋敬一・不和浩子・若木太一編(2003), 『交隣須知の本文と索引』和泉索引叢書50,和
　　　　泉書店.

田川孝三(1940), 「對馬通詞小田幾五郎とその著書」, 『書物同好會冊子』11.

田代和生(1981), 『近世日朝通交貿易史の研究』, 創文社.

_____(1991), 「對馬藩の朝鮮語通詞」, 『史學』60-4.

辻村敏樹編(1991), 『敬語の用法』, 角川書店.

永野賢(1952), 「「から」と「ので」とはどう違うか」, 『國語と國文學』29-2.

_____(1988), 「再説「から」と「ので」とはどう違うか-趙順文氏への反批判をふまえて
　　　　-」, 『日本語學』7月号, 明治書院.

幣原担(1904), 「『校訂交隣須知』の新刊」, 『史學雜誌』15-12.

濱田敦(1958), 「丁寧な發音とぞんざいな發音」, 『國語國文』27-2.

_____(1962), 「外國資料」, 『國語國文』31-11.

_____(1965), 「「が」と「は」の一面-朝鮮資料を手がかりに-」, 『國語國文』34-4.5.

_____(1966a), 「薩摩苗代川に伝えられた交隣須知について」, 『交隣須知』解題京
　　　　都大學文學部 國語學國文學研究室編.

_____(1966b),「交隣須知の言語-二言語の相互干渉-」,『交隣須知』解題, 京都大學文學部國語學國文學硏究室編.

_____(1968),『異本隣語大方・交隣須知』, 解題.

_____(1970),『朝鮮資料による日本語研究』, 岩波書店.

_____(1970),「苗代川本『交隣須知』-二言語の相互干渉-」.

_____(1971),「淸濁」,『國語國文』40-11.

_____(1983),『續朝鮮資料による日本語研究』, 岩波書店.

_____(1984),『日本語の史的研究』, 臨川書店.

_____(1986),『國語史の諸問題』, 和泉書院刊.

原口裕(1971),「「ノデ」の定着」,『靜岡女子大學研究紀要』4.

飛田良文(1964),「和英語林集成におけるハ行四段活用動詞の音便形」,『國語學』56.

_____(1991),「近代日本語の成立」,『日本近代語研究1』, ひつじ書房.

日野資純(1963),「いわゆる接續助詞「ので」の語構成-それを二語に分ける說を中心として-」,『國語學』52.

福島邦道(1950),「捷解新語の助詞について」,『國語國文』第21巻 第4号.

_____(1968),「交隣須知の增補本について」,『國文學言語と文芸』57.

_____(1969),「朝鮮語學習書による國語史研究」,『國語學』76.

_____(1969),「新出の隣語大方および交隣須知について」,『國語國文』38-12.

_____(1983),「『交隣須知』の初刊本」,『實踐國文學』24.

福島邦道・岡上登喜男(1990),『明治十四年版交隣須知本文及び總索引』, 笠間書院.

藤井茂利(1989),「朝鮮資料による九州方言史」,(奧村三雄編『九州方言の史的研究』), 櫻楓社.

藤本幸夫(1975),『韓國語の歴史』, 大修館書店.

前間恭作(1909),『韓語通』金敏洙 河東鍋 高永根『歴代韓國文法体系』第2部, 第13冊, 塔出版社.

前間恭作藤波義貫(1904), 明治37年本,「校訂交隣須知」.

松原孝俊・趙眞璟(1997),「嚴原語學所と釜山草梁語學所の沿革をめぐって-明治初期の朝鮮語教育を中心として-」,『言語文化研究』, 九州大學言語文化部.

松村明(1955),「江戸語における連母音の音訛」,『お茶の水女子大學人文科學紀要』7.

_____(1957),『江戸語東京語の研究』, 東京堂.

_____(1972),『國語史概說』, 秀英出版.

三ケ尻浩(1935),「朝鮮の譯學書に用ひられた國語の檢討」,『朝鮮』244.

森岡健二・宮地裕・寺村秀夫・川端善明編集(1981),『講座日本語學3現代文法との史的對照』, 明治書院.

安田章(1963),「朝鮮資料の流れ-國語資料としての處理以前-」,『國語國文』32-1.

_____(1966),「苗代川の朝鮮語寫本類について-朝鮮資料との關連を中心に-」,『朝鮮學報』39-40.

_____(1968),「辭書と文例」,『國語國文』37-2.

_____(1970),「ハ行音のこと」奈良女子大學國文學會『國語學會誌』15.

_____(1974),「ハ行轉呼音の周辺-ホの場合-」,『文學』42-11.

_____(1980),『朝鮮資料と中世國語』, 笠間書院.

_____(1981),「朝鮮資料の位置」,『國語國文』50-12.

_____(1990),『外國資料と中世國語』, 三省堂.

_____(1993),「外國資料の陷穽」,『國語國文』62-8.

_____(1993),「規範との背馳」,『國語國文』62-10.

_____(1994),「練度」『國語國文』, 63-4.

柳田國男編 瀧山政太郎著(1977),『對馬南部方言集』, 國書刊行會.

山口明穗編(1987),『國文法講座5 時代と文法 -近代語』, 明治書院.

山口明穗鈴木英夫坂梨隆三月本雅幸(2004),『日本語の歷史』, 東京大學出版會.

山口麻太郎(1930),『壹岐島方言集』, 刀江書院.

山田寬人(1998),「朝鮮語學習書辭書から見た日本人と朝鮮語-1880年〜1945年」,『朝鮮學報』第169輯.

山田孝雄(1908),『日本文法論』, 寶文舘.

湯澤幸吉郎(1936),『德川時代言葉の研究 上方編』, 刀江書院.

_____(1957),『增訂 江戶言葉の研究』, 明治書院.

吉田量人(1977),「近代東京語因果關係表現の通時的考察-「から」と「ので」を中心として-」,『國語學』110.

和歌森太郎・谷川健一・鈴木棠三編集(1975),『山口麻太郎著作集2方言と諺編』, 佼成出版社.

<辭典類>

『日本國語大辭典』(第二版), 小學舘.

『廣辭苑』(第5版), 大修館.

『朝鮮語大辭典』, 角川書店.

『國語學研究辭典』佐藤喜代治編, 明治書院.

『國語學大辭典』國語學會編, 東京堂出版.

『日本文法大辭典』松村明編, 明治書院.

『古語大辭典』中田祝夫編監修, 小學館.

『李朝語辭典』, 延世大學校出版部.

『古語辭典』, 南廣祐. 一潮閣.

『日本語文法大辭典』(最新刊), 明治書院.

『新潮國語辭典』, 久松潛一監修, 新潮社版.

『日本人名大辭典』上田正昭・西澤潤一・平山郁夫・三浦朱門, 講談社.

『표준국어대사전』, 국립국어연구원, 두산동아.

< 그 외 >

趙順文(1988), 「「から」と「ので」-永野說を改釋する-」,『日本語學』12月号, 明治書院.

ジョアン・ロドリゲス原著・土井忠生博士譯註(1955),『日本大文典』, 三省堂.

ヘボン(J.C.Hepburn)(1872),『和英語林集成』第二版.

Hayashi, N. & Kornicki, P.(1991), Early Japanese Books in CambridgeUniversty
        Library-A Catalogue of the Aston, Satow and von siebold
        Collectinons-, Cambridge University Press.

■색 인

저자 사이토 아케미(齊藤明美)

日本-駒澤大學大學院人文科學研究科博士過程修了(日本語學)
韓國-漢陽大學校大學院日語日文學科博士過程卒業(日・韓對照言語學)
　　　高麗大學校大學院國語國文學科博士過程卒業(韓國語學)
　　　서울大學校言語學科客員研究教授
　　　高麗大學校日本學研究센터客員研究員
　　　文學博士(高麗大・漢陽大)
현재
翰林大學校　日本學科教授

저서
(日本)
『國語學槪說』(1988)双文社出版(共著)
『日本語教師として韓國へ』(1995)乃木坂出版
『交隣須知の日本語』(2002)至文堂
『ことばと文化の日韓比較』(2005)世界思想社
『對人行動の日韓對照研究─言語行動の基底にあるもの─』
　　(2008)ひつじ書房(共著)

(韓國)
『交隣須知의 系譜와 言語』(2001)제이앤씨
『아케미교수의 한국견문록』(2003)지식여행
『改訂版 交隣須知의 系譜와 言語』(2004)제이앤씨
『다른 듯 같은 듯』(2006)도서출판 소화(2006년도 문화관광부 교양도서)
『일본 옛날이야기』(2007)다락원

교과서
『고등학교 일본어 회화Ⅱ』(1997)교육부(共著)
『Talk Talk Talk 일본어 중급』(1999)다락원(共著)
『고등학교 일본어 회화Ⅰ』(2002)교육인적지원부(共著)
『고등학교 일본어 회화Ⅱ』(2003)교육인적지원부(共著)
『타스크로 배우는 일본사정』(2008)사람in(共著)

기타
『はばたき』(1986)近代文藝社(詩集)
외 일본어・일본어 교육학・사회언어학 관계 논문 다수

明治時期 日本의 韓語 學習書 研究
―『交隣須知』와의 關係를 中心으로―

초판인쇄 2009년 3월 23일
초판발행 2009년 3월 31일

저자 사이토 아케미(齊藤明美)
발행 제이앤씨
등록 제7-220호

주소 서울시 도봉구 창동 624-1 현대홈시티 102-1206
전화 (02)992-3253(대)
팩스 (02)991-1285
전자우편 jncbook@hanmail.net
홈페이지 http://www.jncbook.co.kr
책임편집 조성희

ISBN 978-89-5668-701-8 93830   정가 18,000원

"이 저서는 2007년 정부(교육인적자원부)의 재원으로 한국학술진흥재단의 지원을
받아 출판되었음" (KRF-2007-814-A00045)